중학생 국어 교과서
소설 읽기

KB089105

중학생 국어 교과서 소설 읽기: 중2 첫째 권

1판 1쇄 발행 2024년 3월 5일

지은이	오영수 외
펴낸이	애슐리
엮은이	조찬영
편집	강진영
추천인	김슬옹, 김윤정, 박현성, 오호윤
감수	김슬옹, 오호윤
그린이	신병근
함께 그린이	선주리, 이혜원
발행처	가로책길
주소	서울시 중구 퇴계로 409
등록	제 2021-000097호
e-mail	garobook@naver.com
ISBN	979-11-93419-01-4(44810)
	979-11-975821-9-6(세트)

가로책길 출판사는 독자 여러분의 의견에 항상 정성껏 귀를 기울이고 있습니다. 책을 출간하는 아이디어가 있으신 분은 언제든지 이메일(garobook@naver.com)로 보내주세요. 잠재된 생각을 가지고 있으면 망설이지 말고 도전하시길 바랍니다.

중학생 국어 교과서

소설 읽기

조찬영 엮음

[중2]
첫째 권

가로책길

•'중학생 국어 교과서 소설 읽기'를 펴내며•

《중학생 국어 교과서 소설 읽기》를 기획하고 제작한 것은 여러 면에서 큰 의미를 지닙니다. 그 의미들은 빠르게 변화하는 4차 산업혁명이라는 거대 담론 속에서 더 큰 상징성을 가집니다. 아무리 과학 기술이 발달해도 결국 인간은 감정적인 존재이기 때문에 만족감과 행복은 그들의 경험에 의해 적용될 수밖에 없습니다. 그래서 산업이 변하는 패러다임을 살펴보면 결국 모든 것은 인간을 향하고 있습니다. 미래 교육도 수학과 과학 등 기술에 대한 활용만큼이나 인간을 이해하는 능력이 중요하기 때문에 소설 읽기는 현대를 살아가는 중학생들에게 사람과 세상을 이해하는 데 매우 중요한 요소입니다.

미래학자 앨빈 토플러는 "한국 학생들은 미래에 존재하지 않을 지식과 직업을 위해 하루 종일 학교나 학원에서 시간을 낭비하고 있다. 학교는 더 이상 교육 공장이어서는 안 되며, 한국의 주입식 대량 교육시스템의 전면적인 변화가 필요하다."라며 대한민국 교육시스템에 일침을 가했습니다. 우리는 그가 하는 말이 무엇인지 모두 알고 있습니다. 그래서 정부는 교육개혁을 시도하고 있습니다. 창의성과 도전 정신, 바른 인성과 문제 해결 능력을 중시하는 교육을 강조하면서도 빠르게 교육시스템을 바꾸기에는 아직 혼란할 수밖에 없습니다. 하지만 미래 교육은 교육부가 강조하는 창의융합형 인재교육이라는 방향으로 점차 변화할 것입니다. 창의융합 교육과 미래교육에서 기본적으로 강조하는 것은 사람과 우리 사회를 이해하는 능력입니다. 그리기 위해서 키워야 할 첫 번째 역량이 '이해 능력'입니다. 여기에서 말하는 이해 능력은 사람, 정보, 자료 등을 이해하는 것입니다. 그리고 그 이해를 바탕으로 소통하며 미래를 예측해 올바른 선택으로까지의 전환을 의미합니다. 이러한 역량을 개발하기 위해서 먼저 해야 할 것이 바로 소설 읽기입니다. 우리가 공부를 열심히 하고 어떤 목표를 이루기 위해서는 분명 이 사회와 세상을 이해하고, 폭넓게 보는 안목이 필요하기 때문입니다. 그런 면에서 《중학생 국어 교과서 소설 읽기》는 현재의 교육과 미래의 교육을 점차 거쳐 가야 할 중학생들에게 더할 나위 없이 중요한 과정입니다. 또한 간접적으로 세상과 자기성찰을 경험하고 사회비판적인 사고능력과 의사소통능력, 공동체 협업능력을 함양하며 깊이 사고하는 방법, 의미와 상징성을 부여하는 방법, 문제해결 방법 등을 알게 하는 중요한 역할을 할 것입니다.

대학교에서 문예창작을 전공하던 시절, 〈광장〉의 저자 최인훈 교수님께 '소설론'을 배웠습니다. 그때 교수님께서 강조했던 말 중 하나가 바로 '관찰'이었습니다. 소설을 읽고 글을 쓰는 사람에게 중요한 것은 '관찰'이라는 것이었습니다. 사람의 행동을 관찰하고, 마음을 관찰하고, 사회를 관찰하고, 세상을 관찰하는 태도는 스스로 생각하는 힘을 주고, 모든 일에서 구체적이고 명확한 결과를 내어주는 과정이 된다고 하셨습니다. 그래서 소설을 읽을 때에도 경험과 함께 자연스레 세상과 나를 이해하게 된다는 것이었습니다. 또 시를 가르치셨던 오규원 교수님께서 저를 연구실로 부르시더니 '여행'이라는 과제를 주셨습니다. 아직 세상을 이해하는 글 읽기와 글쓰기에 미흡한 제게 중요한 과제였습니다. 방학 동안 여행하며 보고, 듣고, 어떤 사람들을 만났는지에 대해 잘 기억하고 기록하라고 했습니다. 세상을 더 넓게 보기 위해서는 경험도 중요하고 생각할 시간도 필요하다는 의미였습니다. 지금 돌이켜보면 교수님들은 글을 읽고 이해하며 쓸 줄 아는 능력을 높이기 위해서는 이론보다 경험과 생각으로 자신만의 철학과 가치를 가지는 것이 중요하다고 강조한 것입니다. 중학생들에게 교과서 소설 읽기는 읽기 능력을 함양하는 것을 넘어 간접경험이라는 중요한 과정을 거치고 스스로 깊이 생각하는 시간을 가지게 합니다. 그리고 소설 속에서 등장하는 인물을 이해하고, 그들이 사는 삶의 모습을 통해 공감하며 '나'를 알아가는 시간이 될 것입니다.

우리의 목표는 무엇일까요? 학생들은 학교에서 공부를 잘하는 것, 학생 스스로가 꿈을 키우는 것, 부모님들이 자녀를 올바른 길로 인도하는 것 등 모두 미래를 잘 살아가기 위한 것이라 생각합니다. 하지만 이 세상은 빠르게 변하고 있기 때문에 시간에 따른 속도의 변화를 잘 이해하는 것도 중요합니다. 즉, 변화하는 사회 속에서 멈춰 있는 교육은 의미가 없다는 것입니다. 그래서 산업이 바뀌면 교육이 변하고, 교육이 질적으로 더 좋아지면 그 사회 산업도 더 좋게 발전합니다. 독서논술과 창의융합교육은 지금의 학생들이 사회로 진출할 때, 이 시대를 더 좋게 발전시킬 수 있는 능동적인 창의적 설계 능력을 키우기 위함입니다.

이 책에 선정된 교과서 소설들은 교육 전문가들이 교육 목표에 따라 고심해서 선별한 작품들일 것입니다. 여러 종의 교과서 작품 중에서도 특히 학생들이 사람과 사회, 세상에 대해 더 깊이 고민하고 독서 활동을 할 수 있도록 각 권마다 중학생 수준별 작품 8편씩 선별하였습니다. 그리고 현행 교육과정과 개정 교육 과정의 내용과 성취 기준을 참고하여 작품을 분석하였습니다. 또한 학교 시험과 수행평가 대비, 대입의 기초가 될 수 있도록 독서 활동을 폭넓게 준비했습니다. 소설을 읽으며 작품 속 인물들의 생각을 살피고, 나의 생각을 더하며 고민하는 순간 여러분은 이미 미래의 창의적인 인재가 될 것입니다. 차근차근 소설을 읽고, 독서 활동을 따라해 보세요. 그리고 미래가 원하는 인재상으로 크게 성장한 '나'를 발견할 수 있기를 바랍니다.

• 조찬영 씀

미래 세대, 창의융합 인재교육에 부합한
21세기 국어 학습의 역작

　　1988년쯤인가 제5차 고등학교 교육과정이 고시되기 이태 전인 1986년 즈음으로 기억됩니다. 예비고사 학력고사가 한창 시행되고 입시 중심 교육과 맞물려 주입식 교육이 당연시됐던 시절이었습니다. 당시 저는 면목고등학교에 국어 교사로 근무하고 있었는데, 서울시교육청에서 연례적으로 실시하는 장학지도가 있었습니다. 제일의 핵심은 장학사가 교실에 들어와 교사의 수업을 참관하고 평가받는 일이었습니다. 모든 교사가 부담되면서 걱정스러워 했습니다. 저도 예외는 아니었습니다. 일곱 명의 국어 선생님 중 저는 교사 10년 차지만 막내였습니다. 당시 평가를 받는 국어 선생님 중 지금은 고인이 되신 유명한 국어학자 빨간펜 이수열 선생님도 계셨습니다. 수업 후 장학지도 시간에 수업에 대한 평가가 있었는데, P 장학사는 선배 선생님들의 평가는 일언이폐지하고 시종 막내인 제 수업만을 예로 들며 칭찬하고 학교 전체 평가 자리에서도 거론하며 미래를 여는 수업이라며 흥분했습니다. 사실 그날 수업이 소설 감상 단원이었고 해서 저는, 대입 준비 주입식 위주 수업을 잠시 내려놓고 겁도 없이 학생 중심의 토론과 발표 수업을 했습니다. 학생의 내용이 옳고 그름을 떠나 자신의 생각을 펼치는 수업이었습니다. 창의적인 발표뿐만 아니라 엉뚱한 대답에도 칭찬과 격려를 했습니다. 큰 지적을 받겠다 싶어 욕먹을 각오를 하고 있었습니다. 그런데 평가는 예상과는 반대로 칭찬뿐이었습니다. P 장학사는 서울시교육청 장학사로 오기 전 교육부에서 새로운 제5차 교육과정을 연구하고 있었고, 그 핵심이 '개방적 사고
의 학생 중심 미래 교육'이었다고 했습니다. 그런 관점으로 작심하고
참관하였는데, 그 방향에 맞게 수업하는 교사가 유일하게 존재함을 발
견하고 흥분했다 했습니다. 이런 방향으로 교육이 변해가는 것이 옳다고 했지만 그 변화
는 미비했고, 참으로 오랜 시간이 걸려 주입식 교육에서 창의적 인재를 바람직한 인재상
으로 여기는 지금에 이르게 되었습니다. 이런 점에서 《중학생 국어 교과서 소설 읽기》는
한 단계를 뛰어넘는 미래세대에 부합한, 창의융합인재교육을 전공한 조찬영 선생님의 21
세기 국어 문학 감상 교육의 역작이요, 참 지침서로 여겨집니다.

어떤 사람이 달빛도 없는 캄캄한 밤길을 더듬더듬 가고 있었습니다. 그때 또 다른 어떤
이가 맞은편에서 등불을 밝히고 천천히 걸어오고 있었습니다. 반가워 가까이 다가와 보
니 앞 못 보는 노인이었습니다. "아니, 눈도 보지 못하시는 어르신께서 왜 등불을 들고 다
니셔요?" 그러자 노인은 활짝 웃으며 말했습니다. "나야 밤이든 낮이든 등불이 필요 없지
만, 상대편에서 오는 사람에게 밝은 길을 열어주고 싶어서라오."

이 책이 바로 이런 따뜻한 마음으로 만든 참고서로, 편집과 구성, 내용이 어두운 밤에
등불을 밝혀 길을 안내해 주는 중학생들의 진정한 소설 읽기의 과정이라 생각합니다.

학습(學習)이란 단어는 현대에 나온 단어가 아니라 공자가 최초에 한 말에서 유래합니
다. 공자는 논어 [학이편]에 "學而時習之면 不亦說乎아"즉, "배우고(學) 때때로 그것을 익
히면(習) 또한 기쁘지(說) 아니한가"하여 학습(學習)이 기쁘다(說=悅)고 하였습니다. 학습은 괴로
운 일이고 힘든 일인데 왜 공자는 학습이 기쁘다 했을까요? 스승에게 배운(學) 뒤에는 내가
익혀야(習) 하는데 그것도 가끔이 아니라 때때로(時) 내가 열심히 익히면, 그 속에서 진리를
깨닫고 지혜가 솟아나며 실력이 쑥쑥 올라가는 걸 느끼게 됩니다. 그게 기쁨이요, 학습의
경지라는 것입니다. 이 책이 바로 중학교 9종 교과서에 수록된 모든 소설을 감상하고 그
것을 통해 스스로 익혀 기쁨을 느끼고 맛보도록 꼼꼼하게 정성 들여 편찬한 것임을 알고
있습니다.

1980년대 후반 5차 교육과정이 시행되고 1990년대에 1종 국정 교과서 한 종류만 있다
가 검인정 교과서가 5종 이상 발행되고 참고서가 국어 상하뿐만 아니라 현대문학, 고전문

학, 작문, 문법 등 다양화되어 국어만 5종 하위 교과까지 수십 종의 참고서가 쏟아져 나왔습니다. 이에 교육부에서는 참고서의 부실을 막기 위해 참고서 인증제도를 한시적으로 시행한 적이 있었습니다. 그때 교육부 요청으로 수일 동안 호텔에 갇혀 당시 40여 가지 국어 참고서를 검토하고 심의하면서 인증 점수를 매긴 일이 있었는데, 교사 생활 중 가장 힘든 극한 작업이었습니다.

지금 중학교 교육과정 속에서 9종이나 되는 교과서와 연계한 참고서가 출판사마다 수십 곳에서 나오니 가히 홍수 출간이 아닐 수 없습니다. 그러니 참고서를 고르기가 학생은 물론이요, 학부모, 학원 교사, 학교 교사도 엄두가 나지 않을 것입니다. 그러나 저의 지난 극한 작업의 경험을 살려 보면, 조찬영 선생님이 편찬한《중학생 국어 교과서 소설 읽기》는 편찬자 경력에서 나온 창의가 곳곳에 묻어나 있고, 알찬 학습 안내로 공부의 즐거운 맛을 느끼게 하는 책입니다. 그래서 학생들이 주저함이 없이 이 책을 선택해 공부한다면 자기 주도적인 감상과 학습 참여를 통해 수행평가와 학교 내신에 큰 성과를 거두는 것은 물론이고, 고등학교와 연계된 상승효과를 얻어 고등학교 국어 학습에도 큰 효과를 볼 것입니다.

이 책을 보는 모든 학생이 "진실로 날로 새롭게 나날이 새롭게 또한 날로 새로워지길 바란다." "구일신(苟日新) 일일신(日日新) 우일신(又日新)"~ 대학(大學) 중용(中庸)에서

• 오호윤 씀

(고등학교에서 39년 동안 국어교육에 헌신하고 창덕여자고등학교에서 정년퇴임을 하다.)

디지털 환경에 익숙한 세대에게
문학의 본질을 심어주는 창의적 교육 설파

조찬영 선생님은 교육을 숲과 나무로 봤을 때, 숲 전체를 살피고 좋은 환경으로 만들어 그 속에 담긴 모든 요소들을 올바르게 성장시키는 것을 최고의 교육 가치로 여기는 사람입니다. 또한 변해가는 교육 환경과 구조 속에서 교육의 본질을 추구하며 지속적이고 창의적으로 시도하는 도전적인 교육자입니다. 교육은 본질을 통해 학습자 한 사람 한 사람을 이끌어 올바른 사고와 역량을 개발해내는 것, 새로운 교육환경에서 교육자는 목적에 따라 학습 과정과 자원을 설계해 학습자가 올바르게 활용할 수 있게 하는 것입니다. 이러한 점에서 조찬영 선생님은 지난 3년 간 대학원에서 더 나은 교육 환경과 교수법을 만들기 위해 다양한 이론과 기술을 연구했습니다. 인공지능 융합교육을 활용한 독서논술 교육 프로그램 개발 연구에 몰두하면서 다양한 시행착오를 겪었고, 독서교육방법과 쓰기지도방법, 창의성 개발 프로그램 등을 차근차근 개발해가며 교육현장에서 활용했습니다.

문학 작품을 읽는 것은 인간의 삶의 방향을 이끌어 가는 아주 중요한 부분입니다. 이는 작품을 감상하고 그 속에 담긴 의미를 이해하면서 사회와 역사, 정치, 철학 등 풍부한 지식이 함양될 뿐 아니라 감수성과 공감 능력을 함양하는 데에도 큰 영향을 미칩니다. 또한 비판적 사고 능력과 창의적 사고력이 함양되며 인간관계를 이루는 데에도 큰 도움을 줍니다. 변화하는 개정 교육에서도 '전인교육'을 중시하고 있습니다. 인간이 지닌 모든 자질을 전면적이고 조화롭게 육성하려는 차원에서 소설 읽기는 그 기본이 될 수밖에 없습니다. 또한 지 · 덕 · 체(智 · 德 · 體)를 고르게 성장시켜 넓은 교양과 건전한 인격을 갖춘 인재상을 추구하는 현대를 살아가는 청소년들에게 올바른 소설 읽기 교육은 필수적입니다. 이러한 점에서《중학생 국어 교과서 소설 읽기》는 교육적 차원에서 학생들이 지녀야 할 기초지식 뿐 아니라 타인을 이해하고 세상과 소통하는 데 필요한 요소를 담고 있습니다.

조찬영 선생님은 OTT(Over The Top) 콘텐츠, 인공지능(AI), 메타버스, Chat GPT 등과 같이 디지털 환경에 익숙한 알파 세대에게 글의 개념과 문학적 본질을 이해하게 만드는 창의적 기법을 시도하고 있습니다. 20년 간 독서·논술 분야에 몸담아 교육한 경험과 학생을 공감하고자 하는 노력이 저서의 곳곳에서 드러나고 있습니다. 또한 자칫 지루한 기존의 교육 방식으로 문학에 대한 호기심을 떨어뜨리지 않도록 다양한 유형의 독서활동을 담아 냈습니다.《중학생 국어 교과서 소설 읽기》를 한 장 한 장 넘기다 보면 어느새 완독하게 되고 사고가 확장되는 경험을 할 것입니다.

이 책을 통하여 우리 학생들이 현행 교육제도와 변화하는 교육과정 속에서의 내신과 수행평가, 그리고 대입에 이르기까지 기초 소양을 갖추는 것은 물론 국어 실력과 문해력이 크게 향상되기를 희망합니다. 또한 다양한 글 읽는 즐거움을 누리고 문학 작품의 본질을 꿰뚫는 역량도 함양하길 소망합니다. 이 책의 진가를 알아보는 많은 학생들에게 나침반 같은 선물이 되길 진심으로 바랍니다.

• 김윤정, 서울시립대학교 교육연구 교수/ 교육공학 박사

우리 사회의 다양한 사례들을 접목시킨 창의융합 국어교육을 선보이다!

　　청소년들이 학교에서 공부하는 여러 과목은 우리 말과 글로 되어 있습니다. 영어나 제2외국어도 언어라는 공통적 속성을 가지고 있어 우리 말과 글을 잘 이해하고 활용할 수 있어야 다른 언어도 잘할 수 있습니다. 즉, 국어가 제대로 공부되지 않으면 다른 여러 과목들도 이해가 힘들거나 어렵게 느껴진다는 의미입니다. 또한 국어는 학교에서 공부의 수단으로만 쓰이는 것이 아니라 세상을 살아가고 인간관계를 맺는 데 중요한 소통 수단입니다. 따라서 청소년들이 국어를 공부한다는 것은 '나와 소통'하고, '타인과 소통'하며 '세상과 소통'하는 방법을 배워 올바른 인성을 가진 사람으로 성장한다는 의미이기도 합니다.

　　2022 개정 교육과정 중학교 국어과 공통 교육과정 설계의 개요를 살펴보면, 국어과 교육과정에서는 '비판적 · 창의적 사고 역량, 디지털 · 미디어 역량, 의사소통 역량, 공동체 · 대인관계 역량, 문화 향유 역량, 자기 성찰 · 계발 역량'을 국어과 역량으로 설정하였습니다. 특히 문학 영역의 경우, '지식 · 이해'는 문학의 갈래와 맥락, '과정 · 기능'은 문학 작품의 이해, 해석, 감상, 비평 등 문학 활동 관련 요소, '가치 · 태도'는 문학에 대한 흥미와 타자 이해, 가치 내면화 등과 같은 정의적 요소를 중심으로 내용 요소를 구성하였습니다. 현행 2015 개정 교육과정에서 큰 틀은 유사하지만 좀 더 구체화 되었고, 국어교육에서 추구하고자 하는 방향의 강조점을 중심으로 국어 과목의 성격과 목표를 반영하였습니다. 공교육에서 추구하는 방향에 따라 《중학생 국어 교과서 소설 읽기》는 새로운 개정 교육과정에서의 영역별 요소를 최대한 적용하려 했고, 변화하는 교육의 방향에 맞춰 창의적이고

깊이 있는 독서활동으로 청소년들의 문학교육에 고심한 흔적들을 살필 수 있었습니다.

특히 이 책을 엮은 조찬영 선생님은 독서 · 논술 교육뿐 아니라 변화하는 시대가 요구하는 인재교육을 위해 국어교육의 중요성을 강조하고 있습니다. 이에 따라 국어과 교육에서 중시하고 있는 역량 강화를 위해 구체적인 사례로 학생들의 직접체험 활동을 더하고, 우리 사회의 다양한 사례들을 접목시켜 창의융합 인재교육에 앞장서고 계십니다. '우리말을 정확히 이해하고 우리 글을 바르게 쓸 줄 알아야, 올바르게 사고하고 더 깊은 창의적 설계가 가능하다'는 조찬영 선생님의 교육 가치관에 동감합니다. 그 이유는 우리 사회가 요구하는 인재는 결국 바른 인성, 빠르게 변화하는 불확실한 상황에서의 올바른 선택을 하는 현명함, 창의적인 문제해결 능력을 갖춘 사람이기 때문에 깊이 있는 모국어 실력과 사고력이 동반되지 않을 수 없기 때문입니다. 이러한 기초 소양을 채워 나가기 위한 첫 단추가 《중학생 국어 교과서 소설 읽기》입니다.

현직 국어교사로 재직하며 학생들에게 국어공부와 문학 읽기는 내신과 수능공부는 물론이거니와 변화하는 시대에 필수적이며 의미 있는 활동이라는 점을 강조하고 있습니다. 답을 찾는 능력보다 문제를 해결해가는 과정에서의 사고와 논리가 더 중요한 시대입니다. 《중학생 국어 교과서 소설 읽기》를 탐독하며 여러분이 추구하는 목적을 재설정해보는 계기가 되기를 바라며, 그 목표가 이루어지기를 바랍니다.

• 박현성 씀

경북대 사범대 국어교육학과 졸업, 현재 상인고등학교 국어 교사로 재직 중

깊게 읽기의 즐거움
융합 독서의 의미와 가치

⊙ '문학소년, 문학소녀'의 꿈

우리는 중고등학교 때 누구나 문학소년, 문학소녀의 꿈이 있었습니다. 문학에 소질이 있든 없든 소설책이나 시집 한 권 정도는 끼고 살며 그런 꿈을 살포시 꾸곤 했습니다. 요즘 같은 영상 세대들에게는 그런 꿈이 보이질 않습니다. '유튜버 청소년'의 꿈 때문일까요? 어쩌면 유튜버의 꿈을 이루기 위해 우리는 문학적 상상력이 절실할 것입니다.

조찬영 선생은 창의·융합 독서 문해력 관련 제 수업을 들었는데, 이미 이 분야에서 오래 강의해온 전문가였습니다. 특히 요즘 흐름에 맞게 교재를 구성하는 능력이 돋보였는데 실제 그런 책을 낸다고 하니 반가웠습니다.《중학생 국어 교과서 소설 읽기》가 우리 학생들이 문학을 좋아하고 문학책을 품에 안게 하는 그런 책으로 자리 잡기를 바랍니다.

⊙ 깊게 읽기의 즐거움

영상 세대의 공통점은 유튜브 영상들이 그러하듯 빠른 시간에 많은 것을 눈 안에 담는 것이다 보니 무언가를 깊게 읽고 생각하는 여유가 없는 듯합니다. 창의융합 독서의 가장 훌륭한 방법은 깊게 읽는 태도에 달려 있습니다. 모든 책을 깊게 읽을 필요는 없지만, 교과서 수록 작품이라도 깊게 읽기를 해볼 필요가 있습니다. 학생들이 이 책을 통해 깊게 읽기를 배워서 그 어떤 문학 작품이라도 깊게 읽는 재미에 빠져들기를 바랍니다.

이 책은 다양한 방식의 발문을 통해 매우 짜임새 있게 작품을 분석하고 이해하기를 이끌고 있습니다. 객관식 방식에서 논술 방식까지를 모두 아우르는 이유도 거기에 있을 것입니다.

⊙ 융합 독서의 길

융합독서의 핵심은 맥락을 따지는 능력입니다. 이때의 융합이란
책 속의 정보나 지식을 우리 삶 속에 녹여내는 것인데 그러기 위해서는
책을 읽으면서 맥락을 따지는 태도가 중요하기 때문이죠.

그래서 융합독서는 한 책을 요리조리 깊게 읽는 태도가 중요한데 바로 맥락을 따지는
것이 깊게 읽는 지름길입니다. 사실 맥락을 따지는 게 특별한 배경지식이 필요한 게 아닙
니다. 맥락은 어떤 사건이나 내용이 어떤 상황에서 어떤 배경을 가지고 일어났는가를 말
합니다. 한 책의 맥락을 따진다고 한다면 책 내용뿐만 아니라 저자에 대한 맥락, 표지에 대
한 맥락, 삽화에 대한 맥락 등등 모든 구성 요소 맥락을 따질 수 있습니다.

저자는 어떤 배경을 가지고 언제 어디서 왜 이 책을 썼는지를 살피는 것이 저자의 맥락
이 됩니다. 이렇게 미주알고주알 맥락을 캐보다 보면 책 읽기의 책 따져묻기의 재미와 깊
이가 생길 것입니다. 이 책이 그런 융합독서의 길잡이가 되길 바랍니다.

• 김슬옹 씀

한국외국어대학교 교육대학원 객원교수, 세종국어문화원 원장, 훈민정음가치연구소 소장,
간송미술문화재단 객원연구위원, 한글학회 연구위원, 세종대왕기념사업회 전문위원, 한글문
화연대 운영위원, 3·1운동 100주년 기념 국가대표 33인상, 문화체육부장관상(한글운동 공로)

✦ 등장인물 주인공 소개 ✦

작품명: 〈양반전〉

양반

봉건사회 속에서 기생하는 선비 계층인
데, 독서만 할 줄 알지 사실 무능력해서
천 석이나 되는 환곡을 타다 먹고는 갚지
못해. 당시 무능력한 양반을 대표하지.

작품명: 〈요람기〉

소년

소년은 김초시네 머슴이야. 조무래기 아
이들의 마음을 잘 이해해주고 깊이 공감
해주지. 천진난만한 시골 소년의 생활과
추억을 잘 보여주는 인물이야.

작품명: 〈동백꽃〉

나

'나'는 소작농의 아들이야. 마름의 딸 점순
이 '나'에게 관심 있지만 '나'는 점순의 마
음을 알아차리지 못해. 그래서 점순에게
무뚝뚝하게 대하지.

작품명: 〈사랑손님과 어머니〉

옥희

옥희는 여섯 살 난 여자아이야. 천진난만
하고 순수한 전형적인 어린이지. 직설적으
로 말하는 매력을 가졌고, 어린 아이의 순
수하고 맑은 눈으로 어머니와 아저씨의 속
마음과 행동을 이야기 하고 있어.

작품명: 〈아들과 함께 걷는 길〉

상우

상우는 아버지와 함께 대관령을 내려가며 '진정한 우정'에 대해 이야기 하고 있어. 아버지의 이야기를 잘 귀담아 들으며 좋은 친구에 대해 깊이 생각하는 마음이 따뜻한 학생이야.

작품명: 〈공작나방〉

하인리히 모어

어린시절 열등감과 순간적인 욕맹을 이기지 못하고 에밀의 공작 나방을 훔쳐 망가 뜨려. 하지만 죄책감으로 힘들어 하고 자신의 행동을 부끄러워하는 소심하고 순진한 아이야.

작품명: 〈달걀은 달걀로 갚으렴〉

한뫼

한뫼는 도시 여행을 갔다가 TV쇼에서 달걀 백서른 개나 먹는 아저씨를 보고 큰 충격에 빠져. 달걀을 웃음거리로 여긴 도시 사람에게 부정적인 생각을 하며 봄뫼가 도시 여행을 하지 못하도록 키우는 닭을 죽이려해. 하지만 문선생님과 이야기하며 도시와 시골의 장점을 이해하며 생각을 바꾸게 되지.

작품명: 〈내가 그린 히말라야 시다 그림〉

백선규

가난한 집안의 아들이지만 그림에 재능이 있어. 그림 솜씨가 뛰어나. 그런데 초4 때 그림대회에서 장원을 하지만 자신의 그림이 아니란 걸 보고 큰 충격에 빠지는 인물이야.

✦ 차례 ✦

✦ 양반전 ✦

양반

작가에 대해 알아볼까요?

박지원
1737~1805

박지원(1737~1805)은 조선 후기 문신이자 학자이다. 호는 연암(燕巖)이다. 진보적인 학자로 북학론을 주장하였고, 이용후생의 실학을 강조했다. 문집으로는 〈연암집〉이 있고, 대표작으로는 〈양반전〉, 〈허생전〉, 〈호질〉 등이 있다. 여러 작품을 통해 무능한 양반사회 모습을 풍자하였고, 독창적이면서 사실적인 문장을 구사하였다.

학식이 뛰어나고 독서를 좋아해. 게다가 어진 성품을 지닌 선비지. 하지만 생활 능력이 없는 무능한 인물이야.

양반

VS   VS

현실적 생활 능력을 중시하는 인물이지. 무능한 양반을 비판해서 작가 의식을 대변한다고 볼 수 있어.

조선 후기 부를 축적한 신흥 부유층 인물이야. 늘 신분 상승을 노리고 있는 인물이지만 양반의 횡포를 알고 양반되기를 포기하지.

작가를 대변하는 역할을 하지. 매매 증서 작성을 하면서 양반들의 허례허식과 백성들을 위협하는 양반의 모습과 속물 근성을 비판하는 인물이야.

양반의 아내

VS

부자

군수

'국어 공신' 선생님의 감상 꿀팁!

이 소설은 신분 질서가 문란해진 조선 후기의 시대상을 비판하는 고전 소설이야. 작가는 양반의 허례허식과 횡포를 풍자로 비판하지. 실학정신을 반영해서 양반들의 특권의식, 무능함, 위선 등을 비판하는 작품이야.

'국어 공신' 선생님

양반전

양반답지 못한 양반 사회, 양반의 본분을 좀 지켰으면…….

양반이란 사족(士族)(선비나 무인(武人)의 집안 또는 그 자손)을 높여서 부르는 말이다. 강원도 정선군(旌善郡)에 한 양반이 살았다. 이 양반은 어질고 글 읽기를 좋아해 새로 군수가 부임할 때마다 반드시 그 집을 찾아가서 인사를 드렸다. 그런데 이 양반은 집이 가난하여 해마다 고을의 환자(還子)(환곡, 조선시대 각 고을에서 봄에 백성에게 곡식을 꾸어 주고 가을에 이자를 붙여 거두던 일. 또는 그 곡식)를 빌려다가 먹었는데**1**, 글쎄 그 먹은 것이 쌓여 자그마치 천 석에 이르렀다.

강원도 감사(監使)관찰사가 군읍(郡邑)을 순시하다가 정선에 들러 환곡(還穀) 장부를 열람하고는 크게 화가 났다.

"어떤 놈의 양반이 이처럼 군량(軍糧)군대의 양식을 축냈단 말이냐?"

하고 명령을 내려 그 양반을 잡아들이라 하였다. 그러나 군수는 그 양반이 가난해서 갚을 힘이 없는 것을 딱하게 여기고 차마 가두지 못했지만 그렇다고 가두지 않을 수도 없었다.**2** 양반 역시 밤낮 울기만 하고 해결할 방도를 차리지 못했다.**3** 그러자 양반의 아내**4**가 역정을 냈다.

"당신은 평생 글 읽기만 좋아하더니 고을의 환곡을 갚는 데는 아무런 도움

---

1 무능한 양반의 경제력을 말한다.
2 군수는 양반에게는 우호적인 태도를 보이고 있다.
3 현실 문제에 대한 대처 능력이 부족한 양반의 무능함을 풍자했다.
4 아내는 '작가'를 대변하는 인물이다.

내신 준비!

'국어 공신' 선생님

이 안 되는군요. 쯧쯧 양반, 양반이란 한 푼어치도 안 되는 구려.⑤"

⑥ 　　그 마을에 사는 한 부자가 가족들과 의논하기를 "양반은 아무리 가난해도 늘 존귀하게 대접받고 나는 아무리 부자라도 항상 비천(卑賤)하지 않느냐. 말도 탈 수 없고, 양반만 보면 굽신굽신 두려워해야 하고, 숨죽인 채 설설 기어가 바닥에 엎드려 절해야 하고, 코를 땅에 대고 무릎으로 기는 등 우리는 노상 이런 수모를 겪으며 살아 왔단 말이다. 동네 양반 하나가 가난해서 환자를 갚지 못해 시방 아주 난처한 판이니 그 형편이 도저히 양반을 지키지 못할 것이다. 내가 장차 저 양반을 사서 가져 보겠다.⑦" 부자는 곧 양반을 찾아가서 자기가 대신 환곡을 갚아 주겠다고 청했다. 양반은 크게 기뻐하며 허락했다. 부자는 즉시 곡식을 관가에 실어 가서 양반의 환자를 갚았다. 군수는 양반이 환곡을 모두 갚은 것에 놀라워 했다. 몸소 찾아가서 양반을 위로하고 또 환자를 갚게 된 사정을 물어 보려고 했다. 그런데 뜻밖에 양반이 벙거지(조선시대 궁중 또는 양반집의 하인이 쓴 털로 만든 모자.)를 쓰고 짧은 베잠방이를 입고 길에 엎드려 '소인'(신분이 낮은 사람이 자기 보다 신분이 높은 사람을 상대하여 자기를 낮추어 이르던 일인칭 대명사)이라고 자칭하며 감히 쳐다보지도 못하고 있지 않는가.⑧ 군수가 깜짝 놀라 내려가서 부축하며 말했다.

　　"선생께서는 어찌 이다지 스스로 낮추어 욕되게 하시는지요?"

　　양반은 더욱 황공해서 머리를 땅에 조아리고 엎드려 말했다.

여러분,
집중해야 해요!

'국어 공신' 선생님

⑤ 작가는 양반의 아내 말을 빌려 양반의 무능력함과 비생산성을 풍자적으로 비판하고 있다.
⑥ 양반들로부터 당한 수모로, 양반 신분을 사려는 중요한 동기가 된다.
⑦ 매관매직(賣官賣職), 당시 조선 후기에는 돈을 주고 양반 신분을 사고 팔 수 있었다. 또한 조선 후기 부자는 자본주의 사회에 등장한 신흥 세력인 인물로 대변되고, 이들은 양반 신분을 동경하고 있다는 것을 알 수 있다.
⑧ 양반이 자신의 신분을 팔고는 평민의 행세를 하는 모습이다.

"황송하옵니다. 소인이 감히 일부러 이런 짓을 한 게 아니오라, 이미 제 양반을 팔아서 환곡을 갚았으니 마을의 부자가 양반이 옳습니다. 소인이 이제 다시 어떻게 뻔뻔스럽게 옛날처럼 양반 행세를 하겠습니까?"

군수는 감탄해서 말했다.

"군자로구나 부자여! 양반이로구나 부자여! 부자이면서도 인색하지 않으니 정의로운 일이요, 남의 어려움을 다급하게 여기니 어진 일이요, 낮은 신분을 싫어하고 높은 자리를 그리워하니 참으로 슬기롭고 지혜로운 일이도다.❾ 이야말로 진짜 양반이로구나. 그러나 사사로 팔고 사고서 증서를 해 두지 않으면 송사(訟事)(소송, 법률상의 판결을 법원에 요구하는 일.)에 휘말릴 수 있으니, 내가 너와 고을 사람들을 모아 놓고 이를 증인 삼고 증서를 만들어 사실 관계를 분명히 해둘 것이다. 그리고 나는 그곳에서 군수로서 마땅히 서명할 것이다."

그리고 군수는 관아로 돌아가서 고을 안의 사족(士族) 및 농공상(農工商)들을 모두 불러 관아 뜰에 모았다. 부자는 향소(鄕所)(고려·조선 때, 지방의 수령(守令)을 보좌하던 자문 기관. 향청(鄕廳), 향소(鄕所).)의 오른쪽에 서고 양반은 공형(公兄)(조선 때, 각 고을의 호장(戶長)·이방(吏房)·수형리(首刑吏)의 세 구실아치.)의 아래에 섰다.❿ 그리고 증서를 만들었다.

[첫 번째 매매 증서]

건륭(乾隆)(중국 청나라 고종 때의 연호) 10년 9월⓫ 모일에 이 문서를 만드노라.

양반을 팔아서 환곡을 갚으니 그 값은 천 석이다. 이 양반은 여러 가지

---

❾ 군수의 말의 의미는 표면적으로는 양반을 사서 환곡을 갚게 한 부자의 행동을 높이 평가한 반면, 이면적으로는 양반이 되어 특권을 누리고 싶어서 양반 신분을 산 부자에 대한 비판이 담겨 있다.

❿ 양반 신분을 산 부자는 동헌의 관리 옆에 섰고, 양반은 평민들이 서는 위치에 섰다. 이는 양반 신분 매매 이후 둘의 신분이 바뀌었음을 알 수 있다.

⓫ 건륭 10년은 1745년이다.

수능에 나올 수도 있어!

'국어 공신' 선생님

가 있는데, 글만 읽으면 '선비'라 하고, 정치에 나아가면 '대부(大夫)'가 되고 덕이 있으면 '군자(君子)'라 한다. 무반(武班)은 서쪽에 늘어서고 문반(文班)은 동쪽에 늘어서는데 이를 통틀어 '양반'이라 한다.⑫ 여러 양반 중 그대 좋을 대로 따를 것이다. 오늘부터 야비한 일을 깨끗이 끊고 옛사람들을 본받고 뜻을 고상하게 해야 한다.⑬ 늘 오경(五更)만 되면 일어나 유황에다 불을 당겨 등잔을 켜고서 눈은 가만히 코끝을 보고 발꿈치를 궁둥이에 모으고 앉아 「동래박의(東萊博議)」를 얼음 위에 박 밀듯 왼다. 굶주림을 참고 추위를 견디며, 가난하다는 말을 입 밖으로 내지 말아야 한다.⑭

이를 딱딱 마주치며 손가락으로 뒤통수를 튕긴다. 입속 침을 모아 여러 번에 나눠 삼키고 털모자를 쓸 때에는 소매자락으로 모자를 쓸어서 먼지를 털어 윤이 나게 하고, 세수할 때 주먹을 비비지 말고, 양치질로 입 냄새를 없애고, 소리를 길게 뽑아서 여종을 부르며, 걸음을 느릿느릿 옮겨 신발을 땅에 끈다. 그리고 「고문진보(古文眞寶)」, 「당시품휘(唐詩品彙)」를 깨알같이 베껴 쓰되 한 줄에 백 자를 쓰며, 손에 돈을 만지지 말고, 쌀값을 묻지 말고⑮, 더워도 버선을 벗지 말고, 밥을 먹을 때 맨상투로 밥상에 앉지 말고, 국을 먼저 훌쩍 떠먹지 말고, 무엇을 후루루 마시지 말고, 젓가락으로 방아를 찧지 말고, 생파를 먹지 말고, 막걸리를 들이켠 다음 수염을 쭈욱 빨지 말고, 담배를 피울 때 볼에 우물이 파이게 하지 말고, 화 난다고 처를 두들기지 말고, 성내서 그릇을 내던지지 말고, 아이들에게 주먹질을 말고, 노복(奴僕)들을 야단쳐 죽이지 말고, 마소를 꾸짖되 그 판 주인까지 욕하지 말고, 아파도 무당을 부르지 말고, 제사 지낼 때 중을 청해다 재(齋)를 드리지 말고, 추워도 화로에 불을 쬐지 말고⑯, 말할 때 이 사이로 침을 흘리지 말고, 소 잡는 일을 말고, 돈을 가지고 놀음을 말 것이다.

⑫ '양반'이라는 말의 유래에 대해 말한 것이다.
⑬ 양반으로서 지켜야 할 일들에 대한 설명이 시작되는 부분이다. 뒤이어 형식과 가식에 얽매여 꼼짝 못하는 양반에 대한 풍자가 이어지고 있다.
⑭ 체면을 중시하고 있음을 알 수 있다.
⑮ 돈을 직접 대하거나 돈벌이에 관계된 일을 하는 것을 천하게 여긴다.

국어 공산 선생님

이와 같은 모든 품행이 양반에 어긋남이 있으면 이 증서를 가지고 관(官)에 나와서 변정할 것이다.⑰

성주(城主) 정선군수(旌善郡守) 화압(花押)

좌수(座首) 별감(別監) 증서(證署).

이에 통인(通引)관아의 심부름꾼이 탁탁 도장을 찍어 그 소리가 엄고(嚴鼓) 소리와 마주치매 북두성(北斗星)이 종으로, 삼성(參星)이 횡으로 찍혀졌다.⑱ 부자는 호장(戶長)이 증서를 읽는 것을 쭉 듣고 한참 멍하니 있다가 말했다.

"양반이라는 게 이것 뿐입니까? 나는 양반이 신선 같다고 들었는데 정말 이렇다면 너무 재미가 없는 걸요. 원하옵건대 무어 이익이 있도록 문서를 바꾸어 주옵소서.⑲"

그래서 다시 문서를 작성했다.

[두 번째 매매 증서]

"하늘이 민(民)을 낳을 때 사(士)·농(農)·공(工)·상(商)⑳ 성을 넷으로 구분했다. 사민(四民) 가운데 가장 높은 것이 사(士)이니 이것이 곧 양반이다. 양반의 이익은 막대하니 농사도 안 짓고 장사도 않고 약간 문사(文史)를 섭렵

⑯ 미신적인 형태에 대해 비판하고 있다.
⑰ 매매증서에 제시된 내용을 어길 시 양반 신분을 빼앗길 수 있음을 의미한다.
⑱ 도장 찍는 소리를 크게 묘사함으로써 매매 증서의 위압감을 암시했다.
⑲ 부자가 양반을 산 이유는 양반이 되어 큰 이득을 보고 싶었기 때문이다. 또한 부자도 풍자의 대상이 된다. 부자는 양반 신분을 통해 얻는 이익은 많지 않으니 불만을 토로하며 수정을 요구하고 있는 것이다.
⑳ '사(士)'는 선비·'농(農)'은 농부·'공(工)'은 공장·'상(商)'은 상인, 네 가지 백성을 말한다.

'국어 공산 선생님'

해 가지고 크게는 문과(文科) 급제요, 작게는 진사(進士)가 되는 것이다. 문과의 홍패(紅牌)(합격증)는 길이 2자 남짓한 것이지만 온갖 물건이 다 구비되어 있으니 그야말로 돈자루인 것이다.[21]

진사가 나이 서른에 처음 관직에 나가더라도 오히려 이름있는 음관(蔭官)이 되고, 잘 되면 남행(南行)으로 큰 고을을 맡게 되어 더 큰 음관을 잘 할 수 있다. 일산(日傘)(감사, 유수, 수령들이 부임할 때 받치던 양산) 바람에 귀밑이 희어지고, 설렁줄에 대답하는 아랫것들의 '예이'하는 소리에 배가 부예지며[22](살갗이나 얼굴 등이 허옇고 밀결게 되며) 방에서 기생이 귀고리로 단장하고, 뜰에는 학(鶴)을 기른다. 곤궁한 양반은 시골에 묻혀 살아도 능히 무단(武斷)(무력이나 억압을 써서 강제로 행함.)으로 부릴 수 있다. 그리하여 이웃의 소를 끌어다 먼저 자기 땅을 갈고 마을의 일꾼을 잡아다 자기 논의 김을 맨들 누가 감히 나를 괄시하랴. 너희들 코에 잿물을 디리붓고 머리끄뎅이를 회회 돌리고 수염을 낚아채더라도 누구 가히 원망하지 못할 것이다."[23]

부자는 증서를 중지시키고 혀를 내두르며,

"그만 두시오, 그만 두어. 맹랑하구먼 그려. 장차 나를 도둑놈으로 만들 작정인가.[24]"

하고 머리를 흔들고 가버렸다. 부자는 평생 다시 양반 말을 입에 올리지 않았다 한다.[25]

ZAP!

'국어 공신' 선생님

[21] 문과에 합격만 하면 큰 재산을 모을 수 있다는 의미이다. 당시 벼슬아치들은 온갖 수단과 방법을 가리지 않고 재물을 모았으므로 문과에 합격만 하면 재산을 크게 모을 수 있어 '문과 합격증'을 돈자루라 표현한 것이다.
[22] 무위도식(無爲徒食)하는 양반의 모습을 풍자한 것이다.
[23] 양반의 비도덕적인 행위와 횡포를 비판하고 풍자한 것이다.
[24] 부당한 특권을 남용해 백성을 수탈하고 이익을 취득하는 양반들을 '도둑놈'이라고 표현한 것은 당시의 양반들의 모습을 비판하고 풍자한 것이다.
[25] 양반의 허례허식과 무위도식, 횡포 등에 대해 깨달았기 때문이다.

내신·수능 만점 키우기

1 작품 소개

<양반전>은 조선 후기 사회상을 잘 반영하여 몰락하는 양반들의 위선적인 생활 모습을 비판하고 풍자한 작품이다. 당시 신흥 부자가 등장하여 양반의 신분을 돈으로 얻으려는 사람들이 있었고, 양반들 중에는 빈곤함에서 벗어나고자 돈을 받고 신분을 팔려고 하는 자들이 있었다. 양반의 양반답지 못한 현실과 신분 질서의 문란함을 비판하며 실사구시의 실학사상을 반영한 작품이다.

2 핵심 정리

○ 다음 내용에서 괄호 안에 알맞은 답을 쓰시오.

갈래	고전 소설, 한문 소설, 풍자 소설
성격	풍자적, 고발적, 비판적
배경	• 시간적 배경 : 18세기 조선 • 공간적 배경 : 강원도 정선
시점	전지적 작가 시점
제재	양반 신분의 (㉠　　　)
주제	양반들의 (㉡　　　)과 위선, (㉢　　　)에 대한 풍자, (㉣　　　) 의식에 대한 비판
특징	• (㉤　　　)가 무너진 조선 후기의 시대적 상황이 잘 드러나 있다. • 양반들의 허례허식과 횡포를 (㉥　　　)로 비판하고 있다. • (㉦　　　)하는 양반들의 위선적 생활 모습을 비판하고 풍자하고 있다. • 평민 (㉧　　　)라는 새로운 인간형을 제시하고 있다. • 실사구시의 (㉨　　　)을 반영하고 있다.

3 이 글의 짜임

○ 다음 내용에서 괄호 안에 알맞은 답을 쓰시오.

발단	양반은 관아에서 곡식을 타 먹고 갚지 못해 옥살이 할 처지에 놓이고 아내는 (㉠　　　) 양반을 비판한다.
전개	마을의 부자가 양반의 환곡을 갚아 주고 양반 신분을 사고, 군수는 (㉡　　　) 증서를 작성하기로 한다.
절정1	군수가 부자에게 양반으로서 지켜야 할 행동 지침을 작성한 첫 번째 (㉢　　　) 증서를 작성한다.
절정2	부자의 요청으로 군수가 부자에게 양반의 권리를 담은 두 번째 (㉣　　　) 증서를 작성한다.
결말	부자가 양반을 (㉤　　　)이라고 하며 양반 되기를 포기한다.

◈ 그래픽 구조로 글의 짜임 한 번 더 이해하기

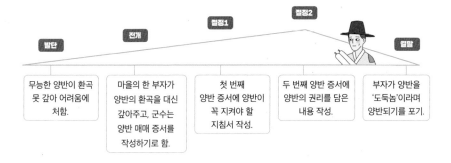

발단	전개	절정1	절정2	결말
무능한 양반이 환곡 못 갚아 어려움에 처함.	마을의 한 부자가 양반의 환곡을 대신 갚아주고, 군수는 양반 매매 증서를 작성하기로 함.	첫 번째 양반 증서에 양반이 꼭 지켜야 할 지침서 작성.	두 번째 양반 증서에 양반의 권리를 담은 내용 작성.	부자가 양반을 '도둑놈'이라며 양반되기를 포기.

4 소설의 특성과 전개 과정에 따른 변화 양상

1 주요 인물 소개 및 특성

○ 다음 각 인물에 대한 올바른 설명을 연결하시오.

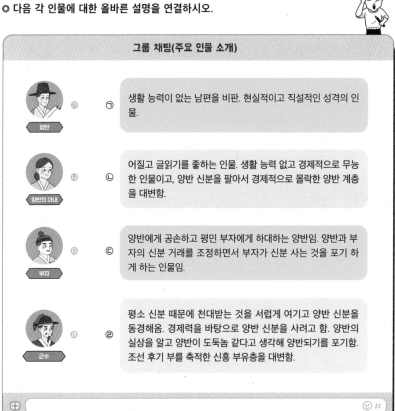

그룹 채팅(주요 인물 소개)

양반 ㉮ — ㉠ 생활 능력이 없는 남편을 비판. 현실적이고 직설적인 성격의 인물.

양반의 아내 ㉯ — ㉡ 어질고 글읽기를 좋아하는 인물. 생활 능력 없고 경제적으로 무능한 인물이고, 양반 신분을 팔아서 경제적으로 몰락한 양반 계층을 대변함.

부자 ㉰ — ㉢ 양반에게 공손하고 평민 부자에게 하대하는 양반임. 양반과 부자의 신분 거래를 조정하면서 부자가 신분 사는 것을 포기 하게 하는 인물임.

군수 ㉱ — ㉣ 평소 신분 때문에 천대받는 것을 서럽게 여기고 양반 신분을 동경해옴. 경제력을 바탕으로 양반 신분을 사려고 함. 양반의 실상을 알고 양반이 도둑놈 같다고 생각해 양반되기를 포기함. 조선 후기 부를 축적한 신흥 부유층을 대변함.

② 등장인물의 행동에서 긍정·부정적인 면모 찾아보기

◉ <양반전> 등장 인물에 대해 SNS에서 대화하듯 작성해보세요.

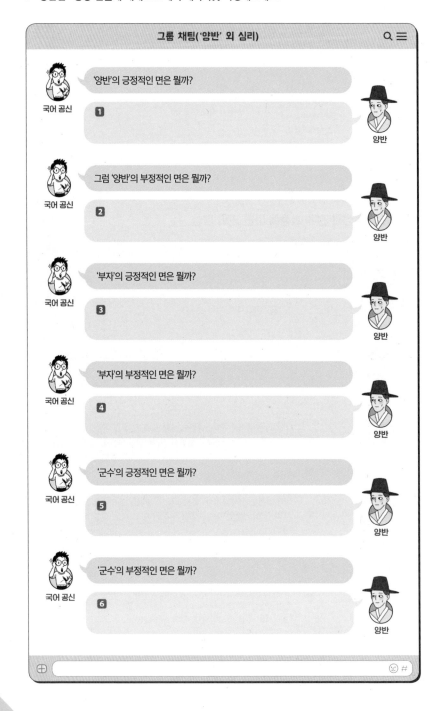

그룹 채팅('양반' 외 심리)

국어 공신: '양반'의 긍정적인 면은 뭘까?

양반: **1**

국어 공신: 그럼 '양반'의 부정적인 면은 뭘까?

양반: **2**

국어 공신: '부자'의 긍정적인 면은 뭘까?

양반: **3**

국어 공신: '부자'의 부정적인 면은 뭘까?

양반: **4**

국어 공신: '군수'의 긍정적인 면은 뭘까?

양반: **5**

국어 공신: '군수'의 부정적인 면은 뭘까?

양반: **6**

3 인물과 공감하기

◎ '양반'을 포기한 부자에게 짧은 메시지를 작성해봅시다.

5 '부자'의 뇌 구조

◎ 책 내용을 참고하여 '부자'의 뇌 구조를 자유롭게 작성해봅시다.

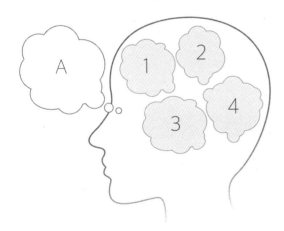

정말
꼭 알아야 해요!

Ⓐ - 어떻게든 양반이 되겠어!

1 - (㉠   )만 있으면 양반 되는 거 문제 없지!

2 - 일단 저 무능한 양반의 (㉡   )부터 갚아 저 양반의 신분을 사야겠어!!

3 - 무슨 양반이 지켜야 할 (㉢   , ,)이 이리도 많나?

4 - 양반으로서 누릴 수 있는 특권 있지만……

에라이! 이거 완전 (㉣   )놈들이잖아! 난 못하겠다.

6 작품 깊이 이해하기

1 문학 이론 살펴보기

① 풍자

1 풍자의 개념

주어진 사실을 그대로 드러내지 않고 과장 및 왜곡하거나 비꼬아서 표현하는 것이다. 이 때 우스꽝스럽게 표현하며 웃음을 유발한다. 즉, 현실의 부정적 대상이나 (㉠   )을 빗대 넌지시 비판함으로써 웃음을 유발하는 표현방식이다. 이렇게 현실을 비판함으로써 현실의 권력과 (㉡   )된 사실을 드러내 이상적인 해결책을 제시해내는 역할을 한다. 예를 들어, 〈봉산탈춤〉을 살펴보면, 「개잘량이라는 '양'자에 개다리 소반이라는 '반'자를 써서 '양반'이라 한단 말이오.」 이 내용은 양반의 무능함을 비판하며 풍자하고 있으며 조롱하고 있음을 알 수 있다.

2 풍자의 특징

① 대상을 직접 공격하는 것이 아니라 비웃음과 말장난, 과장, 시치미 떼기 등의 (㉢   )적인 표현 방법으로 부당한 현실과 권력적인 사람을 우스꽝스럽게 표현한다.
② 부조리한 사회 현실과 인간의 잘못된 면모를 바로잡기 위해 (㉣   )적으로 쓰이는 표현 방법이다.

② 반어, 역설, 풍자의 공통점과 효과

꼭 알아야 할 부분이야!
ZAP!

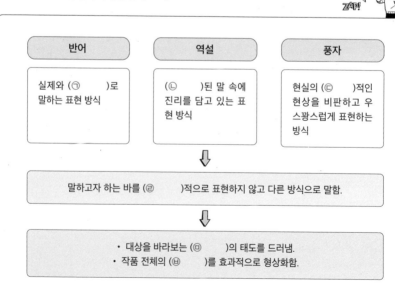

반어	역설	풍자
실제와 (㉠)로 말하는 표현 방식	(㉡)된 말 속에 진리를 담고 있는 표현 방식	현실의 (㉢)적인 현상을 비판하고 우스꽝스럽게 표현하는 방식

⬇

말하고자 하는 바를 (㉣   )적으로 표현하지 않고 다른 방식으로 말함.

⬇

• 대상을 바라보는 (㉤   )의 태도를 드러냄.
• 작품 전체의 (㉥   )를 효과적으로 형상화함.

2 작품 살펴보기 (서·논술형)

❶ <양반전>의 주제는 무엇인가요?

❷ 부자가 양반 신분을 사려는 이유는 무엇인가요?

❸ 첫 번째 매매 증서와 두 번째 매매 증서에서 풍자하고자 하는 양반의 모습은 무엇이고 이 작품을 통해 드러내고자 한 작가의 의도는 무엇인가요?

7 토론하기

○ 다음 논제는 <양반전>에 드러난 양반의 모습이다. 논제를 파악한 후 주장과 근거를 서술하시오.

논제 : '양반'은 무능력한 현실 도피자 VS 학식이 뛰어나고 현명한 선비

논제	무능력한 현실 도피자	학식이 뛰어나고 현명한 선비
주장		
근거		

간단히 내용 파악하기 ----------------------------

○ 다음 문제를 읽고 올바른 내용에는 O, 틀린 내용에는 X 표시를 하시오.

1 양반은 현실 문제에 대한 대처능력이 없고, 경제적으로 무능하다. 그러나 양반의 아내는 작가를 대변하며 양반의 무능력과 비생산성을 풍자적으로 비판했다.
[O | X]

2 부자가 양반신분을 사려는 이유는 양반은 가난해도 존경받지만 신분이 낮으면 언제나 하대받고 천하다는 인식이 크기 때문에 돈을 주고서라도 양반 신분을 사고 싶었던 것이다.   [O | X]

3 군수가 증서를 만드는 이유 중 하나는 양반과 신분 거래를 공증하기 위함이다.
[O | X]

4 첫 번째 양반 증서는 양반이 누릴 수 있는 특권을 나열하여 양반의 권리를 강조한 것이다. [O | X]

○ 다음 문제를 읽고 올바른 답을 간단히 서술하세요.

1 〈양반전〉에 나타난 풍자의 효과는?

2 '하는 일 없고 놀고 먹음'을 4자성어로 하면?

3 신분을 판 양반의 외모와 행동은?

4 〈양반전〉의 배경이 되는 조선 후기 사회는 신분 사회가 동요됐나?

5 「부자는 좌수와 별감의 오른쪽에 앉히고, 양반은 호장과 이방의 아랫자리에 세웠다.」의 의미는?

실전 문제로 작품 정리하기

1 <양반전>에 대한 설명으로 옳지 <u>않은</u> 것은?

① 양반의 모습을 해학을 통해 비판했다.
② 실사구시의 실학 사상을 반영한 소설이다.
③ 몰락한 양반의 위선적 생활 모습을 비판하고 풍자했다.
④ 소재를 현실 생활에서 취하고 사실적인 태도로 묘사했다.
⑤ 평민 부자라는 새로운 인물을 제시하여 조선 후기 사회상을 보여준다.

2 <양반전>의 작가 박지원의 한문 소설의 특징으로 옳지 <u>않은</u> 것은?

① 인간 평등 사상 구현
② 새로운 인간형 제시
③ 현실에 대한 비판과 풍자
④ 이용후생의 실학을 강조한 작가
⑤ 주요 작품으로 허생전, 호질, 민옹전, 박씨전, 홍길동전 등이 있다.

3 <양반전>에 등장하는 풍자에 대한 설명으로 옳지 <u>않은</u> 것은?

① 현실의 권력을 뒤엎고 이상적 세계의 승리를 이끌어 내는 것
② 풍자는 사실보다는 과장, 왜곡하거나 비꼬아서 우스꽝스럽게 표현
③ 풍자를 이용할 때 주로 현실적인 권력과 권위를 가진 주인공을 부정적으로 제시
④ 사회의 모순, 조롱, 멸시, 분노, 증오 등 여러 정서 상태로 독자에게 감동시켜 비판, 고발함
⑤ 당시 사회에서 일어나는 일, 사회적 제도 등을 충분히 반영하여 소설 속에 집약시켜 표현함

4 <양반전>에서 부자가 양반이 되려는 이유로 가장 적절한 것은?

① 신분제도 타파
② 몰락한 양반 구제
③ 사회 부조리 개선
④ 경제적 신분 상승
⑤ 환곡제도의 불합리성 비판

글쓰기 --

○ 다음 글쓰기 논제를 읽고, 한 편의 글을 완성하세요.

　　<양반전>처럼 풍자의 표현이 드러난 영화, 드라마, 코미디, 소설을 찾아 내용을 정리하고, 그 내용이 어떠한 풍자적 효과를 드러내는지 서술하세요.

글쓰기 예시

시대를 풍자한 영화, 〈모던 타임즈〉

○○중 2학년 최○○

　　영화 〈모던 타임즈〉는 찰리채플린 감독·주연의 흑백 무성영화이다. 1936년 2월 21일 미국에서 개봉한 작품으로 산업화된 자본주의 사회의 기계적으로 반복되는 현대인의 삶과 대공황 시대의 혼란한 사회적 상황을 풍자했다.

　　컨베어 벨트 공장에서 일하는 찰리는 하루종일 나사못을 조이는 일을 한다. 지속적이고 단순한 이 작업은 사람을 그 일에 노예로 만들어 버린다. 그래서 눈에 보이는 모든 것은 다 조여버리는 정신병에 걸린다. 결국 공장에서 해고되고 정신병원에 입원한다. 퇴원 후, 길을 가다가 트럭이 떨어뜨린 깃발을 집어 들지만 곧 시위대의 선두가 되어 경찰들에게 공산주의자로 몰려 수감된다. 결국 감옥에 가지만 교도소장의 배려로 조선소에 취업, 하지만 건조중인 배를 바다로 내보내는 실수를 저질러 또 해고를 당한다. 그리고는 한 소녀를 만난다. 떠돌이 생활을 하는 소녀는 백화점 야간경비원으로 일하는 찰리와 백화점에서 빵과 케이크도 먹고, 부자들처럼 만끽한다. 그리고 그 유명한 롤러 스케이트 장면을 연출한다. 이후 둘은 떠돌이 신세가 되며 먼 길을 떠난다. 이처럼 당시 사회를 신랄하게 풍자한 이 영화는 당시의 사회를 비판하고, 불확실한 미래를 위해 전진하는 많은 사람들에게 희망을 주기도 한다.

양반들의 특권의식이 뭐라고...
몰락하는 양반들의 위선적인 모습을 신랄하게 비판한 소설!

〈양반전〉은 조선 후기 양반들의 무능함과 위선, 허례허식과 특권의식에 대한 비판을 풍자한 소설입니다. 환곡을 갚지 못해 옥에 갇힐 위기에 처한 가난한 양반을 대신하여 부자 평민이 환곡을 갚아주고 '양반신분'을 산다는 내용입니다. 〈양반전〉은 내용도 내용이지만 이 소설을 이해하기 위해서는 우리가 잘 알아야 할 내용들이 있습니다. 우선 역사적인 배경입니다. 당시 조선 후기 왜 양반들이 몰락했고, 가난한 양반들이 생겨났으며 양반은 아무리 가난해도 책 읽기에 열중하는 지에 대해 이해할 필요가 있습니다. 문학은 내용만 이해하고 끝내는 것이 아닙니다. 당시의 사회와 문화, 역사와 철학 · 가치관을 총체적으로 이해하며 작품을 감상하는 것입니다. 그렇기 때문에 〈양반전〉의 문학적 가치를 이해하기 위해서는 역사적인 사실을 이해하는 것이 중요합니다. 그리고 작가가 의도하고자 한 내용, 그의 가치관을 이해하는 것도 중요합니다.

두 번째는 인물의 이해입니다. 〈양반전〉은 인물에 집중해서 읽어보는 것이 중요합니다. 작가의 풍자 대상은 등장 인물에서 그려지기 때문입니다. 작가는 작품에서 양반뿐 아니라 부자, 군수까지 풍자 대상으로 보고 있습니다. 또한 양반매매문서의 내용과 부자의 반응이 〈양반전〉에서 중요하게 보는 내용입니다. 첫 번째 문서에서 부자는 이롭게 고쳐달라고 합니다. 노력과 대가 없이 양반을 돈으로 취하려고 하는 부자의 반응을 통해 부자가 풍자의 대상임을 알 수 있고, 두 번째 문서에서도 도망가는 부자를 보며 양반을 풍자의 대상으로 삼았음을 알 수 있습니다. 그러면서 자신 또한 양반임에도 불구하고 양반의 특권과 횡포를 당당하게 문서 내용으로 말하고 있는 군수를 돋보이게 하며 군수도 풍자의 대상으로 삼고 있음을 보여주고 있습니다.

이렇게 〈양반전〉은 가난한 양반, 부자, 군수 세 인물이 중심을 이루며 어떤 부분에서 풍자적 요소를 보여주고 있는지 잘 확인해 볼 필요가 있습니다. 작품을 이해하는 방식은 다양하지만 〈양반전〉은 역사적 배경, 인물의 행동 중심, 풍자를 통한 비판 내용을 잘 이해하는 것이 중요합니다.

✦ 요람기 ✦

소년

잠깐!

작가에 대해 알아볼까요?

오영수
1914~1979

오영수(1914~1979년) 소설가는 1949년 단편소설 「남이와 엿장수」가 『서울신문』 신춘문예에 입선, 이듬해 단편 「머루」가 『서울신문』 신춘문예에 당선되면서 작품활동을 시작하였다. 온정과 선의의 모습을, 도시 보다는 향촌을, 기계문명보다는 자연을, 현대적 세련미보다는 고유한 소박함을 작품에서 두드러지게 드러냈다. 소설집은 『머루』, 『갯마을』, 『메아리』 등이 있다.

만화로 미리 주제 파악하기

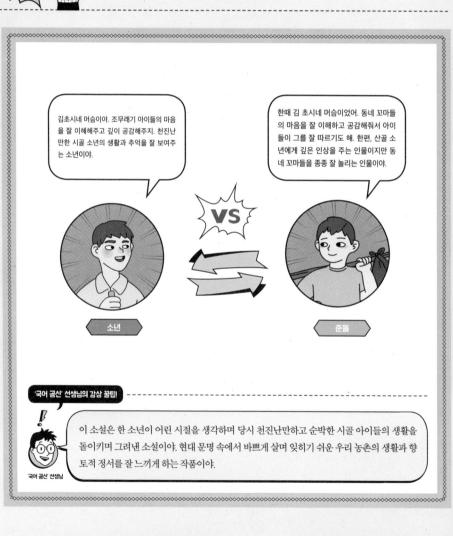

김초시네 머슴이야. 조무래기 아이들의 마음을 잘 이해해주고 깊이 공감해주지. 천진난만한 시골 소년의 생활과 추억을 잘 보여주는 소년이야.

한때 김 초시네 머슴이었어. 동네 꼬마들의 마음을 잘 이해하고 공감해줘서 아이들이 그를 잘 따르기도 해. 한편, 산골 소년에게 깊은 인상을 주는 인물이지만 동네 꼬마들을 종종 잘 놀리는 인물이야.

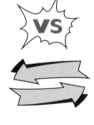

소년

VS

춘돌

'국어 공신' 선생님의 감상 꿀팁!

이 소설은 한 소년이 어린 시절을 생각하며 당시 천진난만하고 순박한 시골 아이들의 생활을 돌이키며 그려낸 소설이야. 현대 문명 속에서 바쁘게 살며 잊히기 쉬운 우리 농촌의 생활과 향토적 정서를 잘 느끼게 하는 작품이야.

'국어 공신' 선생님

요람기

소년은 자연과 함께하며 어느덧 세상을 아는 어른이 되었어.

기차도 전기도 없었다. 라디오도 영화도 몰랐다.**①** 그래도 소년은 마을 아이들과 함께 마냥 즐겁기만 했다.

봄이면 뻐꾸기 울음과 함께 진달래가 지천^(매우 흔함)으로 피고, 가을이면 단풍과 감이 풍성하게 익는, 물 맑고 바람 시원한 산간 마을이었다.**②**

먼 산골짜기에 얼룩얼룩 눈이 녹기 시작하고 흙바람이 불어 오면, 양지 쪽에 몰려 앉아 볕을 쬐던 마을 아이들은 들로 뛰쳐 나가 불놀이를 시작했다. 잔디가 고운 개울둑이나 논밭 두렁^(논이나 밭 사이의 작은 둑)에 불을 놓는 것을 아이들은 '들불놀이'라고 했다. 겨우내 움츠리고 무료^(지루하고 심심함)에 지친 아이들에게, 아직도 바람끝이 매운 이른 봄, 이 들불놀이만큼 신명^(흥겨운 신과 멋)나는 일도 없었다.

바람 없는 날, 불꽃은 잘 보이지 않으면서도 마치 흡수지^(기체나 액체를 빨아들이는 성질을 가진 특수한 종이)가 물을 빨아들이듯 꺼멓게 번져 가는 잔디 언덕이나, 큰 먹구렁이가 굼실굼실 기어가듯 타 들어가는 논밭 두렁**③**을 바라보고 있노라면 아지랑이는 온통 현기증이 나도록 하늘로 피어 올랐다.

이런 날일수록 산에는 안개가 짙고, 산발치 초가집 삭정이^(살아 있는 나무에 붙은 채 말라 죽은 가지) 울타리에는 빨래가 유난히도 희었다. 불탄 두렁에는 유독 살진 쑥이

내신 준비!

① 이 작품의 공간적 배경이 아직 근대화되지 않은 시골임을 알 수 있다.
② 작품의 공간적 배경을 직접적으로 드러내고 있다.
③ 들에 불을 피워 잔디와 논밭이 까맣게 타는 모습을 공감각적으로 표현하고 있다.

'국어 공신' 선생님

뽀얗게 돋았고, 쑥을 뜯는 가시내들은 불탄 두렁으로만 옹기종기 모여들었다. 성터(성이 있던 자리) 돌무더기 밑에 너구리굴이 있었다. 이 굴 속에는 오래 전부터 늙은 너구리가 살고 있다고 했다. 아이들은 들불놀이를 하고 돌아갈 때에는 으레 이 너구리굴에다 불을 지폈다. 너구리가 연기를 먹고 목이 막혀서 기어 나오면 산 채로 잡자는 것이었다.

이래서 아이들은, 마른 나무와 함께 청솔가지를 꺾어다가 불을 붙이고 눈알이 빨개지도록 불을 불었다. 그러나 너구리보다도 아이들이 먼저 연기를 먹고 물러났다. 윗도리를 벗어 부채 대신 휘둘러 보기도 했으나, 너구리는 쉽사리 나오지 않았다. 너구리는 연기가 스며드니까 굴 속 더 깊숙이 들어가 버렸는지, 아니면 굴속이 훈훈해지니까 사지를 뻗고 늘어지게 낮잠이라도 자고 있는지도 몰랐다. 아무튼, 늙은 너구리가 조무래기들에게 그리 호락호락 잡힐 것 같지는 않았다.

④ 진달래가 피고 잔디가 새로 돋아나기 시작하면, 아이들은 약속이나 한 듯 밤밭골로 모여들었다. 이 밤밭골은 산도 아니고 들도 아닌 평퍼짐한 구릉(땅이 비탈지고 조금 높은 곳)으로서, 이 고장 아이들의 놀이터로 돼 있었다. 둘레에는 잡목과 가시덩굴들이 얽혔지만, 등성이로는 오솔길이나 있고, 군데군데 잔디를 곱게 입은 무덤들이 도래솔(무덤가에 죽 둘러선 소나무)에 둘려 있었다.

> 여러분 집중해야 해요!

여기에서 아이들은 패를 갈라 씨름도 하고 말타기도 했다. 씨름에도 지치고 말타기에도 싫증이 나면, 산을 향해 고함을 질러, 돌아오는 메아리에 귀를 기울여 보기도 하고, 만만한 나무를 휘어잡아 까닭 없이 흔들어 보기도 했다. 잔디에 배를 깔고 삘기(띠의 어린 새순)를 까 씹기도 하고, 왕개미를 잡아다가 손바닥에 놓고 놀려 보기도 했다.

> ④ 아이들은 자연이 놀이터였다. 자연과 함께하는 아이들을 표현했다.

'국어 공신' 선생님

춘돌이라는, 김 초시^(과거의 맨 처음 시험. 또는 그 시험에 합격한 사람)네 머슴이 있었다. 나이는 아이들보다 배나 먹었어도 늘 조무래기 아이들과만 어울려 놀았다.**5** 씨름이나 말타기를 하면 으레 이 춘돌이가 심판을 했고, 어떤 때에는 아이들에게 쇠꼴^(소에게 먹이는 풀)을 베게 해 놓고 저는 묏등에 번듯이 누워 있기도 했다.**6** 어떻게 해선지는 몰라도 아이들은 춘돌이 말을 고분고분 잘 들었고, 또 잘 듣지 않으면 이 밤밭골에 오지 못하는 걸로 돼 있었다.**7**

언젠가 아이들이 물까마귀 한 마리를 잡은 적이 있었다. 날개를 다쳐 날지 못하는 것을 아이들이 몰아 덮친 것이었다. 아이들은 이 물까마귀를 어떻게 할까 하고 한동안 티격태격하다가 결국 구워 먹기로 했다. 마른 나무를 주워다 쌓고 그 위에다 물까마귀를 통째로 얹어 불을 지폈다. 배를 갈라 속을 내야겠으나, 칼이 없어 그대로 굽기로 했다. 지지지, 노린내와 함께 금세 털이 홀랑 타버리고 알몸만 남았다.

까투리^(꿩의 암컷)보다는 좀 작은 알몸에서는 자글자글 기름이 끓고, 구수한 냄새와 함께 살이 노르께하니 익어 가는 참인데, 이 때 춘돌이가 나무 지게를 받쳐 놓고 어슬렁어슬렁 다가왔다.

"그게 뭐냐?"

"물까마귀다."

"웬 거냐?"

"잡은 거다."

"누가?"

"우리가."

춘돌이는 아이들이 터 주는 자리에 비집고 들었다.

---

5 춘돌이는 제 나이 또래의 사람들과 어울리지 않고 어린 아이들하고만 지내는 인물이다.

6 춘돌이가 꾀를 부려 머슴인 자기가 해야 할 일을 아이들에게 시키고, 자신은 쉰 적이 있다.

7 춘돌이의 말을 잘 듣지 않으면 밤밭골에 오지 못하는 것으로 보아 춘돌이는 마을 아이들 무리의 주도권을 쥐고 있는 인물이다.

수능에 나올 수도 있어!

'국어 금신' 선생님

"이거 어떻게 할거냐?"

"먹을 거다."

그러자 춘돌이는 아이들을 하나하나 둘러보고는 또 말했다.

"요새 물까마귀를 먹으면 어찌 되는지 알기나 하나?"

"몰라, 어떻게 되는데?"

"'끼루룩' 하고 뛰게 돼!"

"왜?"

"몰라, 그건."

"봤나?"

"어른들이 그러더라."

"참말?"

"그래!"

아이들이 서로 얼굴만 쳐다보고 말이 없자, 춘돌이는 한 꼬마에게 제 지게에서 낫을 가져오라고 했다. 꼬마는 냉큼 달려가 낫을 가져왔다. 춘돌이는 낫으로, 거의 다 익은 물까마귀 배를 갈라, 김이 모락모락 나는 뱃속을 몽땅 꺼내고는 다시 불 위에 얹었다. 아이들은 그저 지켜만 볼 뿐, 어느 한 아이도 말이 없었다. 춘돌이는 불을 솟구치고 고기를 이리저리 뒤치고 하다가, 한 다리를 북 찢어 가지고 바로 옆에 있는 아이의 입에다 불쑥 디밀었다.

"자, 먹어 봐라."

그 아이가 뒤로 움찔 물러나며 손등으로 입술을 훔치자,

"그러면 너 한 번 먹어 봐라."

하고, 그 다음 아이에게 또 디밀었다.

다음 아이 역시 고개를 돌리고 물러났다.

"그러면 넌?"

⑧ 춘돌이 짓궂게 아이들에게 정확하지 않은 이야기를 전달하고 있다.

⑨ 춘돌의 장난을 곧이곧대로 듣는 것에서 순박하고 천진난만한 아이들의 모습을 엿볼 수 있다.

"싫어, 안 먹어."

"넌?"

"나도 안 먹어."

"너도?"

"그래."

그제서야 춘돌이는,

"그러면 내가 한 번 먹어 볼까."

하고는, 살점을 한 입 찢어 질겅질겅 씹다가 꿀꺽 삼켜 버렸다.[10]

"히야아……."

춘돌이 눈에서 흰자위가 한편으로 몰리는 것 같았다. 조마조마하니 바라보고 있던 아이들 중에는, 벌써 양 손에 한 짝씩 신을 벗어 쥐는 아이도 있었다.

춘돌이는 엉거주춤하고 흰자위를 두어 번 굴리다가 갑자기 "끼루룩" 하고 껑충 솟구어 뛰었다. 아이들이 궁둥이부터 미적미적 달아날 작정을 하자, 춘돌이는 더 큰 소리로 "끼루룩" 하고 껑충껑충 뛰기 시작했다.[11] 아이들은 그만 등성이를 향해 줄달음질을 쳤다. 미처 따라오지 못해 우는 아이도 한둘 있었다.

이런 뒤로, 아이들은 춘돌이를 슬슬 피했으나, 춘돌이는 아무렇지도 않았다.

아카시아꽃이 지고 밤꽃이 피면, 보리가 누렇게 익고 무논물이 괴어 있는 논에는 모내기가 한창이었다. 보리를 거둬들이고 모내기도 끝나면, 산도, 들도, 마을도 온통 푸르름으로 싸여 버렸다.[12] 이 푸르름 속에서 뻐꾸기는 온종일을 지겹도록 울어 대고, 마을 앞 느티나무 그늘에서는 노인들이 장기판도

[10] 춘돌이가 꾀를 부려 구운 물까마귀를 다들 먹지 않겠다고 하자, 아이들이 잡은 물까마귀는 춘돌이의 차지가 되었다.

[11] 아이들을 놀래켜 달아나게 한 뒤 구운 물까마귀를 혼자 다 먹기 위해, 춘돌이가 '끼루룩'하고 뛰는 연기를 하고 있다.

[12] 시골 마을의 계절이 여름으로 바뀌었다.

국어 곰샘 선생님

벌였다.

해가 서쪽으로 한 발쯤만 기울면 아이들은 소를 앞세우고 밤밭골로 모여들었다. 마을 아이들은 소를 좋아했고, 소 뜯기기(초식 동물에게 땅에 난 풀 따위를 떼어서 먹게 하다)를 좋아했다.

소년은 소가 없었다. 소 한 마리 먹이기가 소년은 늘 소원이었다.

소는 어질고 순해서 어린아이들에게도 순순히 따르고 말도 잘 들었다.

고삐를 걷어 뿔에 감고 놓아 두면, 소들은 여기저기 흩어져서 제멋대로 풀을 뜯어 먹었다. 실컷 풀을 먹고 난 소들은 나무 밑이나 잔디밭에 배를 깔고 졸면서 천천히 새김질(한번 삼킨 먹이를 다시 게워 내어 씹음)을 하거나, 젖먹이를 달고 온 어미소면 혓바닥으로 새끼 몸뚱이를 핥아 주기도 했다.

젖먹이 새끼소는 참 귀여웠다. 새끼 때 귀엽지 않은 짐승이 있을까마는, 갓난 송아지만큼 귀여운 짐승도 없을 것 같았다. 젖먹이 송아지를 안고 얼굴을 비비대 보면, 털이 비단결보다도 더 보드랍고 매끈했다. 속눈썹의 그늘이 진 둥글고 큰 눈망울은 한 오리의 불평도 의심도 없이 언제나 맑고 조용하기만 했다.

그러나 송아지는 개나 고양이 새끼와는 달리, 안기기만 하면 뛰쳐나가려고 잘 바둥거렸다. 바둥거려도 놓아 주지 않으면 '메에'하고 울기도 했다. 송아지가 '메에'하고 울면, 어미소가 '무우'하고 어슬렁어슬렁 다가오기도 했다. 이럴 때 제 새끼를 놓아 주지 않으면, 어미소는 '푸우푸우'하고 숨결이 거칠어지고 때로는 받기(머리나 뿔 따위로 세차게 부딪치다)도 했다.

멧새(멧새과의 새) 집을 찾아 뒤지고 꿩 새끼를 쫓고 하는 동안 해가 뉘엿뉘엿 넘어가면, 아이들은 제각기 소를 찾아 앞세우고 마을로 내려왔다.

고장의 여름은 어디를 봐도 산과 논과 콩밭과 수수밭뿐이었다. 이 산과 논과 콩밭과 수수밭을 동서로 갈라 남천강이 허리띠처럼 돌아가고, 강기슭으로 띄엄띄엄 원두막이 서 있었다. 아이들은 강에서 멱을 감다가도 참외밭을 넘겨다보면서 군침도 몹시 삼켰다.

원두막 주인에 돌래 영감이 있었다. 등 너머 돌래라는 마을에 살기 때문에 돌래 영감이라고 불렀는데, 이 영감은 가는귀(작은 소리까지 듣는 귀)가 좀 먹었었다.[13] 이 돌래 영감은 멱감는 아이들이 영 질색이었다. 멱만 감는 게 아니라, 둑에 올라와서 외순을 다치기(건드리다) 때문이었다.

그러나 아이들은 물장구와 자맥질(물속에서 팔다리를 놀리며 떴다 잠겼다 하는 짓)에 지치면 돌을 뒤져서 게나 징거미(민물 새우)를 잡기가 일쑤였고, 그것도 싫증이 나면 살금살금 원두막 쪽으로 올라갔다.

날이 더운 한낮이면 영감은 대개 낮잠을 잤다. 그러나 아이들이 참외밭 가까이에 채 얼씬도 하기 전에, 영감은 고래고래 고함을 지르고 막을 내려왔다. 가는귀는 먹었으나, 신통하게도 잠귀는 밝았다.[14]

"네 요놈들, 게서 뭘 하느냐?"

"방아깨비 잡아요!"

"무엇이 어째?"

아이들은 입가에 손나팔을 하고,

"방아깨비요!"

"왜 하필이면 남의 참외밭에서 방아깨비냐? 방아깨비가 어디 참외밭에만 있다더냐? 빨리 썩 나가지 못해!"

이렇게 목에 가래가 걸린 쉰 목소리로 소리를 지르면서 허우적허우적 밭두렁을 돌아왔다. 그러나 아이들은 겁을 먹거나 달아나기는커녕 도리어,

"방아깨비도 할아버지네 건가요?"

하고 약을 올렸다. 그러면 돌래 영감은

"아니, 요놈들이 무엇이 어쩌고 어……?"

하다가 그만 기침에 자지러졌다. 한동안 쿨룩거리다가 간신히 기침을 달랜 영감은

[13] 영감은 청력이 저하되어 작은 소리를 잘 듣지 못한다.
[13] 영감이 작은 소리는 잘 듣지 못하여도, 낮잠을 자는 와중에도 아이들이 참외밭에 다가오는 것은 잘 감지하였다.

내신 준비!

'국어 공신' 선생님

"오냐, 어디 한 놈 잡기만 해 봐라."

마치 술래잡기라도 하듯 두 팔을 벌리고 한 발 앞까지 다가오는 영감을, 아이들은 이리 빠지고 저리 뛰고 하면서 피했다. 영감이 아무리 버둥거리고 몰아 봐도, 검잡을 것이 없는 알몸뚱이 아이놈들은 쉬 잡혀 주지 않았다. 그러다가 혹 잡힐 만하면 모두 둑으로 몰려가 퐁당퐁당 물 속으로 뛰어들었다.

바람 한 점 없이 쨍쨍한 대낮, 원두막 너머로는 일쑤^(흔히) 뭉게구름이 솟아올랐다. 이런 날은 또 소나기가 오게 마련이었다.

장독대 옆 감나무 밑에 두어 평 가량의 평상이 놓여 있었다. 여름 한낮, 그늘이 짙은 이 평상에 누워 매미 소리를 듣는 것이 퍽도 즐겁고 시원했다. '지이지이' 우는 왕매미, '새에룽새에룽' 우는 참매미, '시옷시오옷' 우는 무당매미, '맴맴맴맴부랑' 하고 끝을 맺는 무슨 매미,……

이런 때 누나는 수틀을 받쳐 들고 송학^(소나무와 그 위에 앉은 학)에 달을 놓고 있었다.

해가 지기 전에 산그늘^(산이 햇빛을 가리어서 생긴 그늘)이 먼저 내려왔다.

벼포기에 물방울이 맺히고 모깃불 타는 향긋한 풀 냄새에 쫓기듯 반딧불이 날았다.

"누나."

"응?"

"박꽃은 왜 밤에만 피지?"

"낮에는 부끄러워서 그런대."

"왜, 뭐가 부끄러워?"

"건 나도 몰라."

"……누나."

"응?"

"별똥, 참말 맛있나?"

"그렇대."

"먹어 봤나?"

"아니."

"우리 집에 별똥 하나 떨어지면 좋겠지?"

"별똥은 이런 집에는 안 떨어진대."

"왜?"

"몰라. 먼 먼 산 너머 아무도 못 가는 그런 데만 떨어진대."

누나 동무들이 모였다. 다림질감을 가지고도 오고, 옥수수와 감자를 가지고도 왔다. 추석 옷감 이야기며, 누구는 어디 혼사말이 있고 누구는 시집살이가 고되다는 그런 이야기들…….

소년은 누나 옆에 누워 별똥을 세면서, 어른이 되면 별똥을 주우러 가겠다고 다짐을 하다가 잠이 들곤 했다.

콩이 누렁누렁 익으면 고장 아이들은 콩서리를 잘 해 먹었다. 마른 나무를 주워다가 불을 피우고 콩가지를 꺾어다 올려놓으면, 콩은 '피이 피'하고 김을 뿜으며 익었다. 가지에서 콩꼬투리가 떨어져 까뭇까뭇해지면 불을 헤집고 콩을 주워 까 먹었다. 참 구수하고 달큼했다. 한동안 이렇게 콩서리를 해 먹고 나면 입 가장자리는 꼭 굴뚝족제비같이 까맣게 돼 가지고 서로 바라보면서 웃어 댔다.

초가을 무렵⑮부터 밤밭골에는 콩서리 연기가 모락모락 피어오르지 않는 날이 별로 없었다.⑯ 혹 마을 어른들이 지나더라도,

"이놈들, 한 밭에서만 너무 많이 꺾지 마라!"

할 뿐, 별로 나무라지는 않았다. 그것은 어른들 자신도 아이 때에는 밀서리, 콩서리를 하며 컸기 때문이었다.

'국어 공신' 선생님

한 번은 콩을 푸짐하게 꺾어다 한창 콩서리를 하는 참인데, 언제 왔는지 춘돌이가, 불을 둘러싼 아이들 뒤에서 지켜 보고 있었다.

> ⑮ 시골 마을의 계절이 가을로 바뀌었다.
> ⑯ 아이들은 거의 매일 콩서리를 해 먹었다.

아이들이 자리를 터 주자, 춘돌이는 아무 말도 없이 비집고 들어와 막대기로 불을 솟구고 연기를 불고 하다가 나무를 더 주워 오라고 했다. 그러나 아이들이 나무를 더 주워 왔을 때에는 콩이 거의 다 익어 춘돌이가 불을 헤치고 있었다. 아이들이 주워 온 나무를 팽개쳐 버리고 삥 둘러앉자, 춘돌이는 아이들에게 꼬챙이를 하나씩 가지라고 했다. 꼬챙이를 하나씩 가지니까, 이번에는 그걸로 땅바닥을 치면서 '범버꾸범버꾸' 하고 소리를 내 보라고 했다. 아이들이 시키는 대로 땅을 치면서 '범버꾸범버꾸' 하니까, 춘돌이는 됐다면서,

"너희들은 그렇게 '범버꾸범버꾸' 하고 먹어라. 나는 '얌냠' 하고 먹을게."

하고 말했다. 아이들은 콩을 두어 알씩 입 속에 까 넣고는, 하라는 대로

"범버꾸범버꾸"

했다. 그러니까 이번에는

"꼬챙이로 땅도 두드려야지."

했다. 이래서 아이들이 또 꼬챙이로 땅을 치면서 '범버꾸범버꾸' 하는 동안, 춘돌이는 '얌냠' 하고 냉큼냉큼 잘도 주워 먹었다.⑰

꼬챙이로 땅을 치다 보니 언제 콩을 주울 새도 없었고, 입 속에 두어 알씩 까 넣는 콩마저 '범버꾸범버꾸' 하다 보니 씹을 수도 없었다. 그래도 아이들은 서로 얼굴을 바라보고 꼬챙이로 장단을 맞추듯 땅을 치면서 '범버꾸' 하는 것이 재미있었다.

큰댁 머슴에, 고향이 퍽 멀다는, 이대룡이라는 사람이 있었다.

이대룡은 떠꺼머리총각(노총각)으로, 퉁소를 잘 불었다. 더구나, 억새밭인 동산에 달이 밝은 밤이면, 이대룡은 어린 과부가 나이 많은 딸을 찾아 금강산으로 간다는 곡조를 청승맞도록 구슬프게 불었다.

미나리꽝 옆에 사는 무당네 딸 득이는, 어느 해 봄, 배꽃이 눈보라처럼 지던 날, 이대룡을 따라 먼 마을로 살림을 떠났다.⑱

⑰ 춘돌이가 자신이 더 콩을 많이 먹기 위해 꾀를 부렸다.
⑱ 득이가 이대룡과 결혼하고 시골 마을을 떠나 먼 마을로 이사를 갔다.

옷 다듬는 방망이 소리가 요란하고 지붕에 서리가 하얗게 내리던 밤⑲, 소년은 바느질에 여념이 없는 누나 옆에서 이대롱과 득이를 생각했다.

이대롱은 마음씨가 좋았다. 일쑤, 까치집을 뒤져 까치 새끼도 내려 주고, 박달나무로 팽이도 다듬어 주었다. 얼음판에서는 지게 위에 올려 앉히고 밀어 주기도 했다.

득이는 더 마음씨 좋고 인물도 고왔다. 언젠가 득이네 집 뒤 울타리에서 찔레순을 꺾다가 가시에 찔려 운 적이 있었다. 그때 득이는, 소년의 피나는 손가락을 제 입으로 빨고 빨고 하다가 쑥잎을 뜯어 붙이고, 저고리 안섶에서 실을 뽑아 처매 주었다. 실을 뽑는 득이 앙가슴^(가슴의 가운데)이 눈물 속으로 뽀얗게 어렸었다. 소년이 눈을 깜짝여 괸 눈물을 짜 버리자, 득이는 얼굴을 붉히고 옆으로 몸을 돌려 버렸다.

큰댁에 큰일이 있을 때마다 득이 모녀는 일을 잘 왔었다.

이대롱과 득이 소식은 아무도 아는 사람이 없었다.

다만, 지붕에 박이 여물고 동산에 달이 밝은 밤이나, 배꽃이 지고 찔레가 피는 철이 되면, 소년은 불현듯 이대롱과 득이를 생각하고, 왠지 또 뭔지도 모를 아쉬움과 애상^(슬픈 생각)에 잠기곤 했었다.

높새^(북동쪽에서 불어오는 바람)가 불기 시작하면 아이들은 기를 쓰고 연을 날렸다. 이 고장은 유독 연날리기가 심했다. 아이들뿐만이 아니라, 어른들도 연을 무척 좋아했고 많이 날렸다.

한말로 연이라지만, 연에도 여러 가지가 있었다. 가오리연, 문어연, 솔개연, 방구연······. 방구연에는 홍연과 상주연이 있었다. 홍연은 종이에 물을 들인 붉은 연이고, 상주연은 흰 종이 그대로 발라 만든 연이다.

연의 재미는 역시 연싸움에 있었다. 당사^(중국에서 들여온 명주실)에다 아교^(쇠가죽을 끈끈하도록 고아서 말린 접착제)를 먹여 유릿가루를 묻히는 것

중요한 부분이니까, 집중!

'국어 공신' 선생님

⑲ 현재 계절이 가을임을 알려준다.

을 '사를 먹인다.'라고 했다. 사가 잘 먹은 실에는 손을 베이기가 일쑤였다. 이렇게 사를 먹인 실을 얼레(연줄을 감을 때 쓰는 도구)가 두툼하게 감고 홍연을 높직이 바람을 태워 가지고 싸움에 나설 때에는, 마치 전장에 나가는 장수 같은 기세였다.

이런 것은 주로 어른들의 연이고, 아이들은 꽁지가 긴 가오리 연이나 솔개 연이 고작이었다. 멀리서 싸움연이 거만하게, 또는 위풍당당하게 싸움을 걸어 오면, 아이들은 재빨리 연을 감아 버리거나 달아나 버려야 했다. 그러나 싸움 연이 워낙 빨라서 미처 피하기도 전에 얽히고 보면 영락없이 떼이고 말았다.

떼인 연이 가까운 곳에 내려앉으면 주워 오기도 하지만, 개울이나 무논에 떨어지면 그만이었다. 연을 떼이고 발버둥을 치면서 우는 아이도 많았다.

연날리기도 정월 보름까지였다. 보름이 지난 뒤에도 연을 날리면 상놈이라고 했다. 그래서 정월 보름날이면 어른, 아이 할 것 없이 연을 날려 보내기로 돼 있었다. 숯가루를 꼭 궐련(얇은 종이로 가늘고 길게 말아 놓은 담배) 모양으로 한지에 말아 가지고, 연에서 두어 자 앞 실에다 매달고 꽁무니에 불을 붙여 연을 올린다.[20] 숯가루 궐련이 점점 타 들어가서 실에 닿으면, 연은 실과 얼레와 주인을 남기고 팔랑 떠나가 버린다. 어쩌면 새처럼, 어쩌면 나뭇잎처럼 까마득히 떠나가는 연을 바라보면서, 아이들은 제 연이 멀리멀리 떠나가기를 마음 속으로 바랐다.

언제나 가 보고 싶으면서도 가 보지 못하는 산과 강과 마을, 어쩌면 무지개가 선다는 늪, 이빨 없는 호랑이가 담배를 피우고 산다는 산 속, 집채보다도 더 큰 고래가 헤어 다닌다는 바다, 별똥이 떨어지는 어디쯤……

소년은 멀리멀리 떠 가는 연에다 수많은 꿈과 소망을 띄워 보내면서, 어느새 인생의 희비애환(기쁨과 슬픔과 애처로움과 즐거움)과 이비(옳음과 그름)를 아는 나이를 먹어 버렸다.[21]

---

[20] 정월 보름날이 연을 날릴 수 있는 마지막날이기 때문에, 정월 보름날이 되면 다들 연에 연결된 실에 불을 붙이고 하늘로 연을 날려 보냈다.
[21] 시골 마을에서 천진난만하게 지내던 순수한 소년이 어느새 성숙한 어른으로 성장했음을 뜻한다.

내신 준비해요!

'국어 공신' 선생님

내신·수능 만점 키우기

1 작품 소개

<요람기>는 특별한 사건 전개보다는 한 소년의 과거 어린 시절, 시골에서의 천진난만한 생활과 추억을 서정적으로 표현한 작품이다. 사계절을 겪으며 다양한 산골의 체험을 하며 재미있게 생활하는 모습을 잘 표현하였고, 소년은 이러한 산골 생활에서 꿈과 희망을 키우며 어느덧 희비애환과 이비를 아는 어른으로 성장해가는 것을 보여 주는 작품이다.

2 핵심 정리

○ 다음 내용에서 괄호 안에 알맞은 답을 쓰시오.

갈래	단편소설, 현대 소설
성격	향토적, 회상적, 수필적, 서정적
문체	간결체
배경	• 시간적 배경: 1920~30년대 • 공간적 배경: (㉠)
시점	3인칭 관찰자 시점
제재	천진난만한 시골 소년의 (㉡)
주제	산골 소년의 생활
특징	1. (㉢)어투의 간결한 문체로 표현되고 있다. 2. (㉣) 중심의 분위기 소설이다. 3. 계절의 변화에 따르는 (㉤ ,) 구성을 취하고 있다. 4. 작가의 (㉥) 소설이다.

3 이 글의 짜임

○ 다음 내용에서 괄호 안에 알맞은 답을 쓰시오.

발단	아직 근대화되지 않아 (㉠)의 혜택이 없는 (㉡) 마을에서 '소년'은 즐겁게 살았다.
전개	'소년'은 봄, 여름, 가을, 겨울, 즉 (㉢)이 다 가도록 여러 체험을 하면서 재미있게 지냈다.
결말	'소년'은 이런 생활 속에서 꿈과 희망을 키우며 어느덧 (㉣)과 (㉤)를 아는 어른이 되어버렸다.

◆ 그래픽 구조로 글의 짜임 한 번 더 이해하기

발단
문명의 혜택이 크지 않은 산간 마을에 소년이 즐겁게 살고 있음.

전개
자연 속에서 사계절을 거치며 다양한 체험을 함.

결말
소년은 자연속에서 성장하며 희비애환과 이비를 아는 어른으로 성장함.

4 소설의 특성과 전개 과정에 따른 변화 양상 ·········· BAAM!

1 주요 인물 소개 및 특성

o 다음 각 인물에 대한 올바른 설명을 연결하시오.

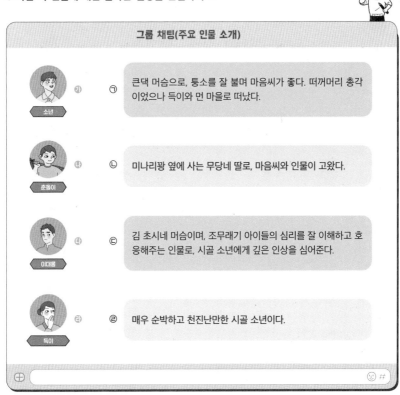

그룹 채팅(주요 인물 소개)

소년 ㉮ ― ㉠ 큰댁 머슴으로, 통소를 잘 불며 마음씨가 좋다. 떠꺼머리 총각 이었으나 득이와 먼 마을로 떠났다.

춘돌이 ㉯ ― ㉡ 미나리꽝 옆에 사는 무당네 딸로, 마음씨와 인물이 고왔다.

이대롱 ㉰ ― ㉢ 김 초시네 머슴이며, 조무래기 아이들의 심리를 잘 이해하고 호 응해주는 인물로, 시골 소년에게 깊은 인상을 심어준다.

득이 ㉱ ― ㉣ 매우 순박하고 천진난만한 시골 소년이다.

2 사건 전개에 따른 '소년'의 심리변화 살펴보기

◎ 다음 '나'에 대해 SNS에서 대화하듯 작성해보세요.

③ 인물과 공감하기

◎ 시골 마을에서의 어린 시절을 회상하는 어른이 된 '소년'에게 문자를 보내봅시다.

5 '소년'의 뇌 구조

◎ 책 내용을 참고하여 '소년'의 뇌 구조를 자유롭게 작성해봅시다.

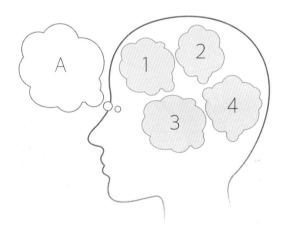

정말
꼭 알아야 해요!

Ⓐ - 오늘은 자연에서 무엇을 느끼며 놀까?

❶ - 봄에는 (㉠   )놀이를 해. 아지랑이가 얼마나 멋진지 몰라!

❷ - 여름에는 (㉡   )감기 놀이와 참외밭에서 장난치는 게 재밌어!

❸ - 가을에는 (㉢   )서리를 빼놓을 수 없어! 불에 구우면 최고의 맛!

❹ - 겨울에는 (㉣   )날리기를 많이 해!

    보름날에 실에 불붙여 하늘로 날려보내며 (㉤   )도 함께 띄워보내지.

6 작품 깊이 이해하기

1 문학 이론 살펴보기

1 소설의 문체 : ① 묘사의 기법

소설의 문체는 작가의 언어 사용 기법이다. 같은 '돈키호테'라는 작품이라도 두 작가가 번역하거나 재구성하면 분명 다른 분위기를 느낄 수 있다. 이것은 언어가 가진 리듬, 문장의 길이, 뉘앙스, 해학성, 형상화 등이 작가의 표현 방식에 따라 달라지기 때문이다. 소설에서는 이러한 복합적인 특성들이 모여 하나의 개성적인 작가의 문체가 이루어진다.

소설에서 문체는 그 작품에 구체적으로 표현되어 있는 개성적 언어특성이다. 그래서 '문체는 곧 그 사람이다'라는 비퐁의 유명한 말도 있다. 그래서 작가는 언어의 마술사라고 표현하기도 한다. 생각해보면 지금까지 우리가 읽었던 수많은 문학작품들이 작가의 개성적 문체와 특성으로 분위기가 연출되었고, 느낌을 이해할 수 있었다. 이렇게 문체는 작가가 체험하고 인식하며 느낀 것을 글로 표현하고 그것을 그대로 독자들에게 전달하는 것이다.

작가는 누구나 작품의 주제에 적합한 문장으로 구성하려고 한다. 그렇게 자신만의 문장 서술은 곧 그 작가의 어투와 유사하기 때문이다. 어투는 구체적인 분위기를 자아내며 색깔을 갖춘다. 그럼으로써 작가의 개성은 뚜렷하게 드러난다. 작가는 작품에 꼭 맞춘 복합적으로 현시할 수 있는 개성적 문체를 갖추는 것이 중요하다.

★ 소설에서 작가의 문체가 중요한 이유는 무엇인지 위 내용을 토대로 간단히 정리해보세요.

2 작품 살펴보기 (서·논술형)

❶ 이 소설의 주인공인 '소년'은 어른이 되어 어린 시절의 어떤 것을 그리워하고 있나요?

❷ 이 소설은 평면적 구조로 쓰였는데, 시간의 흐름에 따라 사계절이 전부 나옵니다. 각각의 계절에 소년이 무엇을 하였는지 정리해봅시다.

❸ 이 소설은 작가가 자신의 어린 시절을 그린 소설입니다. 작가는 어떤 생각을 가지고 이 작품을 썼을까요?

7 토론하기

○ 다음 논제를 파악한 후 주장과 이유를 서술하세요.

논제 : 춘돌이는 리더의 자격이 있다. vs. 리더의 자격이 없다.

논제	춘돌이는 리더의 자격이 있다.	춘돌이는 리더의 자격이 없다.
주장		
근거		

👦 간단히 내용 파악하기 --------------------------

◦ **다음 문제를 읽고 올바른 내용에는 O, 틀린 내용에는 X 표시를 하시오.**

1 이 소설의 배경은 기차도 전기도 없고, 라디오와 영화도 모르는 아주 산골 시골이다.
[O | X]

2 아이들은 물까마귀를 서로 먹겠다고 다퉜다.   [O | X]

3 소년은 소가 없었다. 그래서 옆집 춘돌이가 키우는 소가 늘 부러웠다.   [O | X]

4 이들은 동네 돌래 영감님 수박밭에서 서리하는 것이 여름날 즐거운 놀이였다.
[O | X]

5 이 소설은 소년의 어린 시절, 시골에서의 삶을 회상하는 어투로 쓰였다.   [O | X]

◦ **다음 문제를 읽고 올바른 답을 간단히 서술하세요.**

1 이 소설의 제목인 '요람기'의 의미를 서술하세요.

2 춘돌은 아이들에게 물까마귀를 먹으면 어떻게 된다고 했나요?

3 누나가 '박꽃이 밤에만 피는 이유'를 뭐라고 설명했나요?

4 물까마귀를 먹은 춘돌이 갑자기 '끼루룩' 소리를 내며 연기를 한 이유는 무엇인가요?

5 연날리기는 언제까지 할 수 있었나요? 만약 그 기간을 넘어 연을 날리면 뭐라고 불렀나요?

실전 문제로 작품 정리하기 ----------------------

1 이 글의 특징으로 적절하지 <u>않은</u> 것은?

① 작가의 자전적 소설이다.
② 회상적 어투의 간결한 문체로 표현되고 있다.
③ 배경 중심의 분위기 소설이다.
④ 도시에 살고 있는 천진난만한 소년의 생활과 추억을 소재로 하고 있다.
⑤ 계절의 변화에 따르는 추보식 · 병렬식 구성을 취하고 있다.

2 소설 속 내용과 일치하지 <u>않는</u> 것은?

① 이른 봄이면 마을 아이들은 들로 뛰쳐나가 불놀이를 했다.
② 너구리굴에 불을 지피면 너구리를 산 채로 잡을 수 있었다.
③ 진달래가 피고 잔디가 새로 돋아나기 시작하면 아이들은 밤밭골로 모였다.
④ 아이들은 물까마귀 한 마리를 잡아 구워 먹기로 했다.
⑤ 아이들은 밤밭골에 모여 패를 갈라 씨름도 하고 말타기도 했다.

3 소설 속 내용과 일치하는 것은?

① 춘돌이는 물까마귀를 먹으면 '끼루룩'하고 뛰게 된다며 먹지 않았다.
② 아이들은 춘돌이의 말을 믿지 않고 물까마귀를 구워 먹었다.
③ 소년은 소가 없어서 소 한 마리 먹이는 것이 소원이었다.
④ 돌래 영감은 먹 감는 아이들을 좋아하며 참외를 주곤 했다.
⑤ 소년은 누나 옆에 누워 별똥을 세면서 내일 별똥을 주우러 가겠다고 다짐했다.

4 춘돌이가 아이들에게 콩을 먹을 때 '범버꾸범버꾸'하고 먹으라고 한 이유는?

① 아이들더러 재밌으라고
② 그렇게 먹는 모습이 우스워서
③ 천천히 먹어야 소화가 잘 되니까
④ 마을 어른들이 시켜서
⑤ 아이들이 소리를 내면서 먹는 동안 본인이 더 많이 먹으려고

1 다음 <보기>는 소설의 구성 방식에 대해 이야기하고 있습니다. <보기>를 읽고 이러한 구성 방식이 독자에게 주는 효과에 대해 서술해 보세요.

> **보기**
>
> 이 소설은 일반적인 단편 소설의 특징과는 다소 거리가 멀다. 일반적인 소설의 전개 방식인 "발단-전개-위기-절정-결말"의 구성을 사용하지 않고 있다. 단편적 사건들 사이의 밀접한 관련성도 없으며, 이야기는 시간 순서에 따르는 평면적 구성 방식에 따라 전개되고 있다. 또한, 사건의 극적인 전개와 인물 간의 갈등도 없다.

----

2 도시와 시골에서의 삶! 서로는 참 다르지만 각기 좋은 점들이 많습니다. 어떤 점들이 좋은지·나쁜지 여러분의 생각을 적어보세요. 마지막에 여러분은 어떤 곳에서의 삶을 선호하는지 작성해봅시다.

✦ 어린 시절을 어떠한 곳에서 어떻게 보냈는지 생각하며
그 날의 정서와 분위기, 냄새와 기분을 상기해보자. ✦

〈요람기〉는 1930년대를 배경으로 하지만 전쟁이나 일제 강점기의 어두운 면이 아닌 아름답고 순수한 시골을 배경으로 하고 있습니다. 작가는 당시의 시대적 상황을 그리기보다는 어린 시절의 천진난만하고 순박한 산골 아이들의 생활을 그려내면서 현대 문명에서 잊혀가는 시골의 향토적 정서를 다시 떠오르게 합니다. 특히 사계절의 자연의 모습과 특징을 살려 아이들이 자연에서 할 수 있는 일들을 계절별로 보여주면서 특정한 사건이나 인물의 갈등보다 천진난만한 동심의 세계와 아이들의 체험을 잔잔하게 그려 독자들에게 어린 시절을 회상하게 하는 즐거움을 선사합니다.

여러분의 어린 시절은 어떠했나요? 자연보다는 도시 문명 속에 살며 계절마다 자연에서 놀거리를 구하기보다는 시설이 잘 갖춰진 계절 놀이를 하는 것이 더 익숙할 것입니다. 〈요람기〉에서 봄에는 들불놀이를 하고 너구리 굴에 연기를 넣어 잡기도 하고 물까마귀를 춘돌이 구워 먹기도 합니다. 여름에는 밤밭골에서 소에게 풀을 먹이기도 하고 강에서 먹을 감다가 참외 서리를 하러 가기도 합니다. 평상에 누워 누나와 이야기를 나누다 잠들기도 하죠. 가을이면 아이들과 콩 서리를 해서 구워 먹기도 합니다. 또 떠난 누군가를 그리워하기도 하죠. 겨울이면 연날리기를 하고 정월 보름에 그 연줄에 불을 넣어 연을 날려보내기도 합니다. 이러한 계절의 아이들의 모습이 지금 여러분의 상황과는 전혀 다르고 또 소설에서 나온 사계절의 놀이가 잘 공감이 가지 않을 수도 있습니다. 하지만 우리는 지금까지 이러한 자연과 함께 하며 지내온 사람들입니다. 사람은 자연과 늘 함께한 동물입니다. 도시 문명의 편리함을 지속적으로 추구하며 자연을 멀리하게 되면 인간은 자연을 거스르게 됩니다. 그러면서 점차 이기적이고 개인주의를 추구하는 삶이 나타나게 됩니다. 삶은 현대 문명의 발전을 통해 더 편리해졌지만 여러분의 마음은 자연의 정서에서 멀어지진 않았나요? 〈요람기〉를 읽으며 자연의 삶을 생각해보세요. 그리고 잊혀가는 시골의 향토적 정서를 마음속으로 느껴보며 마음의 여유를 찾아보면 어떨까요?

✦동백꽃✦

나

잠깐!

작가에 대해 알아볼까요?

김유정
1908~1937

김유정(1908~1937) 작가는 강원도 춘천 출생으로 휘문 고등 보통학교를 졸업하고 연희전
문학교 문과를 중퇴했다. 1935년 소설 〈소낙비〉가 '조선일보' 신춘문예에 당선되고, 〈노다지〉
가 '중앙일보' 신춘문예에 당선되어 등단했다. 토속적인 어휘와 비속어를 사용해 농촌의 실상
과 어두운 식민시대를 해학적 기법으로 표현했다. 토속어와 비속어, 해학적 표현은 현장감
을 높이는 문체를 살리며 리얼리즘을 극대화했다. 주요작품으로는 〈봄봄〉, 〈만무방〉 〈노다
지〉 등이 있다.

 여기서 잠깐!

만화로 미리 주제 파악하기

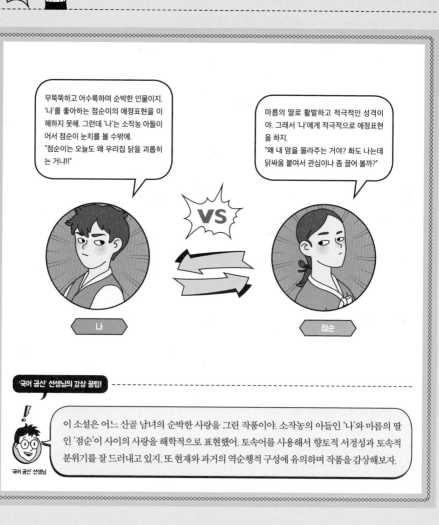

무뚝뚝하고 어수룩하며 순박한 인물이지. '나'를 좋아하는 점순이의 애정표현을 이해하지 못해. 그런데 '나'는 소작농 아들이어서 점순이 눈치를 볼 수밖에. "점순이는 오늘도 왜 우리집 닭을 괴롭히는 거냐!!"

마름의 딸로 활발하고 적극적인 성격이야. 그래서 '나'에게 적극적으로 애정표현을 하지. "왜 내 맘을 몰라주는 거야? 화도 나는데 닭싸움 붙여서 관심이나 좀 끌어 볼까?"

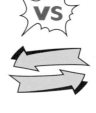 VS

나

점순

'국어 공신' 선생님의 감상 꿀팁!

이 소설은 어느 산골 남녀의 순박한 사랑을 그린 작품이야. 소작농의 아들인 '나'와 마름의 딸인 '점순'이 사이의 사랑을 해학적으로 표현했어. 토속어를 사용해서 향토적 서정성과 토속적 분위기를 잘 드러내고 있지. 또 현재와 과거의 역순행적 구성에 유의하며 작품을 감상해보자.

'국어 공신' 선생님

동백꽃

동백꽃처럼 아름답고 비밀스럽게! 알싸한 사랑 이야기

오늘도 또 우리 수탉이 막 쫓기었다.**1** 내가 점심을 먹고 나무를 하러 갈 양으로 나올 때이었다. 산으로 올라서려니까 등 뒤에서 푸드득 푸드득 하고 닭의 횃소리^(횃치다-닭이나 새 따위가 날개를 벌리고 탁탁 치다.)가 야단이다. 깜짝 놀라서 고개를 돌려 보니 아니나 다르랴 두 놈이 또 얼리었다.^(얼리다.-서로 얽히게 되다.)

점순네 수탉^{(대강이가 크고 똑 오소리같이 실팍하게(사람이나 물건 따위가 보기에 매우 실하다.) 생긴 놈)}이 덩저리 작은 우리 수탉을 함부로 해내는 것이다. 그것도 그냥 해내는 것이 아니라 푸드득하고 면두^(닭이나 새 따위의 이마 위에 세로로 붙은 살 조각)를 쪼고 물러섰다가 좀 사이를 두고 푸드득하고 모가지를 쪼았다. 이렇게 멋을 부려 가며 여지없이 닦아^(거세게 몰아붙여 꼼짝 못하게 하다.) 놓는다. 그러면 이 못생긴 것은 쪼일 적마다 주둥이로 땅을 받으며 그 비명이 킥, 킥, 할 뿐이다. 물론 미처 아물지도 않은 면두를 또 쪼이며 붉은 선혈은 뚝뚝 떨어진다.**2** 이걸 가만히 내려다보자니 내 대강이가 터져서 피가 흐르는 것같이 두 눈에서 불이 번쩍 난다.**3** 대뜸 지게막대기를 메고 달려들어 점순네 닭을 후려칠까 하다가 생각을 고쳐먹고 헛매질로 떼어만 놓았다.

이번에도 점순이가 쌈을 붙여 났을 것이다. 바짝바짝 내 기를 올리느라고

---

1 앞으로 전개될 사건의 중심 소재로 볼 수 있다.
2 닭의 고통을 시각적으로 묘사했다.
3 '나'와 수탉 사이에 정서적 동일시가 이루어진 표현이다.

그랬음에 틀림없을 것이다. 고놈의 계집애가 요새로 들어서 왜 나를 못 먹겠다고 그렇게 아르렁거리는지 모른다.

나흘 전④ 감자건만 하더라도 나는 저에게 조금도 잘못한 것은 없다.⑤

계집애가 나물을 캐러 가면 갔지 남 울타리 엮는 데 쌩이질(한창 바쁠 때에 쓸데없는 일로 남을 귀찮게 구는 짓.)을 하는 것은 다 뭐냐. 그것도 발소리를 죽여 가지고 등 뒤로 살며시 와서,

"얘! 너 혼자만 일하니?"

하고 긴치 않은 수작을 하는 것이다.

어제까지도 저와 나는 이야기도 잘 않고 서로 만나도 본척만척하고 이렇게 점잖게 지내던 터이련만 오늘로 갑작스레 대견해졌음은 웬일인가. 황차(하물며) 망아지만 한 계집애가 남 일하는 놈 보구⋯⋯.⑥

"그럼 혼자 하지 떼루 하디?"⑦

내가 이렇게 내뱉는 소리를 하니까,

"너 일하기 좋니?"

또는,

"한여름이나 되거든 하지 벌써 울타리를 하니?"

잔소리를 두루 늘어놓다가 남이 들을까봐 손으로 입을 틀어막고는 그 속에서 깔깔댄다. 별로 우스울 것도 없는데 날씨가 풀리더니 이 놈의 계집애가 미쳤나 하고 의심하였다.⑧ 게다가 조금 뒤에는 제 집께를 할금할금 돌아보더니 행주치마의 속으로 꼈던 바른손을 뽑아서 나의 턱밑으로 불쑥 내미는

> 여러분,
> 집중해야 해요!

④ '과거회상'의 시작을 나타낸다.
⑤ 상대방의 감정을 눈치채지 못하는 '나'의 어리숙함이 엿보인다.
⑥ 점순이의 호의를 알지 못하는 눈치없는 '나'(해학성), 과장된 표현으로 독자의 웃음을 유발한다.
⑦ 점순이의 의도를 이해하지 못하고 퉁명스럽고 무뚝뚝한 어조로 하는 말이다.
⑧ '나'가 점순이의 행동의 의미와 마음을 이해하지 못하는 것을 '해학적'으로 표현하고 있다.

'국어 귀신' 선생님

것이다. 언제 구웠는지 더운 김이 홱 끼치는 굵은 감자 세 개가 손에 뿌듯이 쥐였다.

"느 집엔 이거 없지?"⑩

하고 생색 있는 큰소리를 하고는 제가 준 것을 남이 알면은 큰일 날 테니 여기서 얼른 먹어 버리란다. 그리고 또 하는 소리가,

"너 봄감자가 맛있단다."

"난 감자 안 먹는다. 너나 먹어라.⑪"

나는 고개도 돌리지 않고 일하던 손으로 그 감자를 도로 어깨 너머로 쑥 밀어 버렸다.

그랬더니 그래도 가는 기색이 없고, 뿐만 아니라 쌔근쌔근하고 심상치 않게 숨소리가 점점 거칠어진다. 이건 또 뭐야 싶어서 그때에야 비로소 돌아다보니 나는 참으로 놀랐다. 우리가 이 동네에 들어온 것은 근 삼 년째 되어 오지만 여태껏 가무잡잡한 점순이의 얼굴이 이렇게까지 홍당무처럼 새빨개진 법이 없었다. 게다 눈에 독을 올리고 한참 나를 요렇게 쏘아보더니 나중에는 눈물까지 어리는 것이 아니냐. 그리고 바구니를 다시 집어 들더니 이를 꼭 악물고는 엎더질(엎더지다. '엎드러지다(잘못하여 앞으로 넘어지다).'의 준말.) 듯 자빠질 듯 논둑으로 횡하게 달아나는 것이다.⑫

어쩌다 동리 어른이,

"너 얼른 시집을 가야지?"

하고 웃으면,

"염려 마서유. 갈 때 되면 어련히 갈라구!"⑬

이렇게 천연덕스레 받는 점순이였다. 본시 부끄럼을 타는 계집애도 아니거

---

⑨ '나'에 대한 점순이의 관심과 애정을 나타내는 소재이다.
⑩ '나'의 자존심을 상하게 하는 말이다. 한편, 점순이의 마음이 반어적으로 표현된 것이다.
⑪ 점순이의 호의에 대해 퉁명스럽게 반응하는 '나'(점순의 반감을 삼-닭싸움). 그리고 점순이의 생색내는 태도에 자존심이 상했기 때문에 퉁명스럽게 말한 것이다.
⑫ 인물의 행동 묘사를 통한 간접적인 심리를 제시하고 있다.
⑬ 당돌하고 활발한 점순이의 성격을 알 수 있다.

수능에 나올
수도 있어!

'국어 금산' 선생님

니와 또한 분하다고 눈에 눈물을 보일 얼병이(얼간이, 됨됨이가 똑똑하지 못하고 모자라는 사람)도 아니다. 분하면 차라리 나의 등어리를 바구니로 한번 모질게 후려쌔리고 달아날지언정.

그런데 고약한 그 꼴을 하고 가더니 그 뒤로는 나를 보면 잡아먹으려 기를 복복 쓰는 것이다.

설혹 주는 감자를 안 받아먹는 것이 실례라 하면, 주면 그냥 주었지 '느 집엔 이거 없지'는 다 뭐냐. 그러잖아도 저희는 마름이고 우리는 그 손에서 배재(땅을 소작할 수 있는 권리)를 얻어 땅을 부치므로 일상 굽실거린다.⑭ 우리가 이 마을에 처음 들어와 집이 없어서 곤란으로 지낼 제 집터를 빌리고 그 위에 집을 또 짓도록 마련해 준 것도 점순네의 호의였다. 그리고 우리 어머니 아버지도 농사 때 양식이 딸리면 점순이네한테 가서 부지런히 꾸어다 먹으면서 인품 그런 집은 다시없으리라고 침이 마르도록 칭찬하곤 하는 것이다. 그러면서도 열일곱 씩이나 된 것들⑮이 수군수군하고 붙어 다니면 동네의 소문이 사납다고 주의를 시켜준 것도 또 어머니였다. 왜냐하면 내가 점순이하고 일을 저질렀다가는 점순네가 노할 것이고, 그러면 우리는 땅도 떨어지고 집도 내쫓기고 하지 않으면 안 되는 까닭이었다.⑯

그런데 이놈의 계집애가 까닭 없이 기를 복복 쓰며 나를 말려 죽이려고 드는 것이다.⑰

눈물을 흘리고 간 그담 날 저녁나절이었다. 나무를 한 짐 잔뜩 지고 산을 내려오려니까 어디서 닭이 죽는소리를 친다. 이거 뉘 집에서 닭을 잡나, 하고 점순네 울 뒤로 돌아오다가 나는 고만 두 눈이 똥그랬다. 점순이가 저희 집 봉당에 홀로 걸터앉았는데 이게 치마 앞에다 우리 씨암탉을 꼭 붙들어 놓고는,

"이놈의 씨닭! 죽어라, 죽어라."⑱

⑭ '나'가 평소 계층적인 위화감을 가지고 있다는 것을 알 수 있다.
⑮ 점순과 나의 나이를 가리킨다.
⑯ '나'가 소극적인 태도를 보인 이유이다.
⑰ '나'의 우둔하고 어리숙한 성격을 보인다. 그래서 점순이의 행동에 담긴 의미를 이해하지 못한다.

국어 공산 선생님

요렇게 암팡스레^(아무지고 다부지게) 패주는 것이 아닌가. 그것도 대가리나 치면 모른다마는 아주 알도 못 낳으라고 그 볼기짝께를 주먹으로 콕콕 쥐어박는 것이다.

나는 눈에 쌍심지가 오르고 사지가 부르르 떨렸으나 사방을 한번 휘둘러보고야 그제서야 점순이 집에 아무도 없음을 알았다. 잡은 참지게 막대기를 들어 울타리의 중턱을 후려치며,

"이놈의 계집애! 남의 닭 알 못 낳으라구 그러니?"

하고 소리를 빽 질렀다.

그러나 점순이는 조금도 놀라는 기색이 없고 그대로 의젓이 앉아서 제 닭 가지고 하듯이 또 죽어라, 죽어라 하고 패는 것이다.⑲ 이걸 보면 내가 산에서 내려올 때를 겨냥해 가지고 미리부터 닭을 잡아 가지고 있다가 네 보라는 듯이 내 앞에서 쥐지르고^(쥐어지르고-주먹으로 힘껏 내지르고) 있음이 확실하다.

그러나 나는 그렇다고 남의 집에 뛰어들어가 계집애하고 싸울 수도 없는 노릇이고 형편이 썩 불리함을 알았다. 그래 닭이 맞을 적마다 지게막대기로 울타리를 후려칠 수밖에 별 도리가 없다.⑳ 왜냐하면 울타리를 치면 칠수록 울섶이 물러앉으며 뼈대만 남기 때문이다. 허나 아무리 생각하여도 나만 밑지는 노릇이다.

"아, 이년아! 남의 닭 아주 죽일 터이야?"

내가 도끼눈을 뜨고 다시 꽥 호령을 하니까 그제야 울타리께로 쪼르르 오더니 울밖에 섰는 나의 머리를 겨누고 닭을 내팽개친다.

"예이 더럽다! 더럽다!"

"더러운 걸 널더러 입때끼고 있으랬니? 망할 계집애 년㉑ 같으니"

하고 나도 더럽단 듯이 울타리께를 횡허케 돌아내리며 약이 오를 대로 다

⑱ 점순은 자신의 호의를 거절한 대가로 '나'의 닭에게 앙갚음을 대신하려고 한다.
⑲ '나'의 화를 돋우기 위해 점순이가 의도적으로 행동한 것이다.
⑳ 점순이의 횡포에 대한 '나'의 소극적인 행동이라 할 수 있다. ('나'는 소작농의 아들이고, 점순이는 마름의 딸)
㉑ 비속어를 사용하여 사실적이고 해학적이다.

올랐다, 라고 하는 것은 암탉이 풍기는 서슬에 나의 이마빼기에다 물지똥을
찍 갈겼는데 그걸 본다면 알집만 터졌을 뿐 아니라 골병은 단단히 든 듯싶다.
그리고 나의 등 뒤를 향하여 나에게만 들릴 듯 말 듯한 음성으로,

"이 바보 녀석아!"

"얘! 너 배냇병신[22](태어날 때부터 몸이나 정신이 성하지 않은 사람)이지?"

그만도 좋으련만,

"얘! 너 느 아버지가 고자라지?"[22]

"뭐 울 아버지가 그래 고자야?"

할 양으로 열벙거지(매우 급하게 치밀어 오르는 화)가 나서 고개를 홱 돌리어 바라봤더
니 그때까지 울타리 위로 나와 있어야 할 점순이의 대가리가 어디 갔는지 보
이지를 않는다. 그러다 돌아서서 오자면 아까에 한 욕을 울 밖으로 또 퍼붓는
것이다. 욕을 이토록 먹어 가면서도 대거리 한 마디 못하는 걸 생각하니 돌부
리에 채이어 발톱 밑이 터지는 것도 모를 만큼 분하고 급기야는 두 눈에 눈물
까지 불끈 내솟는다.

그러나 점순이의 침해[23]는 이것뿐이 아니다.

사람들이 없으면 틈틈이 제 집 수탉을 몰고 와서 우리 수탉과 쌈을 붙여 놓
는다. 제 집 수탉은 썩 험상궂게 생기고 쌈이라면 홰를 치는 고로 으레 이
길 것을 알기 때문이다. 그래서 툭하면 우리 수탉이 면두며 눈
깔이 피로 흐드르하게 되도록 해 놓는다. 어떤 때에는 우
리 수탉이 나오지를 않으니까 요놈의 계집애가 모이를
쥐고 와서 꾀어내다가 쌈을 붙인다.

이렇게 되면 나도 다른 배차(차례를 정함)를 차리지 않을 수 없었다. 하루는 우
리 수탉을 붙들어 가지고 넌지시 장독께로 갔다. 쌈닭에게 고추장[24]을 먹이면

[22] 욕하는 점순이의 모습에서 당차고 적극적인 성격을 알 수 있다. ('배냇병신', '고자'는 비속어)
[23] 점순이의 속마음과 다르게 표현된 반어적 표현, '나'를 약올리고, 화나게 하고, 욕하
고, 닭을 괴롭히는 행동을 뜻한다. 그리고 감자를 거절하며 자신의 호의를 받아들이
지 않는 것에 대한 앙갚음이다.
[24] 점순에게 맞서는 '나'의 대응책이다.

'국어 금산 선생님'

병든 황소가 살모사[25]를 먹고 용을 쓰는 것처럼 기운이 뻗친다 한다. 장독에서 고추장 한 접시를 떠서 닭 주둥아리께로 들이 밀고 먹여 보았다. 닭도 고추장에 맛을 들였는지 거스르지 않고 거진 반 접시 턱이나 곧잘 먹는다.

그리고 먹고 금시는 용을 못 쓸 터이므로 얼마쯤 기운이 돌도록 홰(새장이나 닭장 속에 새나 닭이 올라앉게 가로질러 놓은 나무 막대.) 속에다 가두어두었다.

밭에 두엄을 두어 짐 져내고 나서 쉴 참에 그 닭을 안고 밖으로 나왔다.[26] 마침 밖에는 아무도 없고 점순이만 저희 울안에서 헌옷을 뜯는지 혹은 솜을 터는지 웅크리고 앉아서 일을 할 뿐이다.

나는 점순네 수탉이 노는 밭으로 가서 닭을 내려놓고 가만히 맥을 보았다. 두 닭은 여전히 얼리어 쌈을 하는데 처음에는 아무 보람이 없었다. 멋지게 쪼는 바람에 우리 닭은 또 피를 흘리고 그러면서도 날갯죽지만 푸드득푸드득하고 올라 뛰고 뛰고 할 뿐으로 제법 한번 쪼아 보지도 못한다.

그러나 한번엔 어쩐 일인지 용을 쓰고 펄쩍 뛰더니 발톱으로 눈을 하비고 (손톱이나 날카로운 물건 따위로 조금 긁어 파고) 내려오며 면두를 쪼았다. 큰 닭도 여기에는 놀랐는지 뒤로 멈씰하며(멈칫하여) 물러난다. 이 기회를 타서 작은 우리 수탉이 또 날쌔게 덤벼들어 다시 면두를 쪼니 그제서는 감때사나운(억세고 사나운) 그 대강이에서도 피가 흐르지 않을 수 없다.

옳다 알았다, 고추장만 먹이면은 되는구나 하고 나는 속으로 아주 쟁그라워(미워하는 대상이 잘못되는 것이 고소하고 통쾌하다) 죽겠다. 그때에는 뜻밖에 내가 닭쌈을 붙여 놓는 데 놀라서 울 밖으로 내다보고 섰던 점순이도 입맛이 쓴지 눈살을 찌푸렸다.[27]

나는 두 손으로 볼기짝을 두드리며 연방[28],

"잘한다! 잘한다!"

여러분, 집중해야 해요!

'국어 골신' 선생님

[25] '병든황소'는 우리 수탉을, '살모사'는 고추장을 의미한다.
[26] 고추장을 먹인 효과를 확인하기 위해서 닭싸움을 시키려고 데리고 나왔다.
[27] 점순이는 자신의 수탉이 쪼이자 기분이 언짢아 한다는 의미의 말이다.
[28] 신이 난 '나'의 심리를 행동 묘사를 통해 드러냈다.

하고, 신이 머리끝까지 뻗치었다.

그러나 얼마 되지 않아서 나는 넋이 풀리어 기둥같이 묵묵히 서 있게 되었다.[29] 왜냐하면 큰 닭이 한번 쪼인 앙갚음으로 호들갑스레 연거푸 쪼는 서슬에 우리 수탉은 찔끔 못하고 막 곯는다. 이걸 보고서 이번에는 점순이가 깔깔거리고 되도록 이쪽에서 많이 들으라고 웃는 것이다.

나는 보다 못하여 덤벼들어서 우리 수탉을 붙들어가지고 도로 집으로 들어왔다. 고추장을 좀더 먹였더라면 좋았을 걸, 너무 급하게 쌈을 붙인 것이 퍽 후회가 난다. 장독께로 돌아와서 다시 턱밑에 고추장을 들이댔다. 흥분으로 말미암아 그런지 당최 먹질 않는다.

나는 하릴없이 닭을 반듯이 눕히고 그 입에다 궐련 물부리(담배를 끼워서 빼는 물건)를 물리었다. 그리고 고추장 물을 타서 그 구멍으로 조금씩 들여 부었다. 닭은 좀 괴로운지 킥킥하고 재채기를 하는 모양이나 그러나 당장의 괴로움은 매일같이 피를 흘리는 데 델 게 아니라 생각하였다.

그러나 한 두어 종지 가량 고추장 물 먹이고 나서는 나는 고만 풀이 죽었다. 싱싱하던 닭이 왜 그런지 고개를 살며시 뒤틀고는 손아귀에서 뻐드러지는 것이 아닌가. 아버지가 볼까 봐서 얼른 홰에다 감추어 두었더니 오늘 아침에서야 겨우 정신이 든 모양 같다.

그랬던 걸 이렇게 오다 보니까 또 쌈을 붙여 놓으니[30] 이 망한 계집애가 필연 우리 집에 아무도 없는 틈을 타서 제가 들어와 홰에서 꺼내 가지고 나간 것이 분명하다.[31]

나는 다시 닭을 잡아다 가두고 염려는 스러우나 그렇다고 산으로 나무를 하러 가지 않을 수도 없는 형편이었다.

소나무 삭정이를 따며 가만히 생각해 보니 암만해도 고년의 목쟁이(목정강이)

---

[29] 상황이 역전되었다. 또한 '나'의 수탉이 점순이네 수탉에게 다시 쪼이기 시작했기 때문이다.
[30] 첫 부분의 닭싸움과 이어지는 내용이다. (역순행적 구성)
[31] '나'가 나무를 하러 갈 때 염려한 일이다.

수능에 나올
수도 있어!

'국어 공신' 선생님

를 돌려 놓고 싶다. 이번에 내려가면 망할 년 등줄기를 한번 되게 후려치겠다 하고 싱둥겅둥^(건성건성) 나무를 지고는 부리나케 내려왔다.

거지반 집에 다 내려와서 나는 호드기^(봄철에 물오른 버들가지를 비틀어 뽑은 통껍질이나 짤막한 밀짚토막 따위로 만든 피리) 소리를 듣고 발이 딱 멈추었다. 산기슭에 널려 있는 굵은 바윗돌 틈에 노란 동백꽃이 소보록하니 깔리었다.³² 그 틈에 끼어 앉아서 점순이가 청승맞게시리 호드기를 불고 있는 것이다. 그보다 더 놀란 것은 고 앞에서 또 푸드득, 푸드득, 하고 들리는 닭의 횟소리다. 필연코 요년이 나의 약을 올리느라고 또 닭을 집어내다가 내가 내려올 길목에다 쌈을 시켜 놓고 저는 그 앞에 앉아서 천연스레 호드기를 불고 있음에 틀림없으리라.

나는 약이 오를 대로 올라서 두 눈에서 불과 함께 눈물이 퍽 쏟아졌다. 나뭇지게도 벗어놀 새 없이 그대로 내동댕이치고는 지게막대기를 뻗치고 허둥지둥 달려들었다.

가까이 와 보니 과연 나의 짐작대로 우리 수탉이 피를 흘리고 거의 빈사지경에 이르렀다. 닭도 닭이려니와 그러함에도 불구하고 눈 하나 깜짝 없이 고대로 앉아서 호드기만 부는 그 꼴에 더욱 치가 떨린다.³⁴ 동네에서도 소문이 났거니와 나도 한때는 걱실걱실히^(성질이 너그러워 말과 행동을 시원스럽게 하는 모양) 일 잘 하고 얼굴 예쁜 계집애인 줄 알았더니 시방 보니까 그 눈깔이 꼭 여우 새끼 같다.

나는 대뜸 달려들어서 나도 모르는 사이에 큰 수탉을 단매^(한번에 때리는 매)로 때려 엎었다. 닭은 푹 엎어진 채 다리 하나 꼼짝 못 하고 그대로 죽어 버렸다.³⁵ 그리고 나는 멍하니 섰다가 점순이가 매섭게 눈을 흡뜨고 닥치는 바람에 뒤로 벌렁 나자빠졌다.

수능에 나올 수도 있어!

"이놈아! 너 왜 남의 닭을 때려죽이니?"

"그럼 어때?"

32 서정적이고 낭만적인 분위기를 자아내는 공간적, 계절적 배경이 드러나고 있다.
33 점순이가 '나'를 약올리기 위해 의도적으로 한 행동으로 해석했다.
34 점순이에 대한 '나'의 분노와 미움이 최고조에 오른 상태이다.
35 갈등의 최고조이자 갈등 해소의 실마리가 된다.

'국어 공신' 선생님

하고 일어나다가,

"뭐 이 자식아! 누 집 닭인데?[36]"

하고 복장(가슴 한복판)을 떠미는 바람에 다시 벌렁 자빠졌다. 그리고 나서 가만히 생각을 하니 분하기도 하고 무안도스럽고, 또 한편 일을 저질렀으니, 인젠 땅이 떨어지고 집도 내쫓기고 해야 될는지 모른다.

나는 비슬비슬 일어나며 소맷자락으로 눈을 가리고는, 얼김에 엉 하고 울음을 놓았다. 그러나 점순이가 앞으로 다가와서,

"그럼 너 이담부텀 안 그럴 테냐?"

하고 물을 때에야 비로소 살길을 찾은 듯싶었다. 나는 눈물을 우선 씻고 뭘 안 그러는지 명색(겉으로 내세우는 구실)도 모르건만,

"그래!"

하고 무턱대고 대답하였다.

"요담부터 또 그래 봐라, 내 자꾸 못살게 굴 테니."

"그래 그래 이젠 안 그럴 테야!"

"닭 죽은 건 염려 마라, 내 안 이를 테니."

그리고 뭣에 떠다 밀렸는지 나의 어깨를 짚은 채 그대로 퍽 쓰러진다. 그 바람에 나의 몸뚱이도 겹쳐서 쓰러지며, 한창 피어 퍼드러진 노란 동백꽃 속으로 폭 파묻혀 버렸다.[37]

알싸한, 그리고 향긋한 그 냄새[38]에 나는 땅이 꺼지는 듯이 온 정신이 고만 아찔하였다.

"너 말 마라!"

"그래!"

조금 있더니 요 아래서,

---

[36] '나'는 이성을 잃고 신분상의 차이를 강조하며 현실을 환기시켜 주는 말이다.
[37] '나'와 점순이는 화해를 하고, 사랑에 눈을 떴으며, 갈등 해소가 되었다.
[38] 사랑의 감정을 감각적으로 잘 표현한 부분이다.

수능에 나올
수도 있어!

'국어 공신' 선생님

"점순아! 점순아! 이년이 바느질을 하다 말구 어딜 갔어?"

하고 어딜 갔다 온 듯싶은 그 어머니가 역정이 대단히 났다.

점순이가 겁을 잔뜩 집어먹고 꽃 밑을 살금살금 기어서 산 아래로 내려간 다음 나는 바위를 끼고 엉금엉금 기어서 산위로 치빼지 않을 수 없었다.

OOPS!

내신·수능 만점 키우기

1 작품 소개

<동백꽃>은 한 시골 농촌 마을에서 주인공 '나'와 동갑내기 '점순'이 옥신각신하지만 서로의 마음을 확인한 후 풋풋한 사랑 이야기로 끝나는 이야기다. 마름집 딸 점순과 소작농의 아들 '나' 사이에는 오묘한 기류가 흐른다. 눈치 없는 '나'는 마름집 딸 점순의 마음을 몰라준다. 점순은 '나'에 대한 미움을 닭싸움으로 풀어내며 재미와 흥미를 주는 김유정만의 해학성이 두드러진 작품이다.

2 핵심 정리

○ 다음 내용에서 괄호 안에 알맞은 답을 쓰시오.

갈래	단편 소설, 순수 소설, 성장 소설, 농촌 소설
성격	향토적, 해학적, 서정적
배경	- 시간적 배경 : 1930년대 봄 - 공간적 배경 : 강원도 산골 농촌 마을
시점	1인칭 주인공 시점
제재	주인공 '나'와 점순과의 (㉠)과 (㉡)
주제	산골 소년과 소녀의 순박한 사랑
특징	- 소작농 아들 '나'와 마름의 딸 '점순'과의 갈등과 사랑을 (㉢)으로 표현했다. - (㉣)와 (㉤)를 활용하여 향토성과 서정성, 생동적인 분위기를 자아냈다. - 현재-과거-현재의 (㉥) 구성을 취했다.

3 이 글의 짜임

○ 다음 내용에서 괄호 안에 알맞은 답을 쓰시오.

발단	점순이 닭싸움으로 '나'의 화를 돋운다. (㉠)시점
전개	점순이 '나'에게 감자를 주는데 무뚝뚝하게 대하자 점순은 화가 나 '나'의 닭을 괴롭힌다. (㉡ 시점)
절정1	'나'는 수탉에게 고추장을 먹여 점순네 닭과 싸움을 붙이지만 실패한다. (㉢)시점
절정2	'나'의 닭이 거의 죽을 지경이 되자 화가 나서 점순이네 닭을 때려죽인다. (㉣)시점
결말	화해한 '나'와 점순은 동백꽃 속에 파묻히고 서로의 사랑을 확인한다.(㉤)시점

◈ 그래픽 구조로 글의 짜임 한 번 더 이해하기

발단	전개	위기	절정	결말
현재	과거	과거	현재	현재
오늘도 우리집 닭이 점순네 닭에게 쪼임.	점순이가 감자를 주자 '나'가 거절함.	점순이가 우리 집 닭을 때림.	'나'가 점순네 닭을 때려 죽임.	화해한 '나'와 '점순'은 동백꽃 속으로…….

4 소설의 특성과 전개 과정에 따른 변화 양상

1 주요 인물 소개 및 특성

○ <동백꽃>은 '나'와 '점순' 외에 특별한 인물이 나오지 않습니다. 주인공 '나'와 '점순'이의 특성을 분석해서 작성해봅시다.

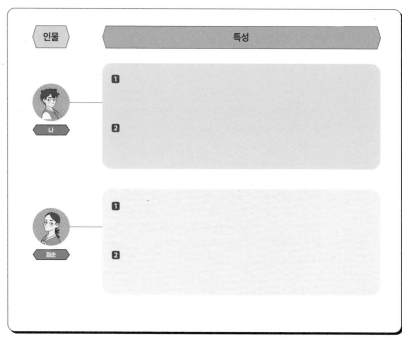

인물	특성
나	1 2
점순	1 2

❷ 사건 전개에 따른 '나'의 심리변화 살펴보기

○ 다음 '나'에 대해 SNS에서 대화하듯 작성해보세요.

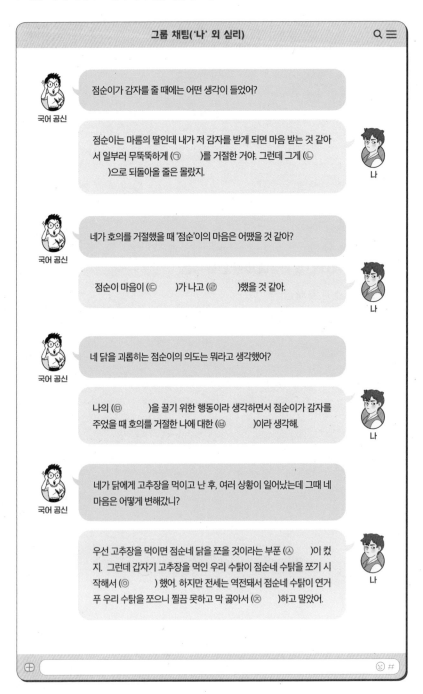

그룹 채팅('나' 외 심리)   🔍 ≡

국어 공신
점순이가 감자를 줄 때에는 어떤 생각이 들었어?

점순이는 마름의 딸인데 내가 저 감자를 받게 되면 마음 받는 것 같아서 일부러 무뚝뚝하게 (㉠   )를 거절한 거야. 그런데 그게 (㉡   )으로 되돌아올 줄은 몰랐지.
나

국어 공신
네가 호의를 거절했을 때 '점순'이의 마음은 어땠을 것 같아?

점순이 마음이 (㉢   )가 나고 (㉣   )했을 것 같아.
나

국어 공신
네 닭을 괴롭히는 점순이의 의도는 뭐라고 생각했어?

나의 (㉤   )을 끌기 위한 행동이라 생각하면서 점순이가 감자를 주었을 때 호의를 거절한 나에 대한 (㉥   )이라 생각해.
나

국어 공신
네가 닭에게 고추장을 먹이고 난 후, 여러 상황이 일어났는데 그때 네 마음은 어떻게 변해갔니?

우선 고추장을 먹이면 점순네 닭을 쪼을 것이라는 부푼 (㉦   )이 컸지. 그런데 갑자기 고추장을 먹인 우리 수탉이 점순네 수탉을 쪼기 시작해서 (㉧   ) 했어. 하지만 전세는 역전돼서 점순네 수탉이 연거푸 우리 수탉을 쪼으니 찔끔 못하고 막 곯아서 (㉨   )하고 말았어.
나

⊕ [   ]   ☺ #

③ 인물과 공감하기

○ '나'가 수탉에게 고추장을 먹이고 있습니다. ('나'의 이름은 칠복이라 합시다.) 이 모습을 본 여러분이 주인공 '나'에게 메시지를 보내봅시다.

5 '점순'의 뇌 구조

○ 책 내용을 참고하여 '점순'의 뇌 구조를 자유롭게 작성해봅시다.

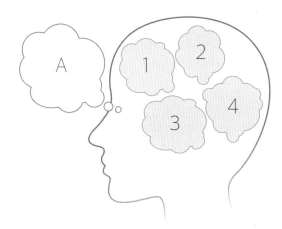

Ⓐ - 그 아이는 내가 좋아한다는 걸 알까?

1 - (㉠   )를 주면 좋아할 거야.

2 - 나의 (㉡   )를 거절하다니!!

3 - 저놈의 (㉢   )을 가만히 두지 않겠어!!

4 - 우리 (㉣   ) 이대로 동백꽃 속에 가두었으면…….

6 작품 깊이 이해하기 --

1 문학 이론 살펴보기

※ 다음 글을 읽고 괄호에 알맞은 말을 작성하세요.

---

1 서술상 특징
1 서술 방식 : 서술자가 독자에게 인물, 사건, 배경 등의 내용을 전달하는 방식

2 중요 서술방식
① 요약적 제시 : 서술자가 인물의 내면·과거 사건 등 핵심 내용을 요약 전달.
② (㉠ ▒▒▒▒▒▒▒) 기법 : 인물의 생각을 아무런 제한 없이 그대로 전달.
③ 인물의 외양 묘사 : 인물의 겉모습을 그림 그리듯 구체적으로 묘사하여 전달.
④ 대화 방식의 서술 : 인물 간 대화 위주 서술, 인물의 (㉡ ▒▒▒▒▒▒▒)을 생생하게 전달.

2 배경, 인물, 사건
1 소설 구성의 3요소 : 배경, 인물, 사건

언제	어디서	누가(누구와)	무엇을	어떻게	왜	했나?
㉠		㉡	㉢			

2 배경의 기능
① 인물의 행동과 사건에 (㉣ ▒▒▒▒▒▒▒)을 부여한다.
② 작품의 (㉤ ▒▒▒▒▒▒▒)를 조성하고 작품 (㉥ ▒▒▒▒▒▒▒)를 강조하는 데 도움을 준다.
③ 독자가 (㉦ ▒▒▒▒▒▒▒)감과 (◎ ▒▒▒▒▒▒▒)감을 느낄 수 있게 한다.
④ 배경이 (㉧ ▒▒▒▒▒▒▒)을 갖는 경우도 있다.

3 인물 제시 방법
① 직접 제시 : 서술자가 인물의 (㉨ ▒▒▒▒·▒▒▒▒) 등을 직접 설명한다.
② 간접 제시 : 인물의 (㉩ ▒▒▒▒▒▒·▒▒▒·▒▒▒) 등을 통해 독자가 인물의 성격이나 심리를 짐작하게 한다.

4 사건과 갈등
① 사건은 작품 속에서 발생하고 진행되는 다양한 일들을 말한다.
② 사건의 전개 과정에서 대부분 갈등이 빚어지며 갈등의 전개 양상에 따라 일반적으로
'(▒▒▒▒-▒▒▒▒-▒▒▒▒-▒▒▒▒-▒▒▒▒)'의 5단계를 갖춘다.

2 작품 살펴보기 (서·논술형)

❶ '나'가 점순이와 가까이 지내지 않는 이유는 무엇인가요?

❷ '나'가 점순의 감자를 거절한 이후 점순이가 보란 듯이 앞에서 '나'의 씨암탉을 팬 이유는 무엇인가요?

❸ 점순이가 밀어서 넘어진 '나'가 울음을 터뜨린 이유는 무엇인가요?

7 토론하기

○ 다음 논제를 파악한 후 주장과 이유를 서술하세요.

[논제]: 김유정 〈동백꽃〉은 내용적인 면에서 중학교 1~2학년 교육 수준에 적합한가?

논제	찬성	반대
주장		
근거		

○ 다음 문제를 읽고 올바른 내용에는 O, 틀린 내용에는 X 표시를 하시오.

1 이 글의 '말하는 이'는 소심하고 부끄러움을 잘 타는 성격이다.   [O | X]

2 닭싸움은 사건 전개에 중요한 소재는 아니다.   [O | X]

3 '감자'는 점순이가 '나'를 괴롭히는 원인이다.   [O | X]

4 '나'의 집은 마름집이고 점순이네는 소작농이다.   [O | X]

5 〈동백꽃〉은 시간적 순서에 따라 사건이 진행된다.   [O | X]

○ 다음 문제를 읽고 올바른 답을 간단히 서술하세요.

1 '나'가 닭에게 고추장을 먹인 이유는 무엇인지 서술하세요.

2 『점순이 밀어 '나'를 넘어뜨렸다. 울음이 터진 '나'에게 점순이는 "그럼, 너 이담부턴 ㉠안 그럴테냐?"라고 말했다.』에서 밑줄 친 ㉠의 이중적 의미를 서술하세요.

3 '나'가 점순네 닭을 죽이고 걱정하는 이유는 무엇인지 서술하세요.

4 서정적이고 낭만적 분위기를 조성하고 '나'와 점순이의 화해와 사랑을 상징하는 소재는 무엇인가요?

5 〈동백꽃〉에서 나타난 '나'의 성격과 '점순'이의 성격을 각각 서술하세요.

실전 문제로 작품 정리하기 --------------

1 <동백꽃>에 대한 설명으로 옳지 <u>않은</u> 것은?

① 1인칭 관찰자 시점이다.

② 산골 소년과 소녀의 순박한 사랑을 다뤘다.

③ 이 소설의 구성은 '역순행적' 구성으로 진행된다.

④ 닭싸움, 감자, 동백꽃은 이 소설에서 중요한 소재다.

⑤ 이 소설의 시간적 배경은 1930년대, 공간적 배경은 강원도 농촌의 시골 마을이다.

2 <동백꽃>의 내용으로 옳지 <u>않은</u> 것은?

① 닭싸움으로 점순이는 '나'의 화를 돋우었다.

② '나'는 소작농의 자식이고, '점순'은 마름집 딸이다.

③ '닭싸움'은 소년과 소녀가 화해하는 계기를 마련해준다.

④ 점순은 '나'에게 감자를 주었으나 거절하자 화가 나 닭을 죽였다.

⑤ '나'는 죽을 지경까지 때린 닭을 보고 점순네 닭을 때려죽였다.

3 <동백꽃>에 등장하는 해학적 요소로 옳지 <u>않은</u> 것은?

① '나'와 점순의 뒤바뀐 역할

② 토속어의 사용으로 인한 향토성

③ 인물들의 대화에서 사용되는 비속어로 생동감 표현

④ 어수룩한 '나'와 적극적인 점순이의 성격의 대조 표현

⑤ '나'와 점순은 마름과 소작농 자녀들로 사회 신분에 대한 비판을 표현

4 다음 중, 시간 순서대로 배열할 때 가장 먼저 일어난 사건은?

① 점순이 '나'에게 감자를 줬다.

② 점순이가 우리집 닭을 괴롭혔다.

③ '나'와 점순이가 동백꽃 속으로 묻혔다.

④ '나'가 화가 나 점순이네 닭을 때려죽였다.

⑤ 점순이가 밀어 '나'가 울음을 터뜨렸다.

◉ 다음 <보기>를 보고 서술자를 '나'가 아닌 3인칭으로 하여 작성하고, '나'에게는 새로운 이름
을 붙이세요.

보기

　나흘 전, 감자건만 하더라도 나는 저에게 조금도 잘못한 것은 없다.
　계집애가 나물을 캐러 가면 갔지 남 울타리 엮는 데 쌩이질을 하는 것은 다 뭐냐.
그것도 발소리를 죽여 가지고 등 뒤로 살며시 와서,
　"애! 너 혼자만 일하니?"
하고 긴치 않는 수작을 하는 것이다.
　어제까지도 저와 나는 이야기도 잘 않고 서로 만나도 본척만척하고 이렇게 점잖
게 지내던 터이련만 오늘로 갑작스레 대견해졌음은 웬일인가. 황차 망아지만 한 계
집애가 남 일하는 놈 보구······.
　"그럼 혼자 하지 떼루 하디?"
　내가 이렇게 내뱉는 소리를 하니까,
　"너 일하기 좋니?"
　또는,
　"한여름이나 되거든 하지 벌써 울타리를 하니?"
잔소리를 두루 늘어놓다가 남이 들을까봐 손으로 입을 틀어막고는 그 속에서 깔깔
댄다. 별로 우스울 것도 없는데 날씨가 풀리더니 이 놈의 계집애가 미쳤나 하고 의
심하였다. 게다가 조금 뒤에는 제 집계를 할금할금 돌아보더니 행주치마의 속으로
꼈던 바른손을 뽑아서 나의 턱밑으로 불쑥 내미는 것이다. 언제 구웠는지 더운 김
이 홱 끼치는 굵은 감자 세 개가 손에 뿌듯이 쥐였다.
　"느 집엔 이거 없지?"
하고 생색 있는 큰소리를 하고는 제가 준 것을 남이 알면 큰일 날 테니 여기서
얼른 먹어 버리란다. 그리고 또 하는 소리가,
　"너 봄감자가 맛있단다."
　"난 감자 안 먹는다. 너나 먹어라."
　나는 고개도 돌리지 않고 일하던 손으로 그 감자를 도로 어깨 너머로 쑥 밀어 버
렸다.

수탉의 피비린내는……,
어느새 알싸한 그리고 향긋한 냄새로 변하고……,

〈동백꽃〉은 소설의 시작이 주인공 '나'와 점순의 피튀기는 닭싸움이었지만 어느새 동백꽃 알싸한 향기를 풍기는 사랑 이야기로 마무리됩니다. 소설은 소녀의 적극적인 모습으로 시작해 해학적 성격의 재미적 요소를 겸비하며 독자에게 웃음과 재미를, 소설 중반으로 갈수록 갈등의 심화를, 막바지로 갈수록 소년의 어수룩함을, 소녀 점순과 대조적인 성격으로 표현하여 인물의 특성을 선명하게 보여줍니다. 특히 토속어를 사용하여 현장감과 생동감을 보여주고, 비속어를 사용하며 다투는 모습은 인물을 해학적으로 보여줍니다. 독자는 이렇게 극명하게 드러나는 인물의 모습에서 재미와 흥미를 느낄 수 있습니다.

한편, '동백꽃'은 상징적 의미를 담은 다양한 역할을 하지만, 소설 초중반에는 동백꽃과 어떠한 연관성이 없어 보입니다. 하지만 소설의 마지막에는 점순과의 화해를 하며 서정적이고 낭만적 분위기를 조성하는 데 매우 큰 역할을 합니다. 동백꽃은 앞에서 다룬 피튀기는 그들의 갈등이 한낮 꿈이었던 것처럼 한순간에 녹아버립니다. 마치 독자도 그 안에 있는 서정적이고 환상적인 동백꽃밭에 있는 것처럼 말이죠. 〈동백꽃〉은 수탉 싸움과 괴롭힘이라는 소재를 통해 인물의 갈등을 깊게 보여주다가도 사랑의 감정을 감각적으로 드러내며 한순간에 갈등을 해소하는 소재의 역할과 작가의 구성이 돋보이는 작품입니다.

〈동백꽃〉은 말하는 이를 '나'로 설정한 이유가 있습니다. 즉, 말하는 이의 설정 효과는 점순이의 애정 표현을 이해하지 못하는 '나'의 모습과 '나'와 점순의 대조적인 성향, 닭싸움에서 인물의 심리를 더 잘 드러낼 수 있어 마치 이야기를 듣는 것처럼 생생하면서 생동감이 넘칩니다. 그래서 소설의 시점을 1인칭 주인공 시점으로 한 것도 말하는 이를 작품 속에 남겨둠으로써 독자들이 더 이야기에 집중할 수 있게 한 것입니다. 〈동백꽃〉은 여러 감상 포인트가 있습니다. 다양한 관점으로 생각해 보고 정리해 보며 재미를 느끼시기 바랍니다.

✦ 사랑손님과 어머니 ✦

옥희

잠깐!

작가에 대해 알아볼까요?

주요섭
(1902~1972)

주요섭(1902~1972) 작가는 1902년 평양에서 태어났다. 1927년 호강 대학 교육학과를 졸업하고, 미국 스탠포드 대학교 대학원에서 교육학 석사과정을 이수했다. 귀국 후에는 〈신동아〉주간, 〈코리아 타임즈〉주필, 국제 펜클럽 한국본부 위원장 등을 역임했다. 초기에는 하층 계급의 생활을 사실적으로 묘사하는 작품을 주로 썼다가 광복 이후, 사회 고발과 비판, 풍자하는 작품을 주로 남겼다. 대표작으로는 『아네모네의 마담』, 『대학교수와 모리배』 등이 있다.

만화로 미리 주제 파악하기

옥희네 집 사랑방에서 하숙을 하며 옥희 어머니에게 사랑을 느끼지만 소극적인 성격 때문에 옥희 어머니와 사랑을 이룰 수는 없었어. 그러자 아저씨는 옥희네 집을 떠나. 짧은 시간이었지만 아저씨는 자상하고 다정다감하게 대해줬어.

아저씨

젊은 나이에 과부가 되었어. 사랑방에 온 아저씨에 대한 관심을 보이지만 봉건적 윤리 사상이 만연한 당시의 사회 분위기를 보면 눈치를 볼 수밖에 없어. 그래서 아저씨에 대한 마음과 봉건적 윤리의식 사이에 갈등이 크지.

어머니

여섯 살 난 여자아이로 순수하고 천진난만한 인물이야. 이 소설의 서술자로 어머니와 아저씨의 행동을 관찰해서 이야기하고 있어. 하지만 아직 어려서 그런지, 어머니와 아저씨의 속마음과 행동의 의미를 잘못 이해하기도 해.

옥희

'국어 공신' 선생님의 감상 꿀팁!

이 소설은 어린아이의 눈으로 어른들의 사랑을 순수하게 관찰한 작품이야. 봉건적인 윤리 사상과 사랑 사이에서 갈등하는 어머니와, 어머니를 연모하는 아저씨의 이야기를 다뤘어. 봉건 사회의 가치관이 남아있던 당시 시대상을 고려해보고, 어린 옥희의 관점에서 어떻게 이야기가 전개되는지 집중해서 감상해보자.

'국어 공신' 선생님

사랑손님과 어머니

제발 우리 그냥 사랑하게 해주세요!

나는 금년 여섯 살 난 처녀애입니다. 내 이름은 박옥희이고요.[1] 우리 집 식구라고는 세상에서 제일 예쁜 우리 어머니와 단 두 식구뿐이랍니다. 아차 큰일 났군, 외삼촌을 빼놓을 뻔했으니.

지금 중학교에 다니는 외삼촌은 어디를 그렇게 싸돌아다니는지 집에는 끼니때 외에는 별로 붙어 있지를 않아, 어떤 때는 한 주일씩 가도 외삼촌 코빼기도 못 보는 때가 많으니까요, 깜빡 잊어버리기도 예사^(보통 있는 일)지요, 무얼.

우리 어머니는, 그야말로 세상에서 둘도 없이 곱게 생긴 우리 어머니는, 금년 나이 스물네 살인데 과부^(남편을 잃고 혼자 사는 여자)랍니다. 과부가 무엇인지 나는 잘 몰라도 하여튼 동리^(마을) 사람들은 날더러 '과부 딸'이라고들 부르니까, 우리 어머니가 과부인 줄을 알지요. 남들은 다 아버지가 있는데 나만은 아버지가 없지요. 아버지가 없다고 아마 '과부 딸'이라나 봐요.

외할머니 말씀을 들으면 우리 아버지는 내가 이 세상에 나오기 한 달 전에

내신 준비!

1 서술자는 여섯 살 난 여자아이 '나(박옥희)'이다. → 1인칭 관찰자 시점

'국어 공신' 선생님

돌아가셨대요.❷ 우리 어머니하고 결혼한 지는 일 년 만이고요. 우리 아버지의 본집(따로 세간을 나기 이전의 집)은 어디 멀리 있는데, 마침 이 동리 학교에 교사로 오게 되었기 때문에 결혼 후에도 우리 어머니는 시집으로 가지 않고 여기 이 집을 사고(바로 이 집은 우리 외할머니 댁 옆집이지요) 여기서 살다가 일 년이 못 되어 갑자기 돌아가셨대요. 내가 세상에 나오기도 전에 아버지는 돌아가셨다니까 나는 아버지 얼굴도 못 뵈었지요. 그러기에 아무리 생각해 보아도 아버지 생각은 안 나요. 아버지 사진이라는 사진은 나두 한두 번 보았지요. 참말로 훌륭한 얼굴이에요. 아버지가 살아 계시다면 참말로 이 세상에서 제일가는 잘난 아버지일 거예요. 그런 아버지를 보지도 못한 것은 참으로 분한 일이에요. 그 사진도 본 지가 퍽 오래되었는데, 이전에는 그 사진을 늘 어머니 책상 위에 놓아두시더니❸ 외할머니가 오시면 오실 때마다 그 사진을 치우라고 늘 말씀하셨는데, 지금은 그 사진이 어디 있는지 없어졌어요. 언젠가 한번 어머니가 나 없는 동안에 몰래 장롱 속에서 무엇을 꺼내 보시다가 내가 들어오니까 얼른 장롱 속에 감추는 것을 내가 보았는데, 그게 아마 아버지 사진인 것 같았어요.❹

여러분 집중해야 해요!

아버지가 돌아가시기 전에 우리가 먹고 살 것을 남겨 놓고 가셨대요. 작년 여름에, 아니로군, 가을이 다 되어서군요. 하루는 어머니를 따라서 저 여기서 한 십 리나 가서 조그만 산이 있는 데를 가서 거기서 밤도 따 먹고 또 그 산 밑에 초가집에 가서 닭고깃국을 먹고 왔는데, 거기 있는 땅이 우리 땅이래요. 거기서 나는 추수(가을에 익은 곡식을 거두어 들임)로 밥이나 굶지 않게 된다고요. 그래도 반찬 사고 과자 사고 할 돈은 없대요.❺ 그

'국어 공신' 선생님

❷ '나(옥희)'는 유복녀(태어나기 전에 아버지를 여읜 딸)이다.
❸ '어머니'가 돌아가신 '아버지'를 그리워하고 있음.
❹ '아버지'를 그리워하는 '어머니'의 모습을 '나'가 관찰하여 서술함.
❺ 그렇게 넉넉한 형편이 아니다. 그래서 '어머니'가 하숙을 치는 데 필연성을 부여하고 있다.

래서 어머니가 다른 사람의 바느질을 맡아서 해 주지요. 바느질을 해서 돈을 벌어서 그걸로 청어도 사고 달걀도 사고 또 내가 먹을 사탕도 사고 한다고요.

그리고 우리 집 정말 식구는 어머니와 나와 단둘뿐인데, 아버님이 계시던 사랑방(집의 안채와 떨어져 있는, 바깥주인이 거처하며 손님을 접대하는 방)이 비어 있으니까 그 방도 쓸 겸 또 어머니의 잔심부름도 좀 해 줄 겸 해서 우리 외삼촌이 사랑방에 와 있게 되었대요.

금년 봄**6**에는 나를 유치원에 보내 준다고 해서 나는 너무나 좋아서 동무 아이들한테 실컷 자랑을 하고 나서 집으로 돌아오노라니까, 사랑에서 큰외삼촌이(우리 집 사랑에 와 있는 외삼촌의 형님 말이야요) 웬 낯선 사람**7** 하나와 앉아서 이야기를 하고 있었습니다. 큰외삼촌이 나를 보더니 "옥희야." 하고 부르겠지요.

"옥희야, 이리 온. 와서 이 아저씨께 인사드려라."

나는 어째 부끄러서 비슬비슬(흐느적흐느적 힘없이 자꾸 비틀거리는 모양)하니까, 그 낯선 손님이,

"아, 그 애기 참 곱다. 자네 조카딸인가?"

하고 큰외삼촌더러 묻겠지요. 그러니까 큰외삼촌은,

"응, 내 누이의 딸…… 경선 군의 유복녀(遺腹女, 태어나기 전에 아버지를 여읜 딸) 외딸일세.**8**"

하고 대답합니다.

"옥희야, 이리 온, 응! 그 눈은 꼭 아버지를 닮았네그려.**9**"

하고 낯선 손님이 말합니다.

"자, 옥희야, 커단(커다란) 처녀가 왜 저 모양이야. 어서 와서 이 아저씨께 인사

6 시간적 배경을 알 수 있다.
7 새로운 인물(사랑손님)이 등장하며 사건의 전개가 일어남을 보여준다.
8 '내 누이'는 옥희 어머니, '경선군'은 옥희 아버지, '유복녀 외딸'이라는 옥희 처지를 '직접적'으로 제시하고 있다.
9 낯선 손님이 '아버지'를 잘 알고 있다.

'국어 공신' 선생님

해라. 너의 아버지의 옛날 친구신데 오늘부터 이 사랑에 계실 텐데 인사 여쭙고 친해 두어야지."

나는 이 낯선 손님이 사랑방에 계시게 된다는 말을 듣고 갑자기 즐거워졌습니다. 그래서 그 아저씨 앞에 가서 사붓이^(소리가 거의 나지 않을 정도로 발을 가볍게 얼른 내딛는 모양) 절을 하고는 그만 안마당으로 뛰어 들어왔지요. ⑩ 그 낯선 아저씨와 큰외삼촌은 소리를 내서 크게 웃더군요.

나는 안방으로 들어오는 나름으로 어머니를 붙들고,

"엄마, 사랑방에 큰삼촌이 아저씨를 하나 데리구 왔는데에, 그 아저씨가아, 이제 사랑에 있는대."

하고 법석^(소란스럽게 떠드는 모양)을 하니까,

"응, 그래."

하고 어머니는 벌써 안다는 듯이 대수롭잖게 대답을 하더군요. ⑪ 그래서 나는,

"언제부텀 와 있나?"

하고 물으니까,

"오늘부텀."

"에구 좋아."

하고 내가 손뼉을 치니까 어머니는 내 손을 꼭 붙잡으면서,

"왜 이리 수선^(사람의 정신을 어지럽게 만드는 부산한 말이나 행동)이야."

"그럼 작은외삼촌은 어디루 가나?"

"외삼촌두 사랑에 계시지."

"그럼 둘이 있나?"

"응."

'국어 공신' 선생님

⑩ 옥희는 낯선 손님에게 호감이 있지만 부끄러워 한다. 옥희의 어린아이다운 모습을 표현했다.

⑪ '어머니'는 관심이 없다는 듯이 반응한다.

"한방에 둘이 있어?"

"왜, 장지문^(방과 방 사이에 가려 막은 미닫이같이 생긴 문) 달구 외삼촌은 아랫방에 계시구 그 아저씨는 윗방에 계시구, 그러지."

나는 그 아저씨가 어떤 사람인지는 몰랐으나 첫날부터 내게는 퍽 고맙게 굴고 나도 그 아저씨가 꼭 마음에 들었어요. 어른들이 저희끼리 말하는 것을 들으니까 그 아저씨는 돌아가신 우리 아버지와 어렸을 적 친구라고요. 어디 먼 데 가서 공부를 하다가 요새 돌아왔는데, 우리 동리 학교 교사로 오게 되었대요. 또 우리 큰외삼촌과도 동무인데, 이 동리에는 하숙^(일정한 방세와 식비를 내고 남의 집에 머물면서 자고 먹음)도 별로 깨끗한 곳이 없고 해서 우리 사랑으로 와 계시게 되었다고요. 또 우리도 그 아저씨한테서 밥값을 받으면 살림에 보탬도 좀 되고 한다고요.^⑫ 그 아저씨는 그림책들^⑬을 얼마든지 가지고 있어요. 내가 사랑방으로 나가면 그 아저씨는 나를 무릎에 앉히고 그림책을 보여 줍니다. 또, 가끔 과자^⑬도 주고요.

어느 날은 점심을 먹고 이내 살그머니 사랑에 나가 보니까 아저씨는 그때에야 점심을 잡수셔요. 그래 가만히 앉아서 점심 잡숫는 걸 구경하고 있노라니까, 아저씨가,

"옥희는 어떤 반찬을 제일 좋아하누?"

하고 묻겠지요. 그래 삶은 달걀^⑬을 좋아한다고 했더니, 마침 상에 놓인 삶은 달걀을 한 알 집어 주면서 나더러 먹으라고 합니다. 나는 그 달걀을 벗겨 먹으면서,

"아저씨는 무슨 반찬이 제일 맛나우?"

하고 물으니까, 그는 한참이나 빙그레 웃고 있더니^⑭,

"나두 삶은 달걀."

⑫ '아저씨'가 '나'의 집에서 하숙을 하게 된 필연성을 나타낸다.
⑬ '그림책들', '과자', '삶은 달걀'은 아저씨가 옥희에게 다정다감하고 자상한 면모를 보여주는 소재이다.
⑭ 옥희가 기대하는 대답을 생각하는 모습이다.

국어 공산 선생님

하겠지요. 나는 좋아서 손뼉을 짤깍짤깍 치고,

"아, 나와 같네. 그럼, 가서 어머니한테 알려야지."

하면서 일어서니까, 아저씨가 꼭 붙들면서,

"그러지 말어.[15]"

그러시겠지요. 그래도, 나는 한번 맘을 먹은 다음엔 꼭 그대로 하고야 마는 성미(성질, 마음새, 비위, 버릇 따위를 통틀어 이르는 말)지요.[16] 그래서 안마당으로 뛰쳐 들어가면서,

"엄마, 엄마, 사랑 아저씨두 나처럼 삶은 달걀을 제일 좋아한대."

하고 소리를 질렀지요.

"떠들지 말어."

하고 어머니는 눈을 흘기십니다.

그러나 사랑 아저씨가 달걀을 좋아하는 것이 내게는 썩 좋게 되었어요. 그것은 그다음부터는 어머니가 달걀을 많이씩 사게 되었으니까요.[17] 달걀 장수 노파가 오면 한꺼번에 열 알도 사고 스무 알도 사고 그래선 두고두고 삶어서 아저씨 상에도 놓고 또 으레(틀림없이 언제나) 나도 한 알씩 주고 그래요. 그뿐만 아니라 아저씨한테 놀러 나가면 가끔 아저씨가 책상 서랍 속에서 달걀을 한두 알 꺼내서 먹으라고 주지요. 그래 그담부터는 나는 아주 실컷 달걀을 많이 먹었어요.

나는 아저씨가 아주 좋았어요마는, 외삼촌은 가끔 툴툴하는 때가 있었어요. 아마 아저씨가 마음에 안 드나 봐요. 아니, 그것보다도 아저씨 잔심부름을 꼭 외삼촌이 하게 되니까 그것이 싫어서 그러나 봐요.[18] 한번은 어머니와 외삼촌이 말다툼하는 것까지 내가 들었어요. 어머니가,

"야, 또 어디 나가지 말구 사랑에 있다가 선생님 들어오시거든 상 내 가야지."

[15] 당황하는 '아저씨'의 모습이다.
[16] 옥희의 성격을 '직접적'으로 제시했다.
[17] '아저씨'에 대한 '어머니'의 관심을 눈치채지 못하는 옥희의 천진난만한 모습을 볼 수 있다.
[18] '옥희'가 외삼촌의 '심리를 추측'해보는 부분으로 '1인칭 관찰자 시점'의 특징이다.

'국어 공신' 선생님

하고 말씀하시니까, 외삼촌은 얼굴을 찡그리면서,

"제길, 남 어디 좀 볼일이 있는 날은 으레 끼니때에 안 들어오고 늦어지니……."

하고 툴툴하겠지요. 그러니까 어머니는,

"그러니 어쩌갔니? 너밖에 사랑 출입할 사람이 어디 있니?"[19]

"누님이 좀 상 들구 나가구려. 요새 세상에 내외합니까(남의 남녀 사이에 서로 얼굴을 마주 대하지 않고 피합니까.)!"[20]

어머니는 갑자기 얼굴이 발개지시고 아무 대답도 없이 그냥 외삼촌을 향하여 눈을 흘기셨습니다. 그러니까 외삼촌은 흥흥 웃으면서 사랑으로 나갔지요.

나는 유치원에 가서 창가(갑오개혁 이후에 발생한 근대 음악 형식의 하나. 서양 악곡의 형식을 빌려 지은 간단한 노래)도 배우고 댄스도 배우고 하였습니다. 유치원 여자 선생님이 풍금(디딜판을 밟아서 바람을 넣어 소리를 내는 건반 악기)을 아주 썩 잘 타요. 그런데 우리 유치원에 있는 풍금은 우리 예배당에 있는 풍금과는 아주 다른데, 퍽 조그마한 것이지마는 소리는 썩 좋아요. 그런데 우리 집 윗간에도 유치원 풍금과 꼭 같이 생긴 것이 놓여 있는 것이 갑자기 생각이 났어요. 그래 그날 나는 집으로 오는 길로 어머니를 끌고 윗간으로 가서,

"엄마, 이거 풍금 아니우?"

하고 물으니까, 어머니는 빙그레 웃으시면서,

"그렇단다. 그건 어찌 알았니?"

"우리 유치원에 있는 풍금이 이것과 꼭 같은데 무얼. 그럼 엄마두 풍금 탈 줄 아우?"

하고 나는 다시 물었습니다. 그것은 내가 이때껏 한 번도 어머니가 이 풍금 앞에 앉은 것을 본 일이 없기 때문입니다.

어머니는 아무 대답도 아니하십니다.

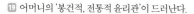

[19] 어머니의 '봉건적, 전통적 윤리관'이 드러난다.
[20] 외삼촌의 '개방적인 사고방식'이 드러난다.

'국어 공신' 선생님

"엄마, 이 풍금 좀 타 봐!"

하고 재촉하니까, 어머니 얼굴은 약간 흐려지면서,

"그 풍금은 너의 아버지가 날 사다 주신 거란다. 너의 아버지 돌아가신 후에는 그 풍금은 이때까지 뚜껑두 한 번 안 열어 보았다……[21]"

이렇게 말씀하시는 어머니 얼굴을 보니까 금방 또 울음보가 터질 것만 같아 보여서 나는 그만,

"엄마, 나 사탕 주어.[22]"

하면서 아랫방으로 끌고 내려왔습니다.

아저씨가 사랑방에 와 계신 지 벌써 여러 밤을 잔 뒤입니다. 아마 한 달이나 되었지요. 나는 거의 매일 아저씨 방에 놀러 갔습니다. 어머니는 나더러 그렇게 가서 귀찮게 굴면 못쓴다고 가끔 꾸지람을 하시지만 정말인즉 나는 조금도 아저씨를 귀찮게 굴지는 않았습니다. 도리어 아저씨가 나를 귀찮게 굴었지요.

"옥희 눈이 아버지를 닮았다. 고 고운 코는 아마 어머니를 닮았지, 고 입하고! 응, 그러냐, 안 그러냐? 어머니도 옥희처럼 곱지, 응?[23]"

이렇게 여러 가지로 물을 적도 있었습니다. 그래서 나는,

"아저씨, 입때(지금까지, 또는 아직까지) 우리 엄마 못 봤수?"

하고 물었더니, 아저씨는 잠잠합니다. 그래 나는,

"우리 엄마 보러 들어갈까?"

하면서 아저씨 소매를 잡아당겼더니, 아저씨는 펄쩍 뛰면서,

"아니, 아니, 안 돼. 난 지금 분주해서(이리저리 바쁘고 수선스러워서)[24]"

하면서 나를 잡아끌었습니다. 그러나 정말로는 무어 그리 분주하지도 않은 모양이었어요. 그러기에 나더러 가란 말도 않고

여러분, 집중해야 해요!

'국어 공신' 선생님

[21] '아버지'에 대한 추억이 생각나 괴롭기 때문이다.
[22] '어머니'가 슬퍼하는 것을 알고 옥희가 자연스럽게 화제를 돌린다.
[23] '어머니'에 대한 '아저씨'의 관심을 간접적으로 드러냈다.
[24] 부끄러워하는 '아저씨'의 소극적인 성격이 드러난다.

그냥 나를 붙들고 앉아서, 머리도 쓰다듬어 주고 뺨에 입도 맞추고 하면서,

"요 저고리 누가 해 주지? ……밤에 엄마하구 한자리에서 자니?"[25]

하는 둥 쓸데없는 말을 자꾸만 물었지요. 그러나 웬일인지 나를 그렇게도 귀애(貴愛, 귀엽게 여겨 사랑함)해 주던 아저씨도 아랫방에 외삼촌이 들어오면 갑자기 태도가 달라지지요. 이것저것 묻지도 않고 나를 꼭 껴안지도 않고 점잖게 앉아서 그림책이나 보여 주고 그러지요. 아마 아저씨가 우리 외삼촌을 무서워하나 봐요.[26]

하여튼 어머니는 나더러 너무 아저씨를 귀찮게 한다고, 어떤 때는 저녁 먹고 나서 나를 꼭 방 안에 가두어 두고 못 나가게 하는 때도 더러 있었습니다. 그러나 조금 있다가 어머니가 바느질에 정신이 팔리어서 골몰(다른 생각을 할 여유도 없이 한 가지 일에만 파묻히고)하고 있을 때 몰래 가만히 일어나서 나오지요. 그런 때에는 어머니는 내가 문 여는 소리를 듣고서야 퍼뜩 정신을 차려서 쫓아와 나를 붙들지요. 그러나 그런 때는 어머니는 골은 아니 내시고,

"이리 온, 이리 와서 머리 빗고……[27]"

하고 끌어다가 머리를 다시 곱게 땋아 주시지요.

"머리를 곱게 땋고 가야지. 그렇게 되는 대루 하구 가문 아저씨가 숭보시지 (흉보시지) 않니?"

하시면서, 또 어떤 때에는 머리를 다 땋아 주시고는,

"응, 저고리가 이게 무어냐?"

하시면서 새 저고리를 내어 주시는 때도 있었습니다.

어떤 토요일 오후였습니다.[28] 아저씨는 나더러 뒷동산에 올라가자고 하셨습니다. 나는 너무나 좋아서 가자고 그러니까, 아저씨가,

"들어가서 어머니께 허락 맡고 온.[29]"

---

[25] '어머니'에 대한 '아저씨'의 관심을 간접적으로 드러냈다.

[26] 무서워하는 것이 아니라 조심스러워하는 '아저씨'의 심리를 파악하지 못한다. 이는 어린 서술자의 한계가 나타나는 부분이다.

[27] '아저씨'에 대한 '어머니'의 관심을 간접적으로 드러냈다.

[28] 사건의 전환(새로운 사건의 시작), 시간적 배경을 나타낸다.

수능에 나올 수도 있어!

'국어 공신' 선생님

하십니다. 참 그렇습니다. 나는 뛰쳐 들어가서 어머니께 허락을 맡았습니다. 어머니는 내 얼굴을 다시 세수시켜 주고 머리도 다시 땋고 그리고 나서는 나를 아스러지도록 한번 몹시 껴안았다가 놓아주었습니다.

"너무 오래 있지 말고, 응."

하고 어머니는 크게 소리치셨습니다. 아마 사랑 아저씨도 그 소리를 들었을 거예요.

뒷동산에 올라가서는 정거장을 한참 내려다보았으나 기차는 안 지나갔습니다. 나는 풀잎을 쭉쭉 뽑아 보기도 하고 땅에 누운 아저씨의 다리를 꼬집어 보기도 하면서 놀았습니다. 한참 후에 아저씨 손목을 잡고 내려오는데 유치원 동무들을 만났습니다.

"옥희가 아빠하구 어디 갔다 온다, 응.㉚"

하고 한 동무가 말하였습니다. 그 아이는 우리 아버지가 돌아가신 줄을 모르는 아이였습니다. 나는 얼굴이 빨개졌습니다. 그때 나는 얼마나 이 아저씨가 정말 우리 아버지였더라면 하고 생각했는지 모릅니다.

나는 정말로 한 번만이라도,

"아빠!"

하고 불러 보고 싶었습니다. 그리고 그날 그렇게 아저씨하고 손목을 잡고 골목골목을 지나오는 것이 어찌도 재미가 좋았는지요.

나는 대문까지 와서,

"난 아저씨가 우리 아빠래문 좋겠다.㉛"

하고 불쑥 말했습니다. 그랬더니 아저씨는 얼굴이 홍당무처럼 빨개져서 나를 몹시 흔들면서㉜,

나는 아저씨가 몹시 성(노엽거나 언짢게 여겨 일어나는 불쾌한 감정)이 난 것처

수능에 나올 수도 있어!

'국어 공신' 선생님

㉙ 어머니에게 직접 말하지 못하고 옥희를 통해 간접적으로 의사를 전달한다. 이는 내외했던 당시의 관습을 보여준다.
㉚ 옥희의 내적 갈등을 유발하여 극적 긴장감을 불러일으킨다.
㉛ 긴장감 조성하고 옥희의 소망을 직접적으로 표현한 것이다.
㉜ 자신의 속마음을 들킨 것 같아서 당황스러워하는 '아저씨'의 모습을 보여준다.

럼 보여서 아무 말도 못 하고 안으로 뛰어 들어갔습니다. 어머니가,

"어디까지 갔던?"

하고 나와 안으며 묻는데, 나는 대답도 못 하고 그만 훌쩍훌쩍 울었습니다. 어머니는 놀라서,

"옥희야, 왜 그러니? 응?"

하고 자꾸만 물었으나 나는 아무 대답도 못 하고 울기만 했습니다.**❸❸**

이튿날은 일요일인 고로[까닭에]**❸❹** 나는 어머니와 함께 예배당에를 가려고 차리고 나서 어머니가 옷을 갈아입는 동안 잠깐 사랑에를 나가 보았습니다. '아저씨가 아직두 성이 났나?' 하고 가만히 방 안을 들여다보았더니 책상에 앉아서 무엇을 쓰고 있던 아저씨가 내다보면서 빙그레 웃었습니다. 그 웃음을 보고 나는 마음을 놓았습니다. 아저씨가 지금은 성이 풀린 것이 확실하니까요.**❸❺** 아저씨는 나를 이리 보고 저리 보고 훑어보더니,

"옥희 오늘 어디 가노? 저렇게 곱게 채리구."

하고 물었습니다.

"엄마하고 예배당에 가."

"예배당에?"

하고 나서 아저씨는 잠시 나를 멍하니 바라다보더니,

"어느 예배당에?"

하고 물었습니다.

"요 앞에 예배당에 가지 뭐."

"응? 요 앞이라니?"

이때 안에서,

---

❸❸ 내적 갈등으로 복잡한 '아저씨'의 심리를 파악하지 못한다. 이는 어린 서술자의 한계를 보여준다.

❸❹ 새로운 사건이 전개될 것을 암시한다.

❸❺ 어린 서술자의 한계가 나타난다.

'국어 금신' 선생님

수능에 나올 수도 있어!

"옥희야."

하고 부드럽게 부르는 어머니 목소리가 들리었습니다. 나는 얼른 안으로 뛰어 들어오면서 돌아다보니까, 아저씨는 또 얼굴이 빨갛게 성이 났겠지요. 내원, 참으로 무슨 일로 요새는 아저씨가 그렇게 성을 잘 내는지 알 수 없었습니다.[36] 예배당에 가서 찬미하고 기도하다가 기도하는 중간에 갑자기 나는 '혹시 아저씨두 예배당에 오지 않았나?' 하는 생각이 나서 눈을 뜨고 고개를 들어 남자석을 바라다보았습니다. 그랬더니 하, 바로 거기에 아저씨가 와 앉아 있겠지요. 그런데 아저씨는 어른이면서도 눈 감고 기도하지 않고 우리 아이들처럼 눈을 번히 뜨고 여기저기 두리번두리번 바라봅니다.[37] 나는 얼른 아저씨를 알아보았는데 아저씨는 나를 못 알아보았는지 내가 방그레 웃어 보여도 웃지도 않고 멀거니^(정신없이 물끄러미 보고 있는 모양) 보고만 있겠지요. 그래 나는 손을 흔들었지요. 그러니까 아저씨는 얼른 고개를 숙이고 말더군요.[38] 그때에 어머니가 내가 팔 흔드는 것을 깨닫고 두 손으로 나를 붙들고 끌어당기더군요. 나는 어머니 귀에다 입을 대고,

"저기 아저씨두 왔어."

하고 속삭이니까 어머니는 흠칫하면서 내 입을 손으로 막고 막 끌어 잡아다가 앞에 앉히고 고개를 누르더군요. 보니까 어머니가 또 얼굴이 홍당무처럼 빨개졌군요.

그날 예배는 아주 젬병^(형편없는 것을 속되게 이르는 말)이었어요. 웬일인지 예배가 다 끝날 때까지 어머니는 성이 나서 강대^(책 등을 올려놓고 강의나 설교를 할 수 있도록 만든 도구)만 향하여 앞으로 바라보고 앉았고, 이전 모양으로 가끔 나를 내려다보고 웃는 일이 없었어요. 그리고 아저씨를 보려고 남자 석을 바라다보아도

수능에 나올 수 도 있어!

'국어 굴신' 선생님

[36] 어머니의 목소리를 듣고 부끄러워하는 아저씨의 심리를 파악하지 못한다. 이는 어린 서술자의 한계를 드러낸다.
[37] 어머니와 옥희의 자리를 찾는 행동으로 아저씨의 심리를 '간접적'으로 드러냈다.
[38] 아저씨의 '소극적인 성격'이 드러냈다.

아저씨도 한 번도 바라다보아 주지도 않고 성이 나서 앉아 있고, 어머니는 나를 보지도 않고 공연히^(아무 까닭이나 실속이 없게) 꽉꽉 잡아당기지요. 왜 모두들 그리 성이 났는지……^{**39**} 나는 그만 으아 하고 한번 울고 싶었어요. 그러나 바로 멀지 않은 곳에 우리 유치원 선생님이 앉아 있는 고로 울고 싶은 것을 아주 억지로 참았답니다.

내가 유치원에 입학한 후 처음 얼마 동안은 유치원에 갈 때나 올 때나 외삼촌이 바래다주었습니다. 그러나 여러 밤을 자고 난 뒤에는 나 혼자서도 넉넉히 다니게 되었어요. 그러나 언제나 내가 유치원에서 돌아오는 때면 어머니가 옆 대문^(우리 집에는 대문이 사랑 대문과 옆 대문 둘이 있어서) 밖에 기다리고 섰다가 내가 달음질쳐 가면, 안고 집 안으로 들어가곤 하는 것이었습니다.^{**40**}

그런데 하루는 어쩐 일인지 어머니가 대문간에 보이지를 않겠지요. 어떻게도 화가 나던지요. 물론 머릿속으로는, '아마 외할머니 댁에 가셨나 부다.' 하고 생각했지마는 하여튼 내가 돌아왔는데 문간에서 기다리지 않고 집을 떠났다는 것이 몹시 나쁘게 생각되더군요.^{**41**} 그래서 속으로, '오늘 엄마를 좀 골려야겠다^(상대편을 놀리어 약을 올리거나 골이 나게 해야겠다.).' 하고 생각하고 있는데, 옆 대문 밖에서,

"아이고, 애가 원 벌써 왔나?"

하고 어머니 목소리가 들리더군요. 그 순간 나는 얼른 신을 벗어 들고 안방으로 뛰어 들어가서 벽장문을 열고 그 속에 들어가서 숨어 버렸습니다.

"옥희야, 옥희 너, 여태 안 왔니?"

하는 어머니 목소리가 바로 뜰에서 나더니,

"여태 안 왔군."

하면서 밖으로 나가는 모양이었습니다. 나는 재미가 나서 혼자 흐흥흐흥 웃었습니다.

---

39 서로를 의식하며 당황하고 부끄러워하는 '어머니'와 '아저씨'의 심리를 파악하지 못한다. 이는 어린 서술자의 한계를 드러낸다.
40 남녀가 서로 내외하던 당시의 시대상과 '어머니'의 보수적인 성격이 드러난다.
41 옥희가 벽장에 숨은 이유이다.

'국어 공신' 선생님

한참을 있더니 집에서는 온통 야단이 났습니다. 어머니 목소리도 들리고 외할머니 목소리도 들리고 외삼촌 목소리도 들리고!

"글쎄, 하루 종일 집이라군 안 떠났다가 옥희 유치원 파하구^(끝나고) 오문 멕일 과자가 없기에 어머님 댁에 잠깐 갔다 왔는데 고 동안에 이런 변이 생긴 걸……."

하는 것은 어머니 목소리.

"글쎄 유치원에서 벌써 이십 분 전에 떠났다는데 원 중간에서……."

하는 것은 외할머니 목소리.

"하여튼 내 나가서 돌아댕겨 볼웨다. 원 고것이 어델 갔담?"

하는 것은 외삼촌의 목소리.

이윽고 어머니의 울음소리가 가늘게 들렸습니다. 외할머니는 무어라고 중얼중얼 이야기하는 모양이었습니다. '이젠 그만하고 나갈까?' 하고도 생각했으나, '지난 주일날 예배당에서 성냈던 앙갚음을 해야지.⁴² 하는 생각이 나서 나는 그냥 벽장 안에 누워 있었습니다. 벽장 안은 답답하고 더웠습니다. 그래서 이윽고 부지중^(不知中, 알지 못하는 동안)에 나는 슬며시 잠이 들고 말았습니다.

얼마 동안이나 잤는지요? 이윽고 잠을 깨어 보니 아까 내가 벽장 안으로 들어왔던 것은 잊어버리고 참 이상스러운 데에 내가 누워 있거든요. 어두컴컴하고 좁고 덥고……. 나는 갑자기 무서운 생각이 나서 엉엉 울기 시작했지요. 그러자 갑자기 어디 가까운 데서 어머니의 외마디 소리가 나더니 벽장문이 벌컥 열리고 어머니가 달려들어서 나를 안아 내렸습니다.

"요 망할 것아.⁴³"

하면서 어머니는 내 엉덩이를 댓^(다섯쯤 되는 수. 또는 그런 수의) 번 때렸습니다. 그때에는 어머니는 나를 끌어안고 어머니도 따라 울었습니다.

"옥희야, 옥희야, 응 인제 괜찮다. 엄마 여기 있지 않니, 응, 울지 마

'국어 글쌤' 선생님

⁴² 옥희가 벽장 안에 계속 누워 있었던 이유이다.
⁴³ 반가움과 안도감을 반어적으로 표현했다.

라, 옥희야. 엄마는 옥희 하나문 그뿐이다.⁴⁴ 옥희 하나만 바라구 산다. 난 너 하나문 그뿐이야. 세상 다 일이 없다. 옥희만 있으면 바라고 산다. 옥희야 응, 울지 마라. 응, 울지 마라."

이렇게 어머니는 나더러 자꾸 울지 말라고 하면서도 어머니는 그치지 않고 그냥 자꾸자꾸 울었습니다.⁴⁵ 외할머니는,

"원 고것이 도깨비가 들렸단 말인가, 벽장 속엔 왜 숨는담."

하고 앉아 있고, 외삼촌은,

"에, 재수, 메유^(중국어로 '없다[沒有]'를 뜻하는 말)다."

하면서 밖으로 나갔습니다.

이튿날 유치원을 파하고^(어떤 일을 마치거나 그만두고) 집으로 오게 된 때 나는 갑자기 어제 벽장 속에 숨었다가 어머니를 몹시 울게 했던 생각이 나서 집으로 돌아 가기가 어쩐지 부끄러워졌습니다. '오늘은 어머니를 좀 기쁘게 해 드려야 할 텐데……. 무얼 갖다 드리면 기뻐할까?' 하고 생각했습니다. 그러자 문득 유치 원 안에 선생님 책상 위에 놓여 있던 꽃병 생각이 났습니다. 그 꽃병에는 나는 이름도 모르나 곱고 빨간 꽃이 꽂히어 있었습니다. 그 꽃은 개나리도 아니고 진달래도 아니었습니다. 그런 꽃은 나도 잘 알고 또 그런 꽃은 벌써 피었다가 져 버린 후였습니다. 무슨 서양 꽃이려니 하고 나는 생각하였습니다. 나는 우리 어머니가 꽃을 사랑하는 줄을 잘 압니다. 그래서 나는 도로 유치원 방 안으로 들어갔습니다. 마침 방 안에는 아무도 없었습니다. 선생님도 잠깐 어디를 가셨는지 보이지 않았습니다. 그래 나는 그 꽃을 두어 개 얼른 빼 들고 달음질쳐 나왔지요.

집에 오니 어머니는 문간에서 기다리고 있다가 나를 안고 들어

⁴⁴ 아저씨에게 관심을 가졌던 것에 대한 자책감을 드러내며, 이 소설의 결말을 암시한다.

⁴⁵ 옥희를 찾은 안도감과 아저씨에게 관심을 가졌던 것에 대한 자책감이 동시에 나타난다.

'국어 공신' 선생님

왔습니다.

"그 꽃은 어디서 났니? 퍽 곱구나."

하고 어머니가 말씀하셨습니다. 그러나 나는 갑자기 말문이 막혔습니다. '이걸 엄마 드릴라구 유치원서 가져왔어.' 하고 말하기가 어째 몹시 부끄러운 생각이 들었습니다. 그래 잠깐 망설이다가,

"응, 이 꽃! 저, 사랑 아저씨가 엄마 갖다 주라고 줘.**46**"

하고 불쑥 말했습니다. 그런 거짓말이 어디서 그렇게 툭 튀어나왔는지 나도 모르지요. 꽃을 들고 냄새를 맡고 있던 어머니는 내 말이 끝나기가 무섭게 무엇에 몹시 놀란 사람처럼 화닥닥하였습니다.**47** 그리고는 금시에 어머니 얼굴이 그 꽃보다도 더 빨갛게 되었습니다. 그 꽃을 든 어머니 손가락이 파르르 떠는 것을 나는 보았습니다. 어머니는 무슨 무서운 것을 생각하는 듯이**48** 방 안을 휘 한번 둘러보시더니,

"옥희야, 그런 걸 받아 오문 안 돼."

하고 말하는 목소리는 몹시 떨렸습니다. 나는 꽃을 그렇게도 좋아하는 어머니가 이 꽃을 받고 그처럼 성을 낼 줄은 참으로 뜻밖이었습니다.

어머니가 그렇게도 성을 내는 것을 보니까 그 꽃을 내가 가져왔다고 그러지 않고, 아저씨가 주더라고 거짓말을 한 것이 참 잘되었다고 나는 속으로 생각했습니다. 어머니가 성을 내는 까닭을 나는 모르지만 하여튼 성을 낼 바에는 내게 내는 것보다 아저씨에게 내는 것이 내게는 나았기 때문입니다.**49** 한참 있더니 어머니는 나를 방 안으로 데리고 들어와서,

"옥희야, 너 이 꽃 얘기 아무보구두^(아무에게도) 하지 말아라, 응.**50**"

하고 타일러 주었습니다. 나는,

수능에 나올 수도 있어!

'국어 공신' 선생님

46 어머니의 '내적 갈등'이 심화 되는 계기가 되는 말이다.
47 꽃을 아저씨의 사랑 고백으로 받아들여 당황해한다.
48 사별 후에 다른 남자와 사랑을 할 수 없는 사회적 분위기 때문이다.
49 옥희의 어린이다운 순진함이 드러나 웃음을 유발한다.
50 과부의 연애를 부정적으로 생각하는 시대이기 때문이고 어머니의 보수적인 성격이 드러난다.

"응."

하고 대답하면서 고개를 여러 번 까닥까닥했습니다.

어머니가 그 꽃을 곧 내버릴 줄로 나는 생각했습니다마는, 내버리지 않고 꽃병에 꽂아서 풍금 위에 놓아두었습니다.⑤ 아마 퍽 여러 밤 자도록 그 꽃은 거기 놓여 있어서 마지막에는 시들었습니다. 꽃이 다 시들자 어머니는 가위로 그 대는 잘라내 버리고 꽃만은 찬송가 갈피(겹치거나 포갠 물건의 하나 하나의 사이. 또는 그 틈)에 곱게 끼워 두었습니다.

내가 어머니께 꽃을 갖다 주던 날 밤에 나는 또 사랑에 놀러 나가서 아저씨 무릎에 앉아서 그림책을 보고 있었습니다. 갑자기 아저씨 몸이 흠칫하였습니다. 그러고는 귀를 기울입니다. 나도 귀를 기울였습니다.

풍금 소리! 그 풍금 소리는 분명 안방에서 흘러나오는 것이었습니다.

"엄마가 풍금 타나 부다.⑫"

하고 나는 벌떡 일어나서 안으로 뛰어왔습니다. 안방에는 불을 켜지 않았었습니다. 그러나 그때는 음력으로 보름께나 되어서 달이 낮같이 밝은데 은빛 같은 흰 달빛이 방 한 절반 가득히 차 있었습니다. 나는 그 흰옷을 입은 어머니가 풍금 앞에 앉아서 고요히 풍금을 타는 것을 보았습니다.

나는 나이 지금 여섯 살밖에 안 되었지마는 하여튼 어머니가 풍금을 타시는 것을 보는 것은 오늘이 처음이었습니다. 어머니는 우리 유치원 선생님보다도 풍금을 더 잘 타시는 것이었습니다. 나는 어머니 곁으로 갔습니다마는 어머니는 내가 곁에 온 것도 깨닫지 못하는지 그냥 까딱 아니하고 앉아서 풍금을 탔습니다. 조금 있더니 어머니는 풍금 곡조(음악적 통일을 이루는 음의 연속)에 맞추어서 노래를 부르기 시작하였습니다. 어머니의 목소리가 그렇게도 아름다운 것도 나는 이때까지 모르고 있었습니다. 어머니는 참으로 우리 유치원 선생님보다도

⑤ 아저씨가 보낸 꽃인 줄 알고 소중하게 보관한다.
⑫ 아버지가 죽은 후 한 번도 열지 않았던 풍금을 다시 치는 장면으로 '어머니'의 닫혔던 마음이 다시 열렸다는 것을 보여 준다. 이는 '어머니'의 내적 갈등을 암시하는 내용이다.

수능에 나올 수도 있어!

'국어 공신' 선생님

목소리가 훨씬 더 곱고 또 노래도 훨씬 더 잘 부르시는 것이었습니다. 나는 가만히 서서 어머니 노래를 들었습니다. 그 노래는 마치 은실을 타고 저 별나라에서 내려오는 노래처럼 아름다웠습니다. 그러나 얼마 오래지 않아 목소리는 약간 떨리기 시작하였습니다. 가늘게 떨리는 노랫소리, 그에 따라 풍금의 가는 소리도 바르르 떠는 듯했습니다.⁵³ 노랫소리는 차차 가늘어지더니 마지막에는 사르르 없어져 버렸습니다. 풍금 소리도 사르르 없어졌습니다. 어머니는 고요히 풍금에서 일어나시더니 옆에 섰는 내 머리를 쓰다듬었습니다.

그다음 순간 어머니는 나를 안고 마루로 나오셨습니다. 어머니는 아무 말씀도 없이 그냥 나를 꼭꼭 껴안는 것이었습니다. 달빛을 함빡 받는 내 어머니 얼굴은 몹시도 새하얗다고 생각되었습니다. 우리 어머니는 참으로 천사 같다고 생각하였습니다.

그것을 보니 나도 갑자기 울고 싶어졌습니다.

"어머니, 왜 울어?"

하고 나도 훌쩍거리면서 물었습니다.

"옥희야."

"응?"

한참 동안 어머니는 아무 말씀도 없었습니다. 그러나 한참 후에,

"옥희야, 난 너 하나문 그뿐이다.⁵⁴"

"엄마."

어머니는 다시 대답이 없으셨습니다.

하루는 밤에 아저씨 방에서 놀다가 졸려서 안방으로 들어오려고 일어서니까 아저씨가 하얀 봉투⁵⁵를 서랍에서 꺼내어 내게 주었습니다.

"옥희, 이거 갖다가 엄마 드리고 지나간 달 밥값이라구, 응."

수능에 나올 수도 있어!

'국어 공신' 선생님

⁵³ 어머니의 내적 갈등('아버지'에 대한 그리움과 '아저씨'에 대한 사랑 사이에서 오는 내적 갈등)을 드러낸다.
⁵⁴ 아저씨에게 끌리는 감정을 억누르며 결말을 암시한다.
⁵⁵ 어머니의 내적 갈등을 고조시키는 소재이다.

나는 그 봉투를 갖다가 어머니에게 드렸습니다. 어머니는 그 봉투를 받아 들자 갑자기 얼굴이 파랗게 질렸습니다.[56] 그 전날 달밤에 마루에 앉았을 때보다도 더 새하얗다고 생각되었습니다. 어머니는 그 봉투를 들고 어쩔 줄을 모르는 듯이 초조한 빛이 나타났습니다. 나는,

"그거 지나간 달 밥값이래."

하고 말을 하니까 어머니는 갑자기 잠자다 깨나는 사람처럼 "응?" 하고 놀라더니 또 금시에 백지장같이 새하얗던 얼굴이 발갛게 물들었습니다.[57] 봉투 속으로 들어갔던 어머니의 파들파들 떨리는 손가락이 지전을 몇 장 끌고 나왔습니다. 어머니는 입술에 약간 웃음을 띠면서 후 하고 한숨을 내쉬었습니다. 그러나, 그것도 잠시 다시 어머니는 무엇에 놀랐는지 흠칫하더니, 금시에 얼굴이 새하얘지고 입술이 바르르 떨렸습니다.[58] 어머니의 손을 바라다보니 거기에는 지전 몇 장 외에 네모로 접은 하얀 종이가 한 장 잡혀 있는 것이었습니다.

어머니는 한참을 망설이는 모양이었습니다. 그러더니 무슨 결심을 한 듯이 입술을 악물고 그 종이를 차근차근 펴들고 그 안에 쓰인 글을 읽었습니다. 나는 그 안에 무슨 글이 씌어 있는지 알 도리가 없었으나 어머니는 그 글을 읽으면서 금시에 얼굴이 파랬다 발갰다 하고 그 종이를 든 손은 이제는 바들바들이 아니라 와들와들 떨리어서 그 종이가 부석부석 소리를 내게 되었습니다.[59]

한참 후에 어머니는 그 종이를 아까 모양으로 네모지게 접어서 돈과 함께 봉투에 도로 넣어 반짇고리(반짇고리는 바늘, 실, 골무, 헝겊 등의 바느질 도구를 담는 그릇을 이름)에 던졌습니다. "엄마, 잘까?"

하고 말했습니다.

엄마는 내 뺨에 입을 맞추어 주었습니다. 그런데 어머니의 입술이 어쩌면

[56] 아저씨의 편지가 담겨 있을까 봐 당황하고 초조해한다.
[57] 아저씨의 마음을 혼자서 짐작했던 것이 부끄럽기 때문이다.
[58] 하얀 종이를 발견하여 놀라고 긴장한다. '하얀 종이'는 아저씨의 편지다.
[59] 편지를 읽는 동안 '어머니'의 심리 변화가 드러난다. 혼란, 충격, 흥분이 동시에 나타난다.

'국어 공신' 선생님

그리도 뜨거운지요. 마치 불에 달군 돌이 볼에 와 닿는 것 같았습니다.

한잠을 자고 나서 잠이 채 깨지는 않았으나 어렴풋한 정신으로 옆을 쓸어 보니 어머니가 없었습니다. 가끔가다가 나는 그런 버릇이 있어요. 어렴풋한 정신으로 옆을 쓸면 어머니의 보드라운 살이 만져지지요. 그러면 다시 나는 잠이 들어 버리곤 하는 것이었습니다.

어머니가 자리에 없다는 것을 알게 되자 나는 갑자기 무서워졌습니다. 그래서 잠은 다 달아나고 눈을 번쩍 뜨고 고개를 돌려 살펴보았습니다. 방 안에는 불은 안 켰지만 어슴푸레하게 밝습니다. 뜰로 하나 가득한 달빛이 방 안에까지 희미한 밝음을 던져 주는 것이었습니다. 윗목을 보니 우리 아버지의 옷을 넣어 두고 가끔 어머니가 꺼내서 쓸어 보시는⁶⁰ 그 장롱 문이 열려 있고, 그 아래 방바닥에는 흰옷이 한 무더기 널려 있습니다. 그리고 그 옆에는 장롱을 반쯤 기대고 자리옷^(잠옷)만 입은 어머니가 주춤하고 앉아서 고개를 위로 쳐들고 눈을 감고 무엇이라고 입술로 소곤소곤 외고 있는 것이 보였습니다. 아마 기도를 하나 보다 하고 나는 생각했습니다. 나는 자리에서 일어나 기어가서 어머니 무릎을 뻐개고^(벌리고) 기어 들어갔습니다.

"엄마, 무얼 해?"

어머니는 소곤거리기를 그치고 눈을 떠서 나를 한참이나 물끄러미 들여다 보십니다.

"옥희야."

"응?"

"가서 자자."

"엄마두 같이 자."

"응, 그래 엄마두 같이 자."

그 목소리가 어째 싸늘하다고 내게 생각되었습니다.

어머니는 돌아가신 아버지의 옷들을 한 가지씩 들고는 가만히 손

수능에 나올 수도 있어!

⑥⁰ '아버지'에 대한 '어머니'의 그리움이 나타난다.

'국어 공신' 선생님

바닥으로 쏠어 보고는 장롱 안에 넣었습니다. 하나씩 하나씩 쏠어 보고는 장롱에 넣곤 하여 그 옷을 다 넣은 때 장롱 문을 닫고 쇠를 채우고 그리고 나서 나를 안고 자리로 돌아왔습니다.

"엄마, 우리 기도하고 자?"

하고 나는 물었습니다. 어머니는 나를 밤마다 재워 줄 때마다 반드시 기도를 하는 것이었습니다. 내가 할 줄 아는 기도는 주기도문뿐이었습니다. 그 뜻은 하나도 모르지만 어머니를 따라서 자꾸자꾸 해 보아서 지금에는 나도 주기도문을 잘 외웁니다. 그런데 웬일인지 어젯밤 잘 때에는 어머니가 기도할 것을 잊어버리고, 그냥 잤던 것이 지금 생각이 났기 때문에 나는 그렇게 물었던 것입니다. 어젯밤 자리에 들 때 내가,

"기도할까?"

하고 말하고 싶었으나 어머니가 너무도 슬픈 빛을 띠고 있는 고로⁶² 그만 나도 가만히 아무 소리 없이 잠이 들고 말았던 것입니다.

"응, 기도하자."

하고 어머니가 고요히 대답했습니다.

"엄마가 기도해."

하고 나는 갑자기 어머니의 기도하는 보드라운 음성이 듣고 싶어져서 말했습니다.

"하늘에 계신 우리 아버지시여."

어머니는 고요히 기도를 시작하였습니다.

"이름을 거룩하게 하옵시며 나라에 임하옵시며 뜻이 하늘에서 이루어진 것처럼 땅에서도 이루어지이다. 오늘날 우리에게 일용할^(날마다 쓸) 양식을 주옵시고 우리가 우리에게 죄지은 자를 용서하여 준 것처럼 우리 죄를 사하여^(지은 죄나 허물을 용서하여) 주옵시고, 우리를 시험⁶³에 들지 말게 하옵시고…… 우리를 시험에

---

61 어머니는 아저씨에 대한 감정을 아버지에 대한 그리움으로 억누르고 있다.
62 내적갈등으로 인한 어머니의 심리적 고통이 깊다는 것을 알 수 있다.
63 '아저씨와의 사랑'을 의미한다.

들지 말게 하옵시고…… 시험에 들지 말게…… 시험에 들지 말게……."

이렇게 어머니는 자꾸 되풀이하였습니다. 나도 지금은 막히지 않고 줄줄 외는 주기도문을 글쎄 어머니가 막히다니 참으로 우스운 일이었습니다.[64]

"시험에 들지 말게…… 시험에 들지 말게……."

하고 자꾸만 되풀이하는 것을 나는 참다못해서,

"엄마, 내 마저 할게."

하고,

"다만 악에서 구하옵소서. 대개 나라와 권세(권력과 세력을 아울러 이르는 말)와 영광이 아버지께 영원히 있사옵나이다."

하고 내가 끝을 마쳤습니다. 어머니는 한참이나 가만있다가 오랜 후에야 겨우,

"아멘."

하고 속살거렸습니다.

요새 와서 어머니의 하는 일이란 참으로 알 수가 없는 노릇입니다. 어떤 때는 어머니도 퍽 유쾌하셨습니다. 밤에 때로는 풍금도 타고 또 때로는 찬송가도 부르고 그러실 때에는 나는 너무도 좋아서 가만히 어머니 옆에 앉아서 듣습니다. 그러나 가끔가끔 그 독창은 소리 없는 울음으로 끝을 맺는 때가 많은데, 그런 때면 나도 따라서 울었습니다. 그러면 어머니는 나를 안고 내 얼굴에 돌아가면서 무수히 입을 맞추어 주면서,

"엄마는 옥희 하나문 그뿐이야, 응, 그렇지……."[65]

하시면서 언제까지나 언제까지나 우시는 것이었습니다.

어떤 일요일 날, 그렇지요, 그것은 유치원 방학하고 난 그 이튿날이었어요. 그날 어머니는 갑자기 머리가 아프시다고 예배당에를 그만두었습니다.[66] 사

'국어 공신' 선생님

[64] 아저씨로 인한 어머니의 내적 갈등을 파악하지 못한다. 이는 어린 서술자의 한계가 드러나는 부분이다.
[65] 나를 보며 사랑을 포기하려는 어머니의 다짐이 들어있다.
[66] 어머니는 심한 갈등을 겪고 있다.

랑에서는 아저씨도 어디 나가고 외삼촌도 나가고 집에는 어머니와 나와 단둘이 있었는데, 머리가 아프다고 누워 계시던 어머니가 갑자기 나를 부르시더니,

"옥희야, 너 아빠가 보고 싶니?"

하고 물으십니다.

"응, 우리두 아빠 하나 있으문.⑥"

하고 나는 혀를 까불고 어리광을 좀 부려 가면서 대답을 했습니다. 한참 동안을 어머니는 아무 말씀도 아니하시고 천장만 바라다보시더니,

"옥희야, 옥희 아버지는 옥희가 세상에 나오기도 전에 돌아가셨단다. 옥희두 아빠가 없는 건 아니지. 그저 일찍 돌아가셨지. 옥희가 이제 아버지를 새로 또 가지면 세상이 욕을 한단다.⑥⑧ 옥희는 아직 철이 없어서 모르지만 세상이 욕을 한다. 사람들이 욕을 해. 옥희 어머니는 화냥년^('자기 남편이 아닌 남자와 정을 통하는 짓을 하는 여자'를 비속하게 이르는 말)이다 이러구 세상이 욕을 해. 옥희 아버지는 죽었는데 옥희는 아버지가 또 하나 생겼대, 참 망측^(정상적인 상태에서 어그러져 어이가 없거나 차마 보기가 어려움)두 하지, 이러구 세상이 욕을 한단다. 그리되문 옥희는 언제나 손가락질 받구. 옥희는 커두 시집두 훌륭한 데 못 가구. 옥희가 공부를 해서 훌륭하게 돼두, 에 그까짓 화냥년의 딸, 이러구 남들이 욕을 한단다.⑥⑨"

이렇게 어머니는 혼잣말하시듯 드문드문 말씀하셨습니다. 그러고는 한참 있더니,

"옥희야."

하고 또 부르십니다.

"응?"

"옥희는 언제나, 언제나 내 곁을 안 떠나지. 옥희는 언제나, 언제나 엄마하구 같이 살지. 옥희는 엄마가 늙어서 꼬부랑 할미

⑥⑦ 옥희는 '아빠'라는 존재를 그리워하고 있다.
⑥⑧ 여성의 재혼을 좋지 않게 생각하는 당시의 사회 분위기를 보여 준다.
⑥⑨ 어머니는 옥희의 장래를 걱정하며 아저씨와의 사랑을 포기한다.

'국어 공신' 선생님

가 되어두 그래두 옥희는 엄마하구 같이 살지. 옥희가 유치원 졸업하구, 또 소학교('초등학교'의 전 용어) 졸업하구, 또 중학교 졸업하구, 또 대학교 졸업하구, 옥희가 조선서 제일 훌륭한 사람이 돼두 그래두 옥희는 엄마하구 같이 살지. 응! 옥희는 엄마를 얼만큼 사랑하나?"

"이만큼."

하고 나는 두 팔을 짝 벌리어 보였습니다.

"응? 얼마만큼? 응! 그만큼! 언제나, 언제나 옥희는 엄마만 사랑하지. 그리구 공부두 잘하구, 그리구 훌륭한 사람이 되구……."

나는 어머니의 목소리가 떨리는 것으로 보아 어머니가 또 울까 봐 겁이 나서,

"엄마, 이만큼, 이만큼."

하면서 두 팔을 짝짝 벌리었습니다. 어머니는 울지 않으셨습니다.

"응, 그래, 옥희 엄마는 옥희 하나문 그뿐이야.⑦⓪ 세상 다른 건 다 소용없어. 우리 옥희 하나문 그만이야. 그렇지, 옥희야."

"응!"

어머니는 나를 당기어서 꼭 껴안고 내 가슴이 막혀 들어올 때까지 자꾸만 껴안아 주었습니다.

그날 밤 저녁밥 먹고 나니까 어머니는 나를 불러 앉히고 머리를 새로 빗겨 주었습니다. 댕기(길게 땋은 머리 끝에 드리는 장식용 헝겊이나 끈)도 새 댕기를 드려 주고, 바지, 저고리, 치마 모두 새것을 꺼내 입혀 주었습니다.

"엄마, 어디 가?"

하고 물으니까,

"아니."

하고 웃음을 띠면서 대답합니다. 그러더니 풍금 옆에서 새로 다린 하얀 손

⑦⓪ 어머니는 아저씨에 대한 마음을 접고 옥희와 단둘이 살기로 결심한다.

수건을 내리어 내 손에 쥐어 주면서,

"이 손수건, 저 사랑 아저씨 손수건인데, 이것 아저씨 갖다 드리구 와, 응. 오
래 있지 말구 손수건만 갖다 드리구 이내(그때에 곧. 또는 지체함이 없이 바로) 와, 응.⑦"

하고 말씀하셨습니다.

손수건을 들고 사랑으로 나가면서 나는 접어진 손수건 속에 무슨 발각발각
하는 종이가 들어 있는 것처럼 생각되었습니다마는, 그것을 펴 보지 않고 그
냥 갖다가 아저씨에게 주었습니다. 아저씨는 방에 누워 있다가 벌떡 일어나서
손수건을 받는데, 웬일인지 아저씨는 이전처럼 나보고 빙그레 웃지도 않고 얼
굴이 몹시 파래졌습니다.⑫ 그러고는 입술을 질근질근 깨물면서 말 한마디 아
니하고 그 수건을 받더군요.

나는 어째 이상한 기분이 들어서 아저씨 방에 들어가 앉지도 못하고 그냥
되돌아서 안방으로 도로 왔지요. 어머니는 풍금 앞에 앉아서 무엇을 그리 생
각하는지 가만히 있더군요. 나는 풍금 옆으로 가서 가만히 그 옆에 앉아 있었
습니다. 이윽고 어머니는 조용조용히 풍금을 타십니다. 무슨 곡조인지는 몰라
도 어째 구슬프고 고즈넉한(고요하고 아늑한) 곡조야요. 밤이 늦도록 어머니는 풍금
을 타셨습니다. 그 구슬프고 고즈넉한 곡조를 계속하고 또 계속하면서…….

여러 밤을 자고 난 어떤 날 오후에 나는 오래간만에 아저씨 방엘 나가 보았
더니 아저씨가 짐을 싸느라고 분주하겠지요.⑬ 내가 아저씨에게 손수건을 갖
다 드린 다음부터는 웬일인지 아저씨가 나를 보아도 언제나 퍽 슬픈 사람, 무
슨 근심이 있는 사람처럼 아무 말도 없이 나를 물끄러미 바라다만 보고 있는
고로,⑭ 나도 그리 자주 놀러 오지는 않았던 것입니다. 그랬었는데 이렇게 갑
자기 짐을 꾸리는 것을 보고 나는 놀랐습니다.

"아저씨, 어데 가우?"

⑦ 어머니는 옥희를 통해 아저씨에 대한 자신의 마음을 전하려 한다.
⑫ 아저씨는 어머니의 답장이라는 것을 알고 긴장한다.
⑬ 어머니와의 사랑을 포기하고 아저씨는 떠난다.
⑭ 어머니를 향한 사랑을 접어야 하는 안타까움과 슬픔 때문이다.

'국어 공신' 선생님

"응, 멀리루 간다."

"언제?"

"오늘."

"기차 타구?"

"응, 기차 타구."

"갔다가 언제 또 오우?"

아저씨는 아무 대답도 없이 서랍에서 예쁜 인형을 하나 꺼내서 내게 주었습니다.

"옥희, 이것 가져, 응. 옥희는 아저씨 가구 나문 아저씨 이내 잊어버리구 말겠지![75]"

나는 갑자기 슬퍼졌습니다. 그래서,

"아니."

하고 얼른 대답하고 인형을 안고 안으로 들어왔습니다.

"엄마, 이것 봐. 아저씨가 이것 나 줬다우. 아저씨가 오늘 기차 타구 먼 데루 간대."

하고 내가 말했으나 어머니는 대답이 없으십니다.

"엄마, 아저씨 왜 가우?"

"학교 방학했으니깐 가지."

"어디루 가우?"

"아저씨 집으루 가지, 어디루 가."

"갔다가 또 오우?"

어머니는 대답이 없으십니다.[76]

"난 아저씨 가는 거 나쁘다.[77]"

[75] 어머니도 곧 자신을 잊을 것이라고 생각하여 쓸쓸해하고 아쉬워한다.
[76] 어머니는 아저씨가 떠날 것을 짐작하고 있다.
[77] 아저씨와 어머니의 마음을 알지 못하고 아저씨와의 이별을 서운해한다.

'국어 금신' 선생님

하고 입을 쫑긋했으나, 어머니는 그 말은 대답 않고,

"옥희야, 벽장에 가서 달걀[78] 몇 알 남았나 보아라."

하고 말씀하셨습니다.

나는 방 안으로 들어갔습니다. 달걀은 여섯 알이 있었습니다.

"여스 알."

하고 나는 소리쳤습니다.

"응, 다 가지구 이리 나오너라."

어머니는 그 달걀 여섯 알을 다 삶았습니다. 그 삶은 달걀 여섯 알을 손수건에 싸 놓고 또 반지(半紙 얇고 흰 일본 종이)에 소금을 조금 싸서 한 귀퉁이에 넣었습니다.

"옥희야, 너 이것 갖다 아저씨 드리구, 가시다가 찻간에서 잡수시랜다구, 응."

그날 오후에 아저씨가 떠나간 다음 나는 방에서 아저씨가 준 인형을 업고 자장자장 잠을 재우고 있었습니다. 어머니가 부엌에서 들어오시더니,

"옥희야, 우리 뒷동산에 바람이나 쐬러 올라갈까?[79]"

하십니다.

"응, 가, 가."

하면서 나는 좋아 덤비었습니다.

잠깐 다녀올 터이니 집을 보고 있으라고 외삼촌에게 이르고 어머니는 내 손목을 잡고 나섰습니다.

"엄마, 나 저, 아저씨가 준 인형 가지고 가?"

"그럼."

나는 인형을 안고 어머니 손목을 잡고 뒷동산으로 올라갔습니다. 뒷동산에 올라가면 정거장이 빤히 내려다보입니다.

'국어 금산' 선생님

---

[78] 아저씨에 대한 어머니의 마지막 정성이 담겨 있는 소재이다.
[79] 떠나는 아저씨를 마지막으로 배웅하고 싶은 어머니의 마음이 간접적으로 드러난다.

"엄마, 저 정거장 봐. 기차는 없군."

어머니는 아무 말씀도 없이 가만히 서 계십니다. 사르르 바람이 와서 어머니 모시 치맛자락을 산들산들 흔들어 주었습니다. 그렇게 산 위에 가만히 서 있는 어머니는 다른 때보다도 더한층 예쁘게 보였습니다.

저편 산모퉁이에서 기차가 나타났습니다.

"아, 저기 기차 온다."

하고 나는 좋아서 소리쳤습니다.

기차는 정거장에 잠시 머물더니 금시에 삑 하고 소리를 지르면서 움직였습니다.

"기차 떠난다.⑧⓪"

하면서 나는 손뼉을 쳤습니다. 기차가 저편 산모퉁이 뒤로 사라질 때까지, 그리고 그 굴뚝에서 나는 연기가 하늘 위로 모두 흩어져 없어질 때까지, 어머니는 가만히 서서 그것을 바라다보았습니다.⑧①

뒷동산에서 내려오자 어머니는 방으로 들어가시더니 이때까지 뚜껑을 늘 열어 두었던 풍금 뚜껑을 닫으십니다.⑧② 그러고는 거기 쇠를 채우고 그 위에다가 이전 모양으로 반짇고리를 얹어 놓으십니다. 그리고는, 그 옆에 있는 찬송가를 맥없이 들고 뒤적뒤적하시더니, 빼빼 마른 꽃송이를 그 갈피에서 집어 내시고,

"옥희야, 이것 내다 버려라.⑧③"

하고 그 마른 꽃을 내게 주었습니다. 그 꽃은 내가 유치원에서 갖다가 어머

⑧⓪ 기차와 함께 아저씨가 떠나는 것으로 모든 갈등이 해소된다.

⑧① 기차가 떠나는 모습을 바라보는 어머니의 '안타까움, 아쉬움, 슬픔'을 간접적으로 드러냈다.

⑧② ~ ⑧④ 아저씨에 대한 마음을 정리하는 어머니의 행동을 나타내고 있다.

'국어 공신' 선생님

니께 드렸던 그 꽃입니다. 그러자 옆 대문이 삐걱하더니,

"달걀 사소."

하고 매일 오는 달걀 장수 노파가 달걀 광주리를 이고 들어왔습니다.

"인젠 우리 달걀 안 사요. 달걀 먹는 이가 없어요.⁸⁴"

하시는 어머니 목소리는 맥이 한 푼어치도 없었습니다.

나는 어머니의 이 말씀에 놀라서 떼를 좀 써 보려 했으나 석양에 빤히 비치는 어머니 얼굴을 볼 때 그 용기가 없어지고 말았습니다. 그래서 아저씨가 주신 인형 귀에다가 내 입을 갖다 대고 가만히 속삭이었습니다.

"애, 우리 엄마가 거짓부리^('거짓말'을 속되게 이르는 말) 썩 잘하누나. 내가 달걀 좋아하는 줄 잘 알문서 생 먹을 사람이 없대누나. 떼를 좀 쓰구 싶다만 저 우리 엄마 얼굴을 좀 봐라. 어쩌문 저리두 새파래졌을까? 아마 어디가 아픈가 보다.⁸⁵"라고요.

'국어 공신' 선생님

수능에 나올
수도 있어!

85 사랑하는 사람을 떠나보낸 어머니의 슬픔과 괴로움을 드러냈다.

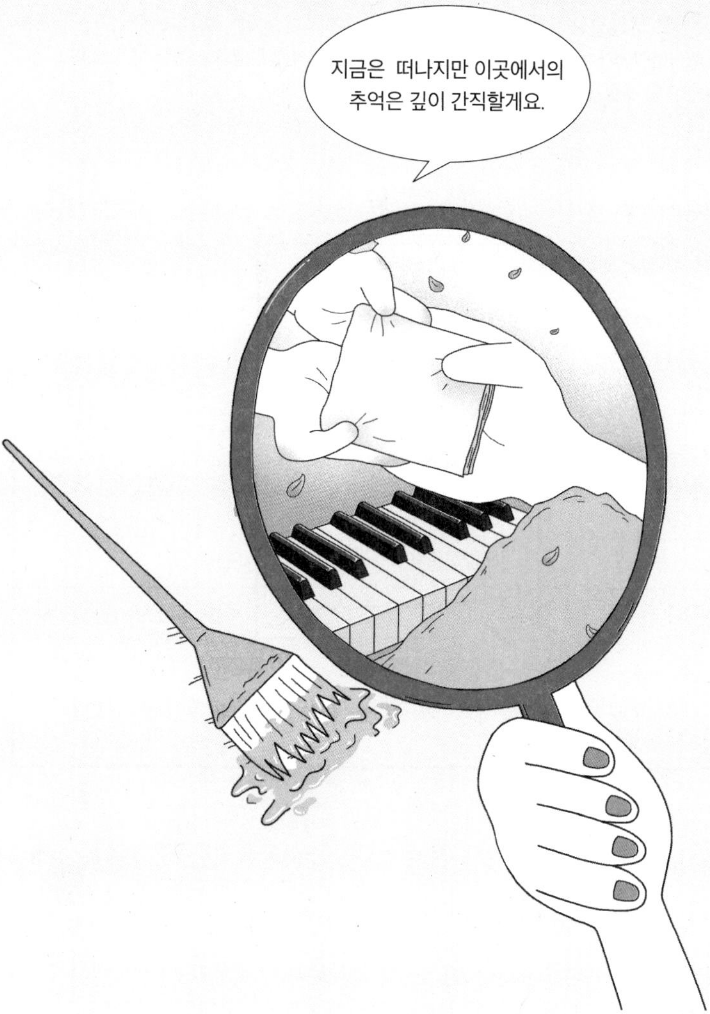
지금은 떠나지만 이곳에서의
추억은 깊이 간직할게요.

내신·수능 만점 키우기

1 작품 소개

<사랑 손님과 어머니>는 1930년대 어느 시골 마을에 사는 여섯 살 소녀 옥희의 시선으로 어머니와 아저씨의 감정선을 잘 표현한 작품이다. 옥희의 말로 독자에게 전달하듯 서술되는 이야기는 어른들의 이야기를 어린아이에게 듣는 것 같아 재미있고 흥미롭다. 또한 어른들의 심리를 잘 이해하지 못하는 옥희의 관찰이 이 소설을 더욱 흥미롭게 하는 작품이다.

2 핵심 정리

○ 다음 내용에서 괄호 안에 알맞은 답을 쓰시오.

갈래	현대 소설, 단편 소설
성격	서정적, 낭만적
배경	1930년대 어느 시골 마을
시점	1인칭 관찰자 시점 ※ 옥희가 사건이나 대상을 (㉠) 보고 자신의 관점에서 말하고 있다. 이 소설에서 관찰하는 사람과 말하는 사람이 모두 (㉡)이다.
주제	사랑과 봉건적 윤리관 사이에서 갈등하는 두 사람의 사랑과 이별
특징	• (㉢)의 흐름에 따라 이야기가 전개 된다. • 인물의 대화와 행동을 1인칭 관찰자 시점으로 제시하여 인물의 심리를 (㉣)으로 드러냈다. • 어린 옥희의 (㉤)을 통해 어머니와 아저씨(사랑손님) 사이의 미묘한 감정과 심리를 잘 표현했다.

3 이 글의 짜임

○ 다음 내용에서 괄호 안에 알맞은 답을 쓰시오.

발단	과부 어머니와 여섯 살 옥희가 사는 집 (㉠)에 손님이 들어온다.
전개	옥희와 아저씨가 점차 가까워지고 어머니와 아저씨 서로에게 (㉡)을 가진다.
위기	어머니와 아저씨 사이에 관심과 사랑이 피어나지만 봉건적 윤리관 때문에 쉽게 둘은 다 가가지 못하고 어머니는 (㉢)하게 된다.
절정	아저씨가 마음을 담은 편지를 어머니께 건네지만 어머니는 고민 끝에 아저씨의 마음을 (㉣)한다.
결말	아저씨는 옥희 집을 떠나고 어머니는 (㉤)을 버리며 아저씨에 대한 마음을 정리한다.

◈ 그래픽 구조로 글의 짜임 한 번 더 이해하기

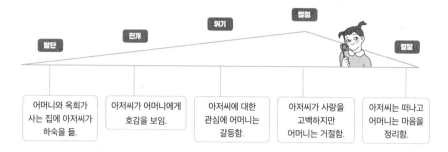

발단	전개	위기	절정	결말
어머니와 옥희가 사는 집에 아저씨가 하숙을 듦.	아저씨가 어머니에게 호감을 보임.	아저씨에 대한 관심에 어머니는 갈등함.	아저씨가 사랑을 고백하지만 어머니는 거절함.	아저씨는 떠나고 어머니는 마음을 정리함.

4 소설의 특성과 전개 과정에 따른 변화 양상

1 주요 인물 소개 및 특성

○ 다음 각 인물에 대한 올바른 설명을 연결하시오.

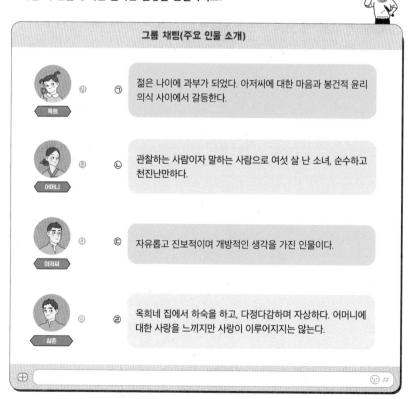

그룹 채팅(주요 인물 소개)

옥희 ㉮

㉠ 젊은 나이에 과부가 되었다. 아저씨에 대한 마음과 봉건적 윤리 의식 사이에서 갈등한다.

어머니 ㉯

㉡ 관찰하는 사람이자 말하는 사람으로 여섯 살 난 소녀, 순수하고 천진난만하다.

아저씨 ㉰

㉢ 자유롭고 진보적이며 개방적인 생각을 가진 인물이다.

삼촌 ㉱

㉣ 옥희네 집에서 하숙을 하고, 다정다감하며 자상하다. 어머니에 대한 사랑을 느끼지만 사랑이 이루어지지는 않는다.

2 사건 전개에 따른 '어머니'의 심리변화 살펴보기

◎ 다음 '어머니'에 대해 SNS에서 대화하듯 작성해보세요.

그룹 채팅('어머니' 외 심리)　　　Ｑ ≡

국어 공신

> 옥희 어머니에 대해 설명해줄 수 있을까?

> 과부로 여섯 살 옥희를 혼자 키워. 봉건적이고 (㉠　　　)적인 사회를 따르는 인물이야. 아저씨에 대해 (㉡　　　)을 가지고 있어.

어머니

국어 공신

> 어머니가 아저씨에 대한 마음을 두고 내적 갈등을 일으키는 이유는 뭘까?

> 아저씨에 대한 마음과 봉건적 윤리의식(당시에는 과부가 재가하면 손가락질을 했어.)에 대한 갈등이야. 왜냐하면, 옥희가 (㉢　　　) 걱정하는 거지.

어머니

국어 공신

> 아버지가 돌아가신 후 어머니는 풍금을 한 번도 열어보지 않았는데 풍금을 다시 연주한 이유는 뭘까?

> 어머니의 마음에도 변화가 생긴 거지. 아버지에 대한 그리움과 아저씨에 대한 마음 사이에 (㉣　　　)을 보여주는 거야.

어머니

국어 공신

> 아저씨의 봉투를 받은 어머니의 심리는 어땠어?

> 얼굴이 파랗게 질리면서 (㉤　　　)했고, 초조한 빛이 난 건 (㉥　　) 했기 때문이야. 또 얼굴이 빨갛게 변한 건 (㉦　　　) 때문이고, 한숨은 (㉧　　　)을, 흠칫하는 것은 놀란 거야. 얼굴이 새하얘지고 입술이 바르르 떨리는 것은 당황하고 긴장했기 때문이지.

어머니

⊕　　　　　　　　　　　　　　　　　　　　　　　☺ #

❸ 인물과 공감하기

o 옥희네 집을 떠난 아저씨께 짧은 메시지를 남겨봅시다.

5 '옥희'의 뇌 구조

o 책 내용을 참고하여 '옥희'의 뇌 구조를 자유롭게 작성해봅시다.

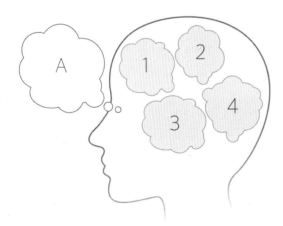

정말 꼭 알아야 해요!

Ⓐ - 아저씨가 우리 집에 와서 너무 좋아.

❶ - 아저씨도 나처럼 (㉠   )을 좋아하셔. 엄마한테 더 많이 삶아 달라고 해야지.

❷ - 아저씨랑 뒷동산에 놀러가야지.

❸ - 아저씨가 (㉡   )였음 좋겠어.

❹ - 어머니를 위해 (㉢   )을 따라야겠어.

6 작품 깊이 이해하기

1 문학 이론 살펴보기

※ 보는 이와 말하는 이

같은 대상이나 사건을 보더라도 누가 어떤 관점에서 보고 말하느냐에 따라 작품의 주제나 분위기는 다양하게 바뀔 수 있다.

① 보는 이: 작품 속의 인물이나 사건을 바라본다.
② 말하는 이: 작품 속의 인물이나 사건을 바라본다.

> 같은 일을 경험해도 서로 그 일을 바라보는 관점, 이해하는 정도가 다르다. 동일한 일, 사건이라도 어떻게 보느냐에 따라 (㉠   )가 달라질 수 있기 때문이다.
> 문학작품도 마찬가지다. '보는 이'와 '말하는 이'의 관점에 따라 작품의 (㉡   )와 (㉢   )가 달라질 수 있다. 따라서 '보는 이'와 '말하는 이'의 관점을 파악하며 작품을 감상하는 것이 중요하다.
> 대화를 할 때에도 상대방의 관점을 충분히 고려해야 한다. 상대방의 상황과 처지를 이해하면서 대화할 때 훨씬 더 원활하게 (㉣   )할 수 있기 때문이다.

2 작품 살펴보기 (서·논술형)

❶ 어머니와 외삼촌의 사고방식의 차이는 무엇인가요?

❷ 어린아이 서술자의 한계는 무엇인가요?

❸ 옥희가 벽장에 숨은 이유는 무엇인가요?

❹ 어머니가 아저씨와의 사랑을 포기하려는 이유는 무엇인가요?

❺ <사랑손님과 어머니>에 나타난 소재의 의미를 서술하세요.

아버지의 사진, 옷	㉠
삶은 달걀	㉡
꽃	㉢
풍금	㉣
하얀 손수건	㉤

7 토론하기

○ 다음 논제를 파악한 후 주장과 이유를 서술하세요.

논제 : 옥희 어머니의 재혼은 타당하다. (찬성 VS 반대)

논제	어머니의 재혼은 타당하다	어머니의 재혼은 타당하지 않다
주장		
근거		

🙂 간단히 내용 파악하기 ------------------------

○ 다음 문제를 읽고 올바른 내용에는 O, 틀린 내용에는 X 표시를 하시오.

1 외할머니가 아버지의 사진을 치우라고 한 이유는 아버지와 사이가 좋지 않았기 때문이다. [O | X]

2 옥희의 어머니가 평소보다 달걀을 많이 사게 된 이유는 옥희가 달걀을 좋아하기 때문이다. [O | X]

3 예배당에서 아저씨가 옥희를 바라보지 않고, 어머니가 옥희를 잡아 당긴 것은 어머니와 아저씨가 서로의 마음을 숨기고 다른 사람들의 시선을 의식한 것이다.
[O | X]

4 옥희가 벽장 속에 숨은 이유는 어머니가 마중을 오지 않은 것, 어머니가 집을 떠났다고 생각한 것 때문이다. 그래서 어머니를 골려주기 위해 벽장에 숨은 것이다.
[O | X]

5 이 소설에서 '꽃'은 아저씨를 향한 어머니의 관심으로 볼 수 있다. [O | X]

○ 다음 문제를 읽고 올바른 답을 간단히 서술하세요.

1 어머니의 기도 "우리를 시험에 들게 하지 마옵시고…… 우리를 시험에 들지 말게 하옵시고…… 시험에 들지 말게……."에서 '시험'은 무엇을 의미하나요?

2 어머니가 옥희에게 한 말로, "옥희가 이제 아버지를 새로 또 가지면 세상이 욕을 한단다."에서 알 수 있는 당시의 사회 분위기는 어떠했나요?

3 어머니가 옥희에게 한 말로, "엄마는 옥희 하나면 그뿐이야. 세상 다른 건 다 소용 없어."에서 알 수 있는 사실은 무엇인가요?

4 어머니가 옥희를 통해 아저씨에게 전한 손수건 속에 든 종이에는 어떤 내용이 들어 있었는지 추측해서 작성해보세요.

5 아저씨가 떠나는 이유를 표면적 이유와 실질적 이유로 각각 작성하세요.

실전 문제로 작품 정리하기 ----------------------

1 <사랑손님과 어머니>의 서술자에 대한 설명으로 옳지 <u>않은</u> 것은?

여러분 꼭
알아야 해요!

① 여섯 살 난 여자아이다.
② 아저씨에게 호감이 있다.
③ 어머니와 아저씨의 행동을 관찰하여 설명하고 있다.
④ 친근한 말투로 독자에게 말하기 방식으로 설명하고 있다.
⑤ 어머니의 심리를 어린 서술자가 구체적으로 파악하여 독자에게 전달한다.

2 <사랑손님과 어머니>에 대한 설명으로 옳은 것은?

① 옥희는 사생아다.
② 옥희는 닭을 좋아한다.
③ 옥희는 풍금 켜는 엄마를 좋아한다.
④ 옥희는 아저씨가 아빠이기를 바란다.
⑤ 옥희는 꽃을 아저씨가 사준 거라고 했다.

3 <사랑손님과 어머니>에 대한 설명으로 옳지 <u>않은</u> 것은?

여러분 꼭
알아야 해요!

① 아저씨에게 놀러 가는 옥희를 어머니는 예쁘게 단장시켰다.
② 엄마의 내적갈등은 아저씨와의 사랑과 봉건적 윤리의식 사이에서 일어난다.
③ 옥희가 어른들의 행동을 잘 이해하지 못한 것은 어린아이 서술자의 한계라 할 수 있다.
④ "옥희가 아빠하고 어디 갔다온다."라고 하는 친구들의 말은 극적 긴장감을 고조시킨다.
⑤ 봉투와 하얀 종이에 담긴 의미는 지난달 밥값이기는 하지만 아저씨가 어머니에 대한 고마움을 표현한 것이다.

4 <사랑손님과 어머니>에서 '아저씨' 대한 설명으로 옳은 것은?

① 아저씨의 성격은 대범하다.
② 아저씨는 주변을 의식한다.
③ 아저씨는 진짜 달걀을 좋아한다.
④ 아저씨는 옥희 어머니에게 꽃을 선물한다.
⑤ 아저씨는 예배당에서 옥희와 옥희 어머니를 찾고는 환한 미소를 짓는다.

글쓰기 --

○ 다음 글은 소설의 일부를 관점을 달리하여 바꿔 쓴 것이다. 소설 원작과 변형작을 비교하여
  관점의 변화가 작품의 느낌을 어떻게 다르게 했는지 설명하세요.

〈사랑손님과 어머니〉 원작

그날 오후에 아저씨가 떠나간 다음 나는 방에서 아저씨가 준 인형을 업고 자장자
장 잠을 재우고 있었습니다. 어머니가 부엌에서 들어오시더니,

"옥희야, 우리 뒷동산에 바람이나 쐬러 올라갈까?"

하십니다.

"응, 가, 가."

하면서 나는 좋아 덤비었습니다.

잠깐 다녀올 터이니 집을 보고 있으라고 외삼촌에게 이르고 어머니는 내 손목을
잡고 나섰습니다.

"엄마, 나 저, 아저씨가 준 인형 가지고 가?"

"그러렴."

나는 인형을 안고 어머니 손목을 잡고 뒷동산으로 올라갔습니다. 뒷동산에 올라가
면 정거장이 빤히 내려다보입니다.

〈사랑손님과 어머니〉 변형작

그날 오후에 사랑손님이 떠나고 얼마 안 되어 누님의 힘없는 목소리가 들렸다.

"옥희야, 우리 뒷동산에 바람이나 쐬러 올라갈까?"

"응, 가, 가."

"잠깐 다녀올 터이니 집 좀 보고 있으렴."

누님은 내게 말하고는 옥희의 손목을 잡고 집을 나섰다.

"엄마, 나 저, 아저씨가 준 인형 가지고 가?"

옥희는 사랑손님이 주고 간 인형까지 챙겼다.

뒷동산에서는 기차 정거장이 내려다보이는데, 아마 누님은 기차를 타고 떠나는 사
랑손님을 마지막으로 배웅하고 싶은 것이리라. 옥희와 함께 집을 나서는 누님의 뒷
모습이 왠지 쓸쓸하게 느껴졌다.

옥희는 '아빠가 있었으면…….',
오직 아이의 눈으로만 이해할 수 있는 일들…….

〈사랑손님과 어머니〉는 서술자를 여섯 살 어린 '옥희'로 설
정하고, 옥희의 시선으로 일상과 어른들의 모습을 말하기 방
식으로 풀어낸 작품입니다. 어린이가 말하는 방식이 다른 소
설과 어떤 특별함이 있을까요? 어린아이의 관점으로 내용을
전달해서 얻는 효과는 어른을 서술자로 하는 것과 큰 차이를 보입
니다. 우선 어린아이이기 때문에 모든 상황을 다 이해하지 못합니다. 그래서 어린아이의
천진난만한 말투로 독자들의 웃음을 자아내기도 하고, 일상적이고 통속적인 어른들의 사
랑 이야기가 어린아이의 순진무구한 눈으로 표현되어 때론 감동적이고 아름답게 보이기
도 합니다. 특히 어린아이가 어려서 알 수 없는 어른들의 말과 행동에 대한 이해와 내용
은 독자가 상상하며 읽을 수 있는 재미를 주기도 합니다.

그러나 어린아이의 관점으로 내용을 전달하는 데에는 한계가 있습니다. 이 한계가 소
설의 단점으로 보이는 것만은 아닙니다. 말하는 이의 눈에 비친 세계만을 이야기 할 수
있으므로 어린아이가 이해할 수 없는 내용이 있다는 것입니다. 이는 위에서 말한 바와 같
이 독자가 상상하며 읽을 수 있는 흥미를 끌어 냅니다. 또한 서술의 폭이 어느 정도 제한
되어 있습니다. 그래서 등장인물의 심리를 직접적으로 알 수 없습니다. 상황과 맥락을 제
대로 이해하지 못하고 사건과 인물의 심리를 전달하기 때문에 조금은 엉뚱한 매력으로
소설이 전개 되기도 합니다.

비단, 어린아이의 관점만으로 소설을 이해하라는 것은 아닙니다. 당시 시대상이 담긴
작품 속의 갈등, 어머니와 아저씨의 내면 갈등과 심리, 소설 속에 담긴 다양한 소재들의
상징으로 더욱 풍부하게 작품을 이해할 수 있습니다. 다양한 관점과 시선으로 작품을 이
해한다면 소설을 읽는 재미가 더 크게 느껴지실 것입니다.

✦ 아들과 함께 걷는 길 ✦

상우

잠깐!

작가에 대해 알아볼까요?

이순원
(1957~)

이순원(1957~) 작가는 강원도 강릉출생으로 1988년 「문학사상」 신인상에 단편 〈낮달〉이 당선되어 등단했다. 창작집 『그 여름의 꽃게』, 『얼굴』, 『말을 찾아서』 등이 있고, 장편소설 『우리들의 석기시대』, 『암구정동엔 비상구가 없다.』, 『에덴에 그를 보낸다.』, 『아들과 함께 걷는 길』, 『독약같은 사랑』이 있으며 자연친화적인 글, 독자들에게 성찰의 시간을 안겨주며 많은 이들에게 희망과 사랑, 행복과 치유를 일깨워준 작가이다. 동인문학상, 현대문학상, 이효석문학상, 황순원작가상 등을 수상했다.

만화로 미리 주제 파악하기

상우
아버지의 이야기를 잘 귀담아 들으며, 좋은 친구에 대해 깊이 생각하는 마음 따뜻한 학생이야.

익현이 아저씨
4대 선조부터 집안 간 오랜 세교를 가져 온 아버지 친구

아버지
아들에게 '좋은 친구란' 어떤 존재인지 가르쳐주는 자상한 아버지야.

성률이 아빠
집안에 필요한 여러 가지 손볼 것들을 봐 주고, 전기선도 달아주며 상우 책상도 다시 손 봐주는 등 손기술이 뛰어나고 마음이 따뜻한 아저씨

택시 일을 하는 아저씨, 대목과 눈길에도 불구하고 왕복 24시간을 자처해 서울로 친구를 데리러 온 진정한 아버지 친구

기한이 아저씨

'국어 공신' 선생님의 감상 꿀팁!

이 소설은 아버지와 아들이 산길을 걸으며 '진정한 친구'라는 의미에 대해 깊이 생각하게 하는 작품이야. 아버지는 친구를 차별해서 사귀면 안 되고, 친구를 자랑스러워해야 한다고 말씀하셔. 그런 이야기를 들은 상우는 아빠같은 친구를 많이 사귈 거라며 부자간의 마음 따뜻한 이야기를 나누는 작품이야.

'국어 공신' 선생님

아들과 함께 걷는 길

진정한 우정에 대해 깊이 생각해보게 됐어요!

"상우야, 이제 많이 어두워졌지?❶"

"예, 별도 하나둘 보이고요."

"이제 몇 굽이만 더 내려가면 우리가 내려가야 할 대관령은 다 내려가는 거야. 거기서부턴 다시 작은 산길로 가면 되고.❷"

"아빠, 아빠는 윤태 아저씨 말고도 친구가 많죠?"

"그럼, 많지."

"그런데 누구하고 제일 친하세요?"

"그건 잘 모르겠다. 어느 친구하고도 다 친하니까. 전에 할아버지 댁 앞에서 본 친구하고도 친하고, 또 학교 다닐 때의 친구, 나중에 글을 쓰면서 알게 된 친구, 서울에 와서 살면서 알게 된 친구, 그런 친구들이 모두 아빠의 친구니까."

"그중에서 아빠하고 제일 오래 사귄 친구는 누구세요? 전에 할아버지 댁 앞에서 본 그 아저씬가요?"

"그래. 그 아저씨하고도 아주 오래된 친구지. 한마을에서 태어나 지금까지 친구로 지내고 있으니까. 그렇지만 아빠한텐 그 친구보다 더 오래된 친구도

---

❶ 시간적으로 밤이 되었음을 확인할 수 있다.
❷ 작품의 공간적 배경이자, 여행하는 대관령 고개가 거의 끝나감을 알 수 있다.

내신 준비!

'국어 굥신' 선생님

있어."

"어떤 친군데요?"

"사귄 지가 아마 백 년도 더 되는 아주 오랜 친구.❸"

"어떻게 그럴 수가 있어요? 아빠가 그렇게 살지도 않았는데."

"그렇지만 친구는 그럴 수 있거든."

"어떻게요?"

"너 익현이 아저씨❹ 알지?"

"예, 서점에 있는 아저씨요."

"그 아저씨하고 아빠가 그런 친구야."

"그렇지만 아빠 나이하고 그 아저씨 나이를 합쳐도 백 년이 안 되는데요?"

❺ "아빠하고 그 아저씨는 4대에 걸친 친구거든. 아빠의 증조할아버지와 그 아저씨의 증조할아버지가 친구였고, 아빠 할아버지와 그 아저씨의 할아버지가 친구였고, 네 할아버지와 그 친구의 아버지가 친구였었고, 또 아빠와 그 아저씨가 친구니까."

"우와."

여러분,
집중해야 해요!

"그런 사이를 어른들은 집안 간에 오랜 세교^(세대로 맺어온 친분)가 있었다고 말한단다. 오랜 세월을 두고 우정을 쌓고 왕래^(가고 오고 함)한 집안이라는 뜻으로."

"그럼 백 년도 더 넘겠어요."

"아마 그럴 거야."

"그 아저씨 아들하고 저하고 친구 하면 5대에 걸친 친구가 되는 거네요."

"이제 아빠도 고향을 떠나 있고, 그 아저씨도 고향을

❸ 아들의 궁금증을 유발하는 말이다.
❹ 100년 이상된 아버지의 친구이다.
❺ 세대 간을 잇는 우정이 100년 이상이 되었음을 아빠는 이야기한다.

'국어 골신' 선생님

떠나 있어 그러기가 쉽지는 않지만, 이다음 너희가 또 왕래하고 친구를 하면 그렇게 되는 거지. 어릴 때 그 아저씨 집에 아빠도 할아버지를 모시고 자주 놀러 갔고, 그 아저씨도 할아버지를 모시고 우리 집에 자주 오곤 했지. 할아버지들이 장기를 두다가 그다음엔 우리가 장기를 두고 할아버지들은 손자들 훈수를 하고. 자라서 그 아저씨가 먼저 군대에 갔는데 그땐 아빠가 그 집에 자주 찾아가서 뵙고, 또 아빠가 군대에 가 있을 땐 아저씨가 우리 집에 자주 찾아오고 그랬단다. 지금도 아빠가 책을 낼 때마다 그 아저씨가 꼭 전화를 하지?"

"예."

"그렇게 오랜 친구는 꼭 가까이 있지 않고 또 자주 보지 않아도 서로 마음속에 있고 세월 속에 있는 거란다."

"아빠, 친구는 꼭 서로 나이나 수준이 맞아야 되는 건 아니죠?**7**"

"어떤 수준 말이냐?"

"공부도 그렇고, 생각하는 것도 그렇고요."

"옛말에 보면 친구는 위로 보고 사귀라고 했는데, 아빠는 그 말이 잘못되었다고 생각한다. 그 말은 이왕 친구를 사귈 거면 좋은 친구를 사귀라고 한 말이지 꼭 그래야 한다는 건 아닐 거야. 친구를 사귈 때 다 위로 보고 사귀면, 아래에 있는 친구는 자기보다 나은 친구를 사귀고 싶어도 평생 그런 친구를 사귈 수 없는 거지. 자기가 사귀고 싶어 하는 그 친구가 자기보다 못한 사람과 친구를 하지 않으려 하면 말이지."

"그럼 어떻게 해요?"

"자기보다 나은 친구, 못한 친구 얘기를 하는 건 친구에게 배울 점을 찾으라는 이야기인 거야. 또 나쁜 친구를 사귀게 되면 함께 나쁜 생각과 나쁜 행동을 하게 되는 것도 사실이고. 더구나 너희처럼 자라날 때는 말이지. 그렇지만 어른이 되면 친구란 내가 외롭거나 어려울 때 서로 믿고 도울 수 있고, 또 당장

6 공간적으로 떨어져도, 우정을 확인하고 왕래하는 모습이다.
7 두 번째 친구에 관한 이야기를 유발하는 질문이다.
8 통상적인 옛말에 대한 아빠의 의견과 근거이다.

수능에 나올 수도 있어!

'국어 공신' 선생님

어렵거나 외롭지 않더라도 그런 친구 곁에 있는 것만으로도 위로가 되고 큰 힘이 될 수 있는 친구가 가장 좋은 친구란다. 서로 붙어 다니며 놀기만 좋아하는 친구보다는 이다음 서로 믿고, 서로 돕고, 서로 위로하고, 서로 힘이 될 수 있는 그런 친구를 사귀라는 뜻이야. **⑨** 너 친구에 관한 옛날이야기 알지? 아버지의 친구와 아들의 친구 이야기 말이다."

"알아요. 돼지를 잡아 놓고 사람을 실수로 죽였다고 하고 찾아가니까 아들 친구는 자기가 잘못될까 봐 도로 내쫓는데 아버지 친구는 다른 사람이 볼까 봐 얼른 집 안에 숨겨 주고요. **⑩**"

"바로 그런 친구를 사귀라는 거야."

"아빠는 그런 친구가 있어요?"

"그런 건 자신 있게 말하는 게 아니야."

"왜요?"

"그건 그 말을 들은 친구를 부담스럽게 할 수도 있는 일이니까. 대신 아빠가 자신 있게 그렇게 해 줄 친구는 있단다. **⑪**"

"그럼 그 친구도 아빠에게 그렇게 해 줄 거예요."

"전에 성률이 아빠가 눈길에 이 길로 우리를 할아버지 댁에 데려다 주었던 거 생각나니? **⑫**"

"네, 설날 눈이 많이 올 때요."

"비행기도 안 뜨고, 아빠도 운전에 자신이 없어 할아버지 댁에도 못 가고 서울에 눌러앉았을 때, 성률이 아빠가 대목 날인데도 온종일 자기 택시 영업을 하지 않고 우리를 데려다 주러 왔던 거야. 그리고 서울에서 열네 시간 동안 이 길을 넘어왔다가 다시 쉬지도 않고 열 시간 동안 이 길을 넘어가고. 그때에도 아빠가 영업하는 차가 그냥 허탕 치면 어떻게 하느

'국어 공신' 선생님

⑨ 친구로 이익을 쫓기보다는 의지할 수 있어야 함을 강조한다.
⑩ 옛 이야기를 통해 생각을 구체화하고 있다.
⑪ 자신이 먼저 의지할 수 있는 친구가 될 것을 강조한다.
⑫ 친구에 관한 아빠의 두 번째 일화이다.

냐고 택시 요금을 주려고 하니까 성률이 아빠가 뭐랬는 줄 아니?"

"안 받겠다고요."

"그냥 안 받은 게 아니란다. 나는 네가 친구니까 죽음을 무릅쓰고 눈길을 넘어온 건데 너는 왜 그걸 꼭 돈으로만 계산하려고 하느냐고 그랬단다. 그래도 직업이고 영업하는 차가 아니냐니까, 너는 글을 쓸 때마다 영업을 생각하며 글을 쓰냐며 오히려 아빠를 부끄럽게 했단다." ⑬

"성률이 아빠도 아빠한텐 참 좋은 친구예요. 그렇죠?"

"아빠는 어디 가서 친구 이야기를 하면 꼭 익현이 아저씨와 성률이 아빠 이야기를 한단다. 아빠가 성률이 아빠에게 해 주는 건 아무것도 없는데 성률이 아빠는 아빠가 자기 친구라는 것만으로도 자랑스러워 영업하는 자동차까지 세워 두고 달려오지 않니. 아빠가 성률이 아빠에게 해 주는 건 아빠 책이 나올 때마다 그것을 한 권씩 주는 것 말고는 아무것도 없는데, 그러면 성률이 아빠는 그 책을 택시 안에 넣어 두고 다니고." ⑭

"아빠한텐 기한이 아저씨도 그렇잖아요. 우리가 이사를 하면 나중에 와서 손을 다 봐 주고요. 전기선도 달아 주고 제 책상도 다시 손봐 주고. 그러면서도 전에 아빠가 밤중에 기한이 아저씨한테 가 준 걸 늘 고마워하고요."

"그때 기한이 아저씨가 함께 집 짓는 일을 하러 다니는 사람들과 이상한 내기를 했거든.⑮ 기한이 아저씨가 내 친구 중에 소설가가 있다고 자랑을 한 거야. 그러니 다른 아저씨들이 우리가 막일을 하러 다니는 사람인데 어떻게 그런 친구가 있을 수 있느냐고 믿지 않고. 그 사람이 정말 친구면 불러내 보라고 한 거지.⑯ 그러자 기한이 아저씨는 늦은 밤까지 글 쓰는 친구를 어떻게 아무 일도 없이 불러내느냐고 그러고, 그러니까 저쪽 친구는 거짓말이니까 못 불러낸다고 그러고. 그러다 누군가 기한이 아저씨한테 친구라면 불러낼 수도

⑬ 성률이 아빠에게서 볼 수 있는 우정의 두 번째 모습이다.
⑭ 아빠의 직업이 작가이고 성률이 아빠의 직업이 택시 운전사임을 알 수 있다. 또한, 성률이 아빠가 아빠(친구)를 자랑스러워하는 것을 알 수 있다.
⑮ 친구에 관한 아빠의 세 번째 일화이다.
⑯ 사회적 배경에 따라 친구가 만들어진다는 편견에 기초한 말이다.

'국어 공산 선생님'

있는 것 아니냐고, 그걸로 내기를 하자고 그러고."

"그래서 기한이 아저씨가 전화를 한 거예요?"

"그런 말도 하지 않고 그냥 지금 어느 식당에 있는데 나올 수 있겠느냐고 물었단다. 무슨 일이냐니까 별일은 아닌데 그냥 나왔으면 좋겠다고. 그러면서 지금 뭘 하다가 전화를 받았느냐고 물어서 내일 넘길 바쁜 원고를 쓰고 있다니까 그럼 나오지 말라고 그러고. 그냥 친구들과 장난으로 전화를 건 거라면서.⑰"

"그래서요?"

"기한이 아저씨가 그냥 장난으로 전화를 걸 사람이 아니니까 거기 어디냐고 물어서 얼른 택시를 타고 나갔던 거지. 가니깐 그런 내기를 한 거야. 거기 있는 친구들과."

"그래서 기한이 아저씨가 이긴 거예요?"

"아니, 아빠가 이긴 거지. 그때까지 아빠는 아직 한 번도 기한이 아저씨를 위해 몸으로 무얼 해 본 적이 없었거든. 그런데도 기한이 아저씨는 아빠한테 자기는 늘 몸으로만 때우는 친구라 미안하다고 했는데, 그날 아빠가

⑰ 자신이 어려움에 처할 수 있어도 아빠를 배려하는 기한이 아저씨의 모습이다.
⑱ 기한이 아저씨에 대한 인간적 믿음으로 아빠는 기한이 아저씨를 찾아갔다.

'국어 공신' 선생님

기한이 아저씨를 위해 몸으로 때워 보니 정말 몸으로 때워 주는 것만큼 힘든 일도 없고, 또 좋은 친구도 없는 거야.[19]"

"저는 어른들도 그런 장난을 하는 게 신기해요."

"장난이긴 하지만 친구란 그런 거야. 무얼 꼭 크게 도와주고 힘든 일을 해 주어야만 좋은 친구인 것이 아니라 어떤 일로든 그 사람이 정말 내 친구구나 하는 걸 확인하게 될 때 마음속에 다시 커다란 우정이 쌓이는 거란다. 그리고 그런 우정이 쌓일 때 옛날이야기 속의 아버지 친구 같은 이야기도 나오는 거고."[20]

"알아요, 아빠. 그리고 따뜻하고요."

"친구를 가려 사귀기는 하되 절대 차별해서 사귀면 안 되는 거야. 알았지?[21]"

"저도 이다음에 아빠 같은 친구를 많이 사귈 거예요. 제가 그 사람의 친구인 걸 자랑스럽게 여기는 친구들을요."

"그리고 그런 친구들을 상우 네가 자랑할 수 있어야 하고."

내신
준비해요!

[19] 마음을 다해 친구를 위해 행동하는 친구가 중요함을 의미한다.
[20] 기한이 아저씨의 일화에서 볼 수 있는 우정의 세 번째 모습이다.
[21] 도덕적인 친구를 사귀되, 그 사람의 배경을 따지지는 말라는 아버지의 조언이다.

'국어 공신' 선생님

내신·수능 만점 키우기

1 작품 소개

<아들과 함께 걷는 길>은 아버지와 아들이 산길을 걸으며 진정한 친구란 무엇인지에 대해 깊이 있게 생각하게 하는 작품이다. 아버지의 친구들의 이야기를 아들에게 전하고, 아들은 그런 아버지의 친구들의 이야기를 들으며 친구의 소중함, 진정한 친구란 무엇인지에 대해 생각하는 시간을 갖는다. 이는 단순히 아버지와 아들과의 대화로 끝나는 것이 아니라 독자들에게도 '진정한 친구'란 무엇인지 다시금 생각해보게 하는 시간을 갖게 한다.

2 핵심 정리

○ 다음 내용에서 괄호 안에 알맞은 답을 쓰시오.

갈래	장편소설, 기행소설
성격	성찰적, 교훈적, 회상적
배경	• 시간적 배경: 어둑어둑해지는 저녁 • 공간적 배경: 대관령 고갯길
시점	3인칭 관찰자 시점
주제	우정
주제	진정한 우정은 (㉠　　　)을 보는 것이다.
특징	• (㉡　　　)를 통해 주제를 형상화한다. • (㉢　　　)의 추억들을 통해 우정에 대한 이야기를 하고 있다. • 일반적인 소설처럼 갈등을 띠고 있지 않다.

3 이 글의 짜임

○ 이 소설은 일반적인 소설처럼 전형적인 갈등의 양상을 드러내고 있지 않다. 그렇기에 일반적인 소설의 갈등을 중심으로 한 발단, 전개, 위기, 절정, 결말의 구조가 없다. 대신 아빠와 아들의 대화가 주를 이루고 있는데 이럴 경우, 기존의 소설에 비해 두드러지는 점에 대해 생각해 보자. 또한 소설에는 무조건적으로 갈등이 드러나야 하는지에 대해서도 의견을 말해보자.

4 추론하기

○ 이 소설의 배경인 대관령 고개가 어떤 특별한 의미를 주는지 생각해 보자.

5 소설의 특성과 전개 과정에 따른 변화 양상

1 주요 인물 소개 및 특성

○ 다음 각 인물에 대한 올바른 설명을 연결하시오.

그룹 채팅(주요 인물 소개)

아들 삼우
㉮ ㉠

아빠와 함께 대관령 고개를 넘어가면서 이야기를 하고 있다. 아버지의 말에 경청하며 인생에 대한 좋은 교훈들을 얻고 있다.

아빠
㉯ ㉡

증조할아버지때부터 아빠의 증조할아버지와 친분을 맺은 집안의 아빠의 친구이다. 100년 이상의 우정을 가지고 있다고 아빠는 말한다.

익현이 아저씨
㉰ ㉢

택시 기사를 한다. 아버지가 늘 책을 낼 때마다 아버지로부터 받은 책을 차에 두는 아빠의 친구이다. 눈길 속에 우리 가족을 할아버지 댁에 데려다주기도 했다.

성붕이 아빠
㉱ ㉣

대관령 고개를 아들과 함께 넘어가고 있다. 과거의 경험들을 회상하며 아들에게 진정한 우정이란 무엇인지에 대해 이야기하고 있다.

기환이 아저씨
㉲ ㉤

같이 일을 하는 동료들과 내기를 했다. 아빠가 아저씨의 요청에 응해주며 아저씨가 내기에서 이기는 데 도움을 주었다.

2 각 친구들이 보여주는 진정한 친구의 의미 살펴보기

○ 내가 생각하는 아버지 친구에 대해 SNS에서 대화하듯 작성해보세요.

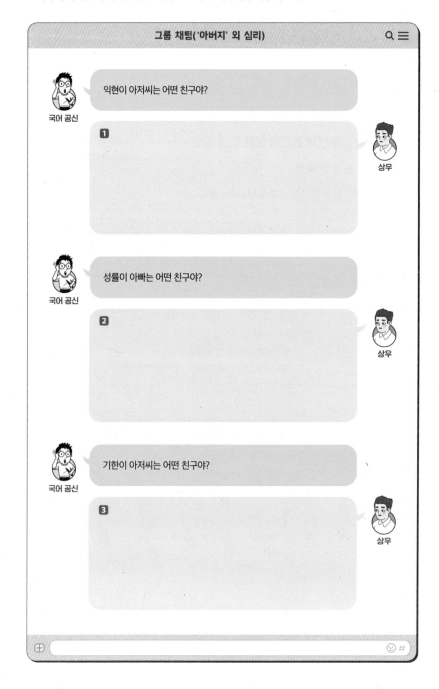

6 생각 키우기

꼭 알아야 할 부분이야!

○ 보기는 그리스 철학자 아리스토텔레스가 우정에 관한 이야기를 한 부분이다. 아리스토텔레스의 글과 소설을 읽으며 진정한 우정이란 무엇인지에 대해 생각해 보자.

> 보기
>
> 우애를 이렇게 분류해놓고 보니, 쾌락과 유용성 때문에 친구가 되는 사람들은 하찮은 사람들일 것이다. 그러나 좋은 사람들은 서로를 위해 친구가 될 것이다. 그들을 결합시켜주는 것은 좋음이기 때문이다. 그렇다면 좋은 사람들은 무조건 좋은 친구들이고, 나쁜 사람들은 단지 우연적으로, 그리고 좋은 사람들과 유사하기에 친구이다.
>
> 아리스토텔레스, 천병희역, 〈니코마코스 윤리학〉, 8권 305

7 '상우'의 뇌 구조

○ 책 내용을 참고하여 '상우'의 뇌 구조를 자유롭게 작성해봅시다.

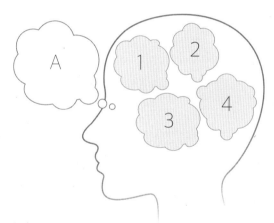

정말 꼭 알아야 해요!

Ⓐ - 진정한 친구란 무엇일까?

1 - 익현이 아저씨처럼 오랜 우정을 쌓는 친구일까?

2 - 성률이 아빠처럼 아무리 멀고 험해도 단번에 달려와주는 친구일까?

3 - 기한이 아저씨의 부탁처럼 언제든지 달려가 줄 수 있는 친구일까?

4 - 나에게 진정한 친구란?

8 작품 깊이 이해하기

■ 문학 이론 살펴보기

❶ 작품 속 말하는 사람

> ① 의미 : 글쓴이를 대신하여 작품 속에서 이야기를 전달해주는 사람
> ② 특징 : 글쓴이가 글을 통해 독자들에게 말하고자 하는 내용을 (㉠   )으로 전달

❷ 시에서 말하는 이

> ① 의미 : 시 속에서 (㉡   )을 대신하여 말하는 사람 (=화자, 서정적 자아, 시적 화자)
> ② 특징
> (1) 말하는 사람의 역할 : 시인이 자신의 생각을 효과적으로 드러내기 위해 (㉢   )으로 보여주는 사람
> (2) 대상에 대한 시인의 생각이나 태도가 (㉣   )로 나타남
> (3) 시 전체의 (㉤   )와 (㉥   )를 드러냄
> (4) 시인 자신과 (㉦   )하기도 하고 (㉦   )하지 않기도 함
> (5) 시 속에 (㉧   ) 드러나기도 하고 드러나지 않기도 함

❸ 소설에서 말하는 이

> ① 의미 : 글쓴이를 대신하여 소설 속에서 이야기를 전달해주는 사람(서술자)
> ② 특징
> (1) 소설 속 (㉨   )을 이야기 해 나가는 주체
> (2) 작품 속의 (㉩   )일 수도 있고, 작품 밖의 (㉪   )일 수도 있음
> (3) 누구의 눈을 통해 전달되느냐에 따라 (㉫   )에 대한 이해나 판단이 달라짐

■ 작품 살펴보기 (서·논술형)

❶ 아버지는 익현이 아저씨와 사귄지 왜 100년도 더 되는 아주 오래된 친구라고 했나요?

❷ 어른이 되면 좋은 친구란 무엇인가요?

✎

❸ "서로 붙어 다니며 놀기만 좋아하는 친구보다는 이다음 서로 믿고, 서로 돕고, 서로 위로하고, 서로 힘이 될 수 있는 그런 친구를 사귀라는 뜻이야"의 구체적인 의미는 무엇인가요?

✎

❹ 잘못을 숨겨줄 수 있는 친구가 있냐고 물으면 자신있게 답할 수 없는 까닭은 무엇인가요?

✎

9 토론하기

◉ 다음 논제를 파악한 후 주장과 이유를 서술하세요.

논제 : 우정에는 조건이 없다 vs 있다.

논제	우정에는 조건이 없다	우정에는 조건이 있다.
주장		
근거		

BAAM!

집중!

BAAM!

🤓 간단히 내용 파악하기 ------------------------------

◦ 다음 문제를 읽고 올바른 내용에는 O, 틀린 내용에는 X 표시를 하시오.

1 이 소설은 상우와 아빠가 한계령 산길에서 대화를 나누며 전개되는 내용이다.
[O | X]

2 상우 아빠는 어느 친구하고도 다 친하다.
[O | X]

3 상우 아빠는 100년도 더 된 친구가 있다.
[O | X]

4 상우 아빠는 '옛말에 보면 친구는 위로 보고 사귀라고 했다.'라는 말에 크게 공감한다.   [O | X]

5 아빠는 친구의 잘못도 숨겨줄 수 있는 친구가 있냐고 물으면 당당히 말할 수 있다고 말했다.   [O | X]

◦ 다음 문제를 읽고 올바른 답을 간단히 서술하세요.

1 어른들 집안 간에 오랫동안 세대로 맺어온 친분이 있다는 의미의 단어는?

2 아빠가 성률이 아빠에게 해줄 수 있는 건 무엇인가요?

3 기한이 아저씨는 집짓는 사람들과 무슨 내기를 했나요?

4 이 소설에서 나온 아빠의 친구들은 누구누구였나요?

5 이 책이 주는 교훈을 본문에서 찾아 작성해보세요.

1 이글에 대한 설명으로 적절하지 않은 것은?

여러분 꼭
알아야 해요!

① 작가의 자전적 이야기를 담아낸 소설이다.
② 화자가 아들과 함께 대관령 고갯길을 넘어 걸으며 나눈 이야기이다.
③ 아들에게 세상을 살아가는 지혜를 알려주는 아버지의 모습을 그려내고 있다.
④ 중심인물의 말과 행동을 관찰하여 전달하고 있다.
⑤ 인물의 대화만으로 제시되어 있어 생생함을 주면서 교훈을 전달한다.

2 이 글의 내용과 일치하지 <u>않는</u> 것은?

① 아버지한테 가장 오래된 친구는 '익현이 아저씨'이다.
② 아버지는 어렸을 때 '익현이 아저씨'와 자주 싸웠다.
③ 아버지는 친구와 나이나 수준이 맞아야 사귈 수 있다고 말한다.
④ 아버지가 책을 낼 때마다 익현이 아저씨는 전화를 한다.
⑤ 성률이 아빠는 아빠에게서 택시요금을 받지 않았다.

3 아버지가 생각하는 진정한 우정으로 가장 적절한 것은?

여러분 꼭
알아야 해요!

① 친구를 위해 무언가를 꼭 크게 도와주고 힘든 일을 해 주는 것
② 친구를 차별해서 사귀는 것
③ 장난을 편하게 칠 수 있는 가까운 사이
④ 자랑할 수 있을 만큼 잘난 친구
⑤ 어떤 일로든 그 사람이 정말 내 친구구나 하는 걸 확인하게 되는 사이

4 아버지의 친구들에 대한 설명으로 적절하지 <u>않은</u> 것은?

① 성률이 아빠는 눈길에 나와 아버지를 할아버지 댁에 데려다 주었다.
② 기한이 아저씨는 이사를 하면 전기선도 달아주고 책상도 손봐준다.
③ 성률이 아빠는 아빠의 책을 택시 안에 넣어 두고 다닌다.
④ 기한이 아저씨는 늦은 밤에 아빠한테 나올 수 있겠냐고 전화했다.
⑤ 기한이 아저씨는 막일을 하는 자신이 소설가와 친구를 할 수 없다고 생각한다.

글쓰기 --

1 기한이 아저씨가 아빠를 사사로운 내기에 부른 것은 옳은 일인지 자신의 생각을 서술해 보자.

옳다.	
옳지 않다.	

2 성률이 아빠는 그 어떠한 보수 없이 아빠의 택시비를 거절한다. 이러한 행위 자체의 정당성을 평가하고, 나라면 이러한 행동을 할 수 있는지 이야기해보자.

✦ '진정한 친구'란? ✦

우리는 살면서 수많은 친구를 만납니다. 학창시절에는 동갑친구들이 많지만, 사회에 나가면 나이 차이가 나도 충분히 친구가 될 수 있습니다. 그렇게 '친구'란, 나이에 국한되지 않고 충분히 서로 믿고 의지할 수 있으며 존중하고 이해하는 관계입니다. 〈나의 라임 오렌지 나무〉에서도 제제는 뽀루뚜가 아저씨와 나이 차이가 아주 크지만 서로 친구처럼 지냅니다. 〈두근두근 내인생〉에서도 아름이와 짱가아저씨가 친구처럼 지내기도 하지요. 이처럼 '친구'의 개념은 단순히 동갑내기인 사람만이 아니라 나이를 넘어 서로를 존중하고 신뢰하며 이해할 수 있는 친구, 내가 어려울 때 옆에 있어줄 수 있는 친구가 되어야 합니다. 그래서 '친구'라는 개념을 더 넓게 이해할 필요가 있습니다.

한편, 우리는 〈아들과 함께 걷는 길〉을 읽으며, '진정한 친구'의 의미를 되새겨보게 합니다. 우선 친구를 사귈 때 옛말처럼 위로 보고 사귀라면, 아래에 있는 친구들은 자기보다 나은 친구를 사귀고 싶어도 평생 그런 친구를 사귈 수 없습니다. 그렇기 때문에 친구를 사귈 때에는 두루두루 사귀어야지 차별해서는 안됩니다. 상우 아버지는 상우에게 좋은 친구란 무얼 꼭 크게 도와주고 힘든 일을 해 주어야만 좋은 친구인 것이 아니라 어떤 일로든 그 사람이 정말 내 친구구나 하는 걸 확인하게 될 때 마음 속에 다시 커다란 우정이 쌓이는 것이라고 말합니다. 또한 친구를 사귈 때에는 가려 사귀되 절대 차별해서는 안된다는 교훈을 줍니다.

어른이 되면 좋은 친구란 누굴까요? 내가 외롭거나 어려울 때 서로 믿고 도울 수 있고 또 당장 어렵거나 외롭지 않더라도 그런 친구 곁에 있는 것만으로도 위로가 되고 큰 힘이 될 수 있는 친구가 가장 좋은 친구라고도 합니다. 여러분은 어떠한 친구가 있나요? 여러분에게 진정한 친구란 무엇인지 다시 한번 생각해보는 시간을 가지며 작품을 감상해보시기 바랍니다.

✦ 공작나방 ✦

하인리히 모어

잠깐!

작가에 대해 알아볼까요?

헤르만 헤세
(1877~1962)

'헤르만 헤세'는 독일계 스위스인 소설가이자 시인이다. 단편집 · 시집 · 우화집 · 여행기 · 평론 · 수상(隨想) · 서한집 등 다수의 작품을 썼다. 1899년 첫 시집 〈낭만적인 노래〉와 산문집 〈자정이후의 한 시간〉을 출간, 〈수레바퀴 아래서〉(1906), 〈데미안〉(1919), 〈싯다르타〉(1922), 단편〈공작나방〉, 〈약혼〉, 〈폭풍시절〉 등이 있다. 〈유리알 유희〉로 1946년 노벨문학상을 수상하였다.

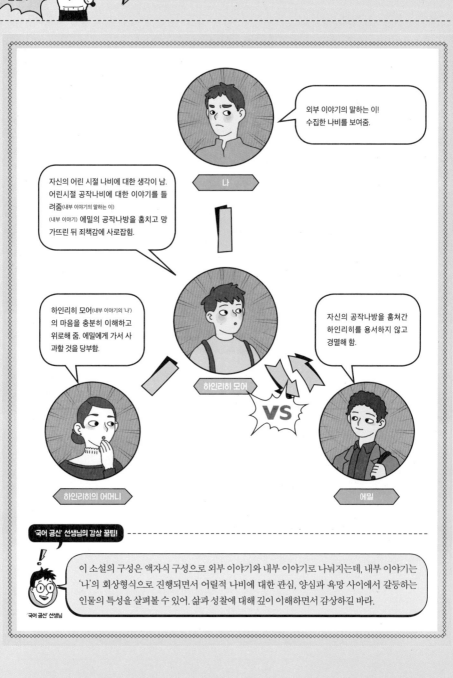

여기서 잠깐!

외부 이야기의 말하는 이!
수집한 나비를 보여줌.

나

자신의 어린 시절 나비에 대한 생각이 남.
어린시절 공작나비에 대한 이야기를 들
려줌(내부 이야기의 말하는 이)
(내부 이야기) 에밀의 공작나방을 훔치고 망
가뜨린 뒤 죄책감에 사로잡힘.

하인리히 모어(내부 이야기의 '나')
의 마음을 충분히 이해하고
위로해 줌. 에밀에게 가서 사
과할 것을 당부함.

자신의 공작나방을 훔쳐간
하인리히를 용서하지 않고
경멸해 함.

하인리히 모어

VS

하인리히의 어머니

에밀

'국어 공신' 선생님의 감상 꿀팁!

이 소설의 구성은 액자식 구성으로 외부 이야기와 내부 이야기로 나눠지는데, 내부 이야기는
'나'의 회상형식으로 진행되면서 어릴적 나비에 대한 관심, 양심과 욕망 사이에서 갈등하는
인물의 특성을 살펴볼 수 있어. 삶과 성찰에 대해 깊이 이해하면서 감상하길 바라.

'국어 공신' 선생님

공작나방

한번 저지른 일은 되돌리기가 어려워!

　모처럼 나를 방문한 친구 하인리히 모어가 저녁 산책을 마치고 돌아와 서재에서 함께 이야기를 나누고 있었다. 해는 저물고 있었다. 창문 너머로는 가파른 언덕으로 둘러싸인 호수가 어둠 속에서 희미하게 보였다. 마침, 내 어린 아들이 밤 인사를 하고 나가자❶ 우리는 자연스럽게 아이들과 어린 시절의 기억에 대해 이야기를 시작했다.

　"아이들이 생기고부터는 어릴 때 좋아하던 취미들이 다시 생생하게 되살아나더군. 그래서 한 일 년 전부터 나는 나비 수집❷을 새로 시작했네. 한번 보겠나?"

　그에게 보여 주려고 종이 상자 몇 개를 가지고 돌아와 열어 보았을 때는 나비가 보이지 않을 정도로 날이 어두워져 있었다. 램프를 찾아 불을 켜자 희미하던 창밖의 풍경은 어둠 속에 묻혀 버렸다. 그러나 상자 속의 나비는 밝은 램프 불 아래 빛나는 자태(어떤 모습이나 모양)를 드러내었다. 우리는 고개를 숙이고 그 고운 빛깔을 가진 형상(사물의 생긴 모양이나 상태)들의 이름을 하나하나 불러 가며 천천히 살펴보았다.

❶ 어린 시절의 기억에 대한 이야기를 시작한 계기야.
❷ 내부 이야기가 시작되는 소재야.

내신 준비!!

'국어 공신' 선생님

"여기 이건 노란 밤나방(광대노랑뒷날개나방. 노란색의 뒷날개가 특징적인 밤나방과의 곤충으로, 정식 학명은 카토칼라 풀미네아(catocala fulminea)이라네." 내가 말했다. "학명(學名)학술적 편의를 위해 동식물 등에 붙이는 이름)은 풀미네아(fulminea)라고 하는데, 이곳에서는 매우 드문 종(種.생물 분류의 기초 단위)이지."

하인리히 모어는 핀에 꽂혀 있는 나비 중 한 마리를 상자 속에서 조심스럽게 꺼내어 날개 아랫부분을 살펴보았다.

그가 말했다. "참 이상하지. 나비를 볼 때만큼 어린 시절의 기억을 불러일으키는 건 없으니❸ 말이야." 그는 나비를 다시 제자리에 꽂고 상자 뚜껑을 덮으며 말했다. "잘 봤네." 약간 딱딱한 어조로 이렇게 말하는 그에게 그 추억은 별로 달갑지(거리낌이나 불만이 없어 마음이 흡족하지) 않은 것처럼 보였다.

"자네의 수집 판을 자세히 보지 않은 것을 기분 나쁘게 생각지 말아주게." 그가 말했다. "나도 어릴 때 비슷한 것을 가지고 있었지. 그때의 기억이 떠올라서 기분이 좀 상했다네.❹ 창피하긴 하지만 그 이야기를 들려주지."

그가 램프 덮개를 열어 담뱃불을 붙이고 나서 다시 램프 위에 갓을 씌우자, 우리의 얼굴은 어슴푸레해(뚜렷하게 보이거나 들리지 아니하고 희미하고 흐릿해)졌다. 그러고 나서 그가 열려 있는 창문 곁으로 가 앉자 조금 야위고 길쭉한 그의 얼굴은 거의 어둠 속에 묻혀 버렸다. 내가 담배를 피우는 동안 밖에서는 멀리서 들려오는 개구리 울음소리가 밤을 수놓았고❺, 내 친구는 다음과 같은 이야기를 들려주었다.

내❻가 나비를 잡기 시작한 건 여덟 살인가, 아홉 살 때쯤이었을 거야. 처음엔 별로 열심이랄 것도 없이, 다른 애들이 다 하니까 나도 해 보는 정도였지. 그런데 열 살쯤 된 두 번째 여름에는 나는 완전히 이 유희(遊戱.장난치듯 즐겁게 노는 일)에 취

여러분, 집중해야 해요!

'국어 공신' 선생님

❸ 어린 시절 하인리히 모어의 나비에 대한 열정을 짐작할 수 있다.
❹ 나비 수집과 관련된 언짢은 기억을 나타내고 있다.
❺ 계절적 배경 봄을 나타내고 있다.
❻ 1인칭 주인공 시점을 나타내고 있다.

미가 생겨서, 이 때문에 다른 일은 전혀 돌보지 않게 되었다네. 주위 사람들은 내가 그것을 못하도록 말리지 않으면 안 되겠다고 걱정을 할 정도였어. 나비를 잡는 데 열중하면, 학교의 수업 시간도, 점심도 잊어버리고, 탑시계(탑에 장치하여 놓은 시계)가 우는 것도 귀에 들어오지 않았지. 학교를 쉬는 날은 빵 한 쪽을 호주머니에 넣고는, 아침 일찍부터 밤늦게까지, 끼니때에도 돌아오지 않고 뛰어다니곤 하였다네.

지금도 아름다운 나비를 보면, 이따금 그때의 열정이 몸에 스미는 듯 느껴진다네. 그럴 때면, 나는 잠시 어린아이만이 느낄 수 있는, 뭐라고 표현할 수 없는 황홀한 심정에 사로잡히곤 하지. 그 소년 시절에 처음으로 노랑나비를 찾아냈던 그때의 기분 그대로를 느낄 수 있는 것이야. 또, 그럴 때면 홀연히(갑자기), 어린 날의 무수한 순간이 떠오른다네. 풀 향기가 코를 찌르는 메마른 벌판의 찌는 듯이 무더운 낮과, 정원 속의 서늘한 아침과, 신비스런 숲 속의 저녁때, 나는 마치 보물을 찾아 헤매는 사람처럼 포충망(벌레를 잡는 데 쓰는 긴 막대기에 그물주머니를 매단 기구)을 들고 나비를 노리고 다녔어. 그리하여 아리따운 나비를 발견하면 - 특별히 진귀한 것이 아니라도 좋았지. 햇볕 아래 졸고 있는, 꽃 위에 앉아서 빛깔이 고운 날개를 호흡과 함께 드러내고 있는 것을 보면 - 그것을 잡는 기쁨에 숨이 막힐 지경이 되어, 가만가만 다가서곤 했어. 반짝이는 반점 하나하나, 날개 속에 드러난 맥줄(맥이 벋어 있는 줄기) 하나하나, 가는 더듬이의 갈색 잔털 하나하나가 눈에 뚜렷이 보이면, 그 긴장과 환희란 이루 다 말할 수 없었다네. 그때의 그 미묘한 기쁨과 거센 욕망❼의 교차는 그 뒤엔 자주 느낄 수 없었지.

부모님께서 훌륭한 도구는 하나도 마련해 주시지 않아서❽, 나는 내가 잡은 나비들을 헌 종이 상자에다 간추려 두는 수밖에 없었다네. 병마개에서 뽑은 동그란 코르크(코르크나무의 겉껍질과 속껍질 사이의 두껍고 탄력 있는 부분)를 밑바닥에 발라 붙이고, 그 위에 핀을 꽂아 두었어. 이렇게 초라한 나의 수집물을 친구들에게 즐겨 보

❼ 나비를 소유하고 싶은 욕망을 표현하고 있다.
❽ 넉넉하지 않은 가정 형편 때문에 도구를 사지 못하고 있다.

여 주기도 했지만, 친구들이 가진 도구는 대개 유리 뚜껑의 나무 상자에 푸른 빛 가제(거즈, gauze), 가볍고 부드러운 무명베)를 친 사육 상자와 그 밖에 여러 화려한 것들이었기에, 내가 가진 초라한 설비를 더 자랑할 수가 없게 되었지. 그뿐만 아니라, 극히 마음에 흡족하고(조금도 모자람이 없을 정도로 넉넉하여 만족하고) 희귀한(보기 드문) 나비가 손에 들어와도, 남에게는 비밀로 하고, 내 누이들에게만 이것을 보여 주곤 했어. 그러던 어느 날, 나는 우리 고장에서 보기 드문 푸른 날개의 나비를 잡았다네. 날개를 펴서 그것을 말린 다음에, 나는 하도 마음에 흡족하고 자랑스러워, 꼭 이웃집 아이에게만은 보여 주리라고 생각했지.[9] 이웃집 아이란, 뜰 건너편에 사는 교원(교사)의 아들 에밀이었어. 이 소년은 흠을 잡을 수 없을만큼 뛰어난 녀석이었지만, 아이로서는 어딘지 못마땅한 데가 있었어. 그의 수집물은 그리 대단치는 않았으나, 수집물을 깨끗하고 정확하게 정리하는 솜씨만은 놀랄 만하였지. 게다가 그는 나비의 날개를 풀로 이어 맞추는, 남이 잘하지 못하는 몹시 어려운 기술을 가지고 있었다네. 어쨌든 모든 점에서 그는 모범 소년이었어. 그 때문에 나는 그에게 몹시 감탄하면서도, 속으로는 그를 미워했던 게지.[10]

나는 이 소년에게 푸른 날개의 나비를 보여 주었다네. 그는 무슨 전문가나 되는 듯이 그것을 감정(사물의 특성이나 참과 거짓, 좋고 나쁨을 분별하여 판정함)하고 나더니, 희귀한 것임을 자기도 인정하면서, 20페니히(유럽 연합의 단일 통화인 유로(Euro) 이전에 쓰이던 독일의 화폐 단위)의 값은 된다고 하였지. 그러나 그는 이내 트집을 잡기 시작하여, 날개를 편 방식이 나쁘다느니, 오른쪽 더듬이가 비틀어졌다느니, 왼쪽 더듬이가 뻗어 있다느니, 그 위에 다리가 두 개 떨어졌다느니[11] 하며, 제법 그럴듯한 결함(부족하거나 완전하지 못하여 흠이 되는 부분)을 늘어놓았어. 나는 그러한 결점을 그다지 대단한 것이라고는 생각지 않았으나, 그의 혹평(가혹하게 비평함)으로 하여 내 푸른 날개의 나비에 대한 기쁨은 다분히(그 비율이 어느 정도 많게) 허물어졌고, 그래서 나는 두

'국어 공신' 선생님

[9] 이웃집 아이에 대한 경쟁심을 엿볼 수 있다.
[10] 에밀에 대한 부러움, 열등감, 시기심이 얽혀 있음을 나타내고 있다.
[11] 타인의 기분을 배려하지 않는 에밀의 오만한 성격을 보여주고 있다.

번 다시 그에게 수집물을 보여주지 않았다네.[12]

이태가 지나서 우리는 꽤 머리가 굵은 소년이 되었는데, 그때도 나의 나비 잡는 것에 대한 열정은 변함이 없었어. 그때, 이웃집 에밀이 공작나방을 잡았다는 소문이 퍼졌지. 나는 이 말을 들은 때만큼 흥분한 적이 없었다네.[13] 내가 아는 친구 중에는 아직 공작나방을 잡은 아이가 없었고, 나 역시 내가 가진 낡은 책에서 그림으로만 보았을 뿐이었으니까. 그 이름을 알면서도 아직 잡아 보지 못한 것 중에서 나는 공작나방을 어느 것보다도 가지고 싶어 했어. 몇 번이고 나는 책 속의 그림을 들여다보았다네.

한 친구는 내게 이런 말을 했어. 나무둥치(큰 나무의 밑동)나 바위에 앉아 있는 이 갈색 나방은, 자기에게 새나 다른 짐승이 덤벼들려고 하면 거무스름한 앞날개를 펼치고 아름다운 뒷날개를 드러내 보일 뿐인데, 그 빛나는 커다란 무늬가 매우 이상한 모양을 나타내므로, 새는 겁을 먹고 함부로 덤비지 못한다고…….

에밀이 이 이상한 나방을 가졌다는 소문을 듣고부터 나의 흥분은 절정에 이르러, 그것을 꼭 한번 보고 싶어 견딜 수 없었다네. 나는 식사 뒤틈을 얻어 곧 뜰을 건너서 이웃집 4층으로 올라갔어. 이 4층에 교원의 아들 에밀은 작으나마 제 방을 하나 차지하고 있었는데[14], 그것이 내게는 얼마나 부러웠는지……. 방으로 가는 도중에 나는 아무도 만나지 않았어. 문을 두드려 보았지만 아무런 대답이 없었다네. 에밀이 없는 듯해서 문의 손잡이를 돌려 보니, 문은 잠겨 있지 않았어.[15]

어쨌든, 실물을 한번 보리라는 생각에 나는 안으로 발을 들여놓았어. 그리고 에밀이 나비를 간직한 두 개의 커다란 상자를 살펴보았는데, 어느 상자에도 공작나방은 들어 있지 않았어. 어느 상자에도 공작나방은 들어 있지 않았

[12] 에밀의 혹평으로 '나'의 기분이 상했음을 보여주고 있다.
[13] 공작 나방이 매우 희귀해서 직접적으로 감정을 표출하고 있다.
[14] '나'의 집보다 넉넉한 에밀의 가정 형편을 묘사하고 있다.
[15] 허락 없이 에밀의 방에 들어가게 된 이유를 나타내고 있다.

어. 그런데 문득 날개 판에 올려져 있을지도 모른다[16]는 생각이 들어 찾아보니, 과연 생각한 대로였지. 갈색 비로드(벨벳. 거죽에 곱고 짧은 털이 촘촘히 돋게 짠 비단) 날개가 길쭉한 종이쪽 위에 펼쳐진 채 날개 판에 걸려 있었어. 나는 그 앞에 허리를 굽히고서, 털이 돋힌 적갈색의 더듬이와, 그지없이(끝이나 한량이 없이) 아름다운 빛깔을 띤 날개의 선과, 밑 날개 안쪽 선에 있는 양털 같은 털을 바로 곁에서 들여다볼 수 있었다네. 그러나 그 유명한 무늬만은 보이지 않았어. 종이쪽에 가려져 있었지. 가슴을 두근거리면서 나는 유혹에 끌려 종이쪽을 떼어 내고, 꽂혀 있는 핀을 뽑았어. 그러자 네 개의 커다란 무늬가 그림에서보다도 훨씬 더 아름답게, 훨씬 더 찬란하게 나의 눈앞에 드러났지. 이것을 본 나는, 이 보배를 손에 넣고 싶은 견딜 수 없는 욕망[17]에 그만 난생처음으로 도둑질을 했다네. 나방은 벌써 말라 있어서, 손을 대는 정도로는 형체가 일그러지지 않았어. 나는 그것을 손바닥 위에 받쳐 들고 에밀의 방을 나왔다네. 그때 나는, 어떤 커다란 만족감 이외에 아무 생각도 없었지.[18]

　나는 나방을 오른손에 감추고 층계를 내려오는데 그때, 아래편에서 위로 올라오는 발소리가 났어. 순간, 나는 내가 비겁한 놈이란 것을 깨달았다네.[19] 그와 동시에 들키면 어쩌나 하는 무서운 불안에 사로잡혀, 나는 본능적으로(본능에 따라 움직이려고 하는 것) 나방을 감춘 손을 그대로 양복저고리 주머니 속에다 찔러 넣었어.[20] 그리고 천천히 발을 떼어 놓았어. 그러면서 속으로, 해서는 안 될 일을 했다는 부끄러운 생각에 가슴이 서늘해졌지. 나는 이내 올라온 하녀와 어물어물(말이나 행동 따위를 시원스럽게 하지 못하고 꾸물거리는 모양) 엇갈려서, 가슴이 두근거리고 이마에 땀을 흘리며, 침착을 잃고 벌벌 떨며 현관에 우뚝 섰어.

　이 나방을 가져서는 안 된다, 될 수만 있으면 그 전대로 돌려놓아야겠다, 나

[16] 에밀이 공작나방을 표본으로 만드는 작업 중일 것이라고 생각하고 있다.
[17] 공작나방을 훔치게 된 직접적인 원인을 표현하고 있다.
[18] 공작나방을 갖게 된 만족감 때문에 공작나방을 훔쳤다는 양심의 가책을 느끼지 못하고 있다.
[19] 공작나방을 가진 만족감에서 벗어나 자신이 도둑질을 했음을 인식하는 계기와 죄책감을 느끼고 있다.
[20] 공작나방 표본이 망가지게 된 순간을 표현하고 있다.

'국어 굴신' 선생님

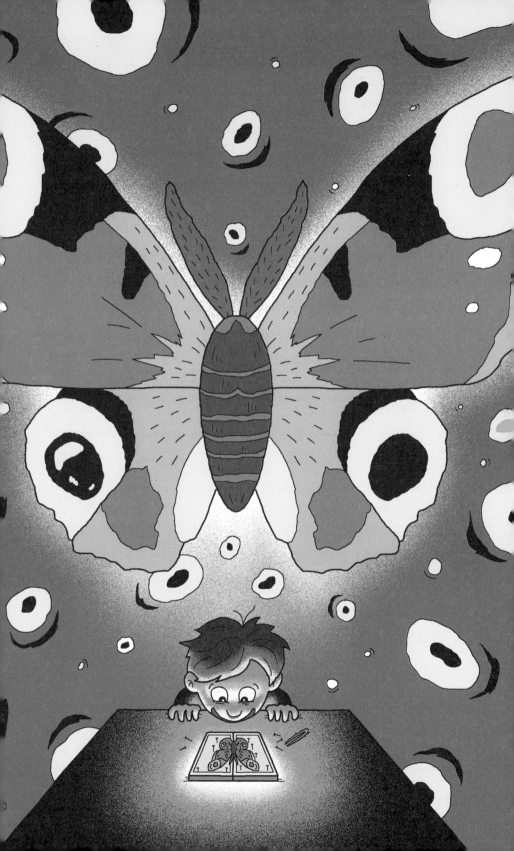

는 이런 생각으로 마음이 괴로웠다네.[21] 그리고 혹시 사람의 눈에 뜨이지나 않을까 조마조마해하면서 날쌔게 발을 돌려 층계를 뛰어올라, 일 분 후에는 다시 에밀의 방 가운데 서 있었지. 나는 주머니에서 손을 뽑아 나방을 책상 위에다 꺼내 놓았지. 나는 그것을 보기 전에 벌써 어떤 불행한 일이 생겼다는 것쯤은 미리 짐작했었어. 그저 울고 싶은 생각뿐이었지. 아니나 다를까, 나방은 보기 싫게 망그러져서^(부서지거나 찌그러져 못 쓰게 돼서) 앞날개 하나와 더듬이 한 개가 떨어져 버렸어. 떨어진 날개를 조심스레 주머니 속에서 끄집어내리려고 하니까, 그나마 산산이 바스러져서 이제는 이어 붙일 수조차 없게 되었지. 도둑질을 했다는 사실보다도, 그 아름답고 찬란한 나방을 내 손을 망가뜨렸다는 사실이 나로서는 더 괴로운 일이었다네.[22] 날개의 갈색 분^(가루)이 온통 나의 손 끝에 묻은 것을 보았지. 그리고 또, 날개의 바스러진 조각들이 책상 위에 이리저리 흩어진 것을 보았어. 그것을 완전히 원형^(원래의 모습)대로 돌려놓을 수만 있다면, 나는 그 대신 내가 가진 어떤 물건이나 어떤 즐거움도 기꺼이 버릴 수 있었을 거야.

그지없이 슬픈 기분으로 집에 돌아와, 나는 하루 종일 좁은 뜰 안에 주저앉아 있었지. 그러다가 마침내 나는 용기를 내어, 모든 일을 어머니에게 말씀드렸다네. 어머니는 놀라움과 슬픔에 잠겨 어찌할 줄을 모르셨지만, 나의 이 고백이 얼마나 어려운 고민 끝에 나왔는지를 충분히 짐작하시는 것 같았어.

"지금 곧 에밀에게 가거라."

어머니는 한마디로 잘라 말했다네.

"에밀을 찾아가서 사실을 고백하고 용서를 빌어라. 그밖에는 다른 길이 없다. 네가 가진 것 중에서 어느 하나를 대신 가지라고 말해 보렴. 그리고 용서를 빌어야지.[23]"

만일에 모범 소년인 에밀이 아니고 다른 친구였다면 나는 용서를 비는 것

[21] '나'의 내적 갈등이 드러나고 있다.
[22] '나'의 공작나방에 관한 강한 애착: 도덕적 규범보다 자신의 욕망을 중시하는 미성숙한 모습을 보여주고 있다.
[23] 도덕적 규범^(정직)을 중시하는 어머니의 가치관이 드러나고 있다.

쯤 서슴지(결단을 내리지 못하고 머뭇거리며 망설이지) 않았을 거야. 그가 나의 고백을 이해해 주거나 나의 사과를 믿어 주지 않을 것[24]을 나는 미리부터 잘 알고 있었지. 그럭저럭 밤이 되었으나, 나는 그때까지도 그를 찾아갈 용기를 얻지 못한 채 주저하고만 있었어. 어머니는 내가 뜰에 있는 것을 보고 나직한 소리로 말씀하셨어.

"오늘 중으로 갔다 와야 해. 지금 곧 가거라."[25]

나는 에밀을 찾아갔다네. 그는 나를 만나자 곧 공작나방에 관한 말을 꺼냈어. 누가 그랬는지 공작나방을 아주 못쓰게 만들어 놓았다고 하면서, 사람의 소행(이미 해 놓은 일이나 짓)인지 혹은 고양이가 그랬는지 알 수 없는 일이라고 말하더군. 나는 그 나방을 좀 보여 달라고 청했고, 우리는 방으로 올라갔어. 그는 촛불을 켰지. 못쓰게 된 그 나방이 날개판 위에 올려져 있었어. 에밀이 그 날개를 손질하느라고 무척 고심한(몹시 애를 태우며 마음을 쏜) 흔적이 역력(환히 알 수 있게 또렷함)했다네. 그는 날개의 조각들을 정성껏 주워 모아서 작은 압지(잉크나 먹물 등으로 쓴 것이 번지거나 묻어나지 않도록 위에서 눌러 물기를 빨아들이는 종이) 위에 펴 놓았어. 그러나 그것은 도저히 본디 모양으로 바로잡힐 가망(될 만하거나 가능성이 있는 희망)은 없었고, 더듬이도 떨어진 그대로였어. 나는 그제야 그것이 나의 소행인 것을 밝혔다네. 그랬더니 에밀은 격분(몹시 분하고 노여운 감정이 북받쳐 오름)하지도, 큰소리로 꾸짖지도 않고, 혀를 차며 한동안 나를 지켜보다가 나직한(소리가 꽤 낮은) 소리로,

"알았어. 말하자면 너는 그런 자식이란 말이지?"[26]

라고 하더군.

나는 그에게 내 장난감을 모두 주겠다고 했어. 하지만 그는 듣지 않고 냉담하게(태도나 마음씨가 동정심 없이 차갑게) 앉아, 여전히 나를 비웃는 눈으로 지켜보고만 있었으므로, 이번에는 내가 수집한 나비를

[24] 모범 소년은 욕망 때문에 잘못을 저지르는 것을 용납하지 않을 것이라는 '나'의 생각을 나타내고 있다.
[25] 에밀에 대한 '나'의 사과를 재촉하고 있다.
[26] 에밀의 냉정한 태도가 드러나고 있다.

'국어 귀신' 선생님

전부 주겠다고 했지.[27]

"뭐, 그렇게까지 하지 않아도 좋아. 나는 네가 모은 것들이 어떤 것인지 잘 알고 있어. 게다가 오늘은 너의 나비 다루는 성의(정성스러운 뜻)가 어떻다는 것을 알 만큼은 알았어."[28]

그 순간, 나는 녀석의 멱살(사람의 목 앞쪽 부분의 살, 또는 그 부분)을 움켜쥐고 늘어지고 싶었어. 이제는 아무런 도리가 없음을 알았다네. 나는 아주 나쁜 놈으로 결정이 나고 에밀은 천하에 정직한 사람이 되어, 정의를 방패로 삼아 냉정하고 모멸적(업신여기고 얕잡아 봄)인 태도로 내 앞에 버티고 있었어. 그는 욕설을 늘어놓지도 않았고, 다만 나를 바라보면서 경멸(깔보아 업신여김)할 따름이었지.

그때 나는 비로소, 한번 저지른 일은 어떻게 해도 바로잡을 도리가 없다는 것을 깨달았다네.[29] 나는 그 자리에서 물러나 힘없이 집으로 돌아왔어. 어머니가 어떻게 되었느냐고 묻지도 않으시고 나에게 키스만을 하고 내버려 두는 것이 고마웠지. 어머니는 나더러 그만 잠자리에 들라고 하셨어. 여느 날보다는 시간이 늦어진 편이기는 했지. 그러나 나는 잠자리에 들기 전에 가만히 식당으로 가서 갈색의 두껍고 커다란 종이 상자를 찾아 가지고 와서 침대 위에 올려놓고, 어둠 속에서 뚜껑을 열었어. 그리고 그 속에 든 나비들을 끄집어내어 손끝으로 비벼서 못쓰게 가루를 만들었다네.[30]

'국어 귀신' 선생님

수능에 나올 수도 있어!

[27] 에밀의 용서를 구하기 위한 '나'의 제안을 드러냈다.
[28] 공작나방을 훔치고 망가뜨린 것으로 보아 '나'가 모은 나비 또한 형편 없으리라 '나'에게 모욕감을 주는 에밀
[29] '나'가 냉정한 규범의 세계를 인식하게 되었음을 나타내고 있다.
[30] 나비 수집에 대한 기쁨이 사라지고 나비 수집보다 양심을 지키는 일이 중요함을 깨닫게 된다.

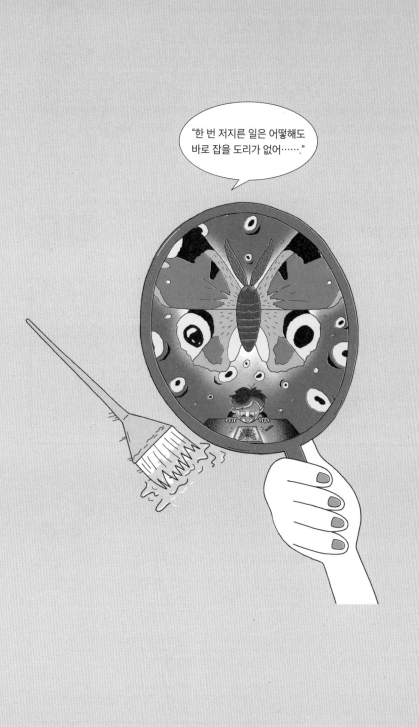

내신·수능 만점 키우기

1 작품 소개

<공작나방>은 헤르만 헤세의 단편 소설이자 성장 소설로, 인물의 심리와 갈등이 잘 드러나고, 액자식 구성과 회상 형식의 구성이 돋보이는 작품이다. 또한 나비 수집을 하면서 겪은 친구와의 갈등과 나의 잘못을 뉘우치며 성장해가는 소설로 자신의 삶을 성찰하고 깨달음을 주는 작품이다.

2 핵심 정리

o 다음 내용에서 괄호 안에 알맞은 답을 쓰시오.

갈래	단편 소설, 성장 소설, 액자 소설
성격	회상적, 교훈적
구성	(㉠　　　) 구성
제재	나비 수집
주제	나비를 수집하며 겪는 마음의 (㉡　　　)과 깨달음, (㉢　　　)을 통한 성장
특징	• 인물의 (㉣　　　)와 갈등이 잘 보여짐. • 액자식 구성으로 현재의 (㉤　　　) 이야기와 과거의 (㉥　　　) 이야기로 나뉘어짐. • 내부 이야기는 '나(하인리히 모어)'의 (㉦　　　) 형식으로 서술함.

3 이 글의 짜임

o 다음 내용에서 괄호 안에 알맞은 답을 쓰시오.

발단	외부 이야기	하인리히 모어는 '나'의 (㉠　　　)을 보고 어린 시절 추억을 말한다.
발단		나비 수집에 대한 '나'의 열정과 이웃집 아이 (㉡　　　)에 대해 말한다.
전개		'나'는 이웃집 친구 에밀이 (㉢　　　)을 잡았다는 소문을 듣는다.
위기	내부 이야기	'나'가 에밀의 (㉣　　　)을 훔치려다가 그만 망가뜨린다.
절정		에밀은 '나'를 용서하지 않았고, 매우 불쾌해 했다.
결말		'나'는 (㉤　　　　　　)을 깨닫는다.

◈ 그래픽 구조로 글의 짜임 한 번 더 이해하기

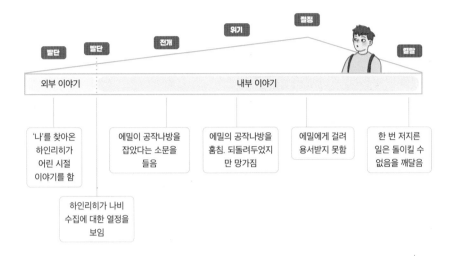

발단 발단 전개 위기 절정 결말

외부 이야기 | 내부 이야기

'나'를 찾아온 하인리히가 어린 시절 이야기를 함

하인리히가 나비 수집에 대한 열정을 보임

에밀이 공작나방을 잡았다는 소문을 들음

에밀의 공작나방을 훔침. 되돌려두었지만 망가짐

에밀에게 걸려 용서받지 못함

한 번 저지른 일은 돌이킬 수 없음을 깨달음

4 소설의 특성과 전개 과정에 따른 변화 양상

1 주요 인물 소개 및 특성

◦ 다음 각 인물에 대한 올바른 설명을 연결하시오.

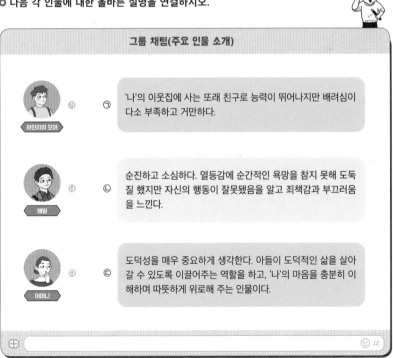

그룹 채팅(주요 인물 소개)

하인리히 모어 ㉮ | ㉠ '나'의 이웃집에 사는 또래 친구로 능력이 뛰어나지만 배려심이 다소 부족하고 거만하다.

에밀 ㉯ | ㉡ 순진하고 소심하다. 열등감에 순간적인 욕망을 참지 못해 도둑질 했지만 자신의 행동이 잘못됐음을 알고 죄책감과 부끄러움을 느낀다.

어머니 ㉰ | ㉢ 도덕성을 매우 중요하게 생각한다. 아들이 도덕적인 삶을 살아갈 수 있도록 이끌어주는 역할을 하고, '나'의 마음을 충분히 이해하며 따뜻하게 위로해 주는 인물이다.

② 공작나방을 보러 간 '나'의 심리변화 살펴보기

◎ 다음 '나'에 대해 SNS에서 대화하듯 작성해보세요.

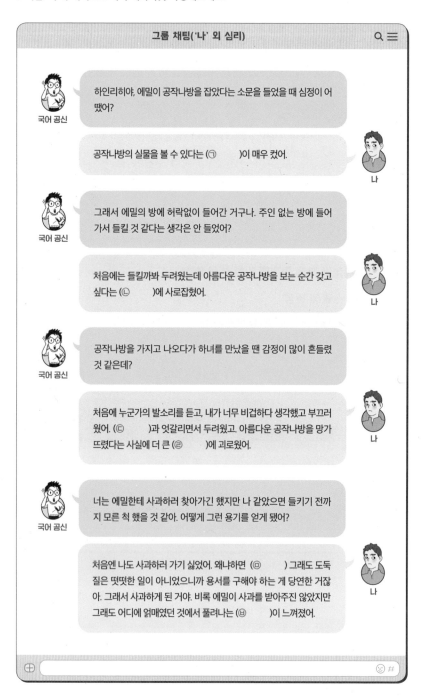

그룹 채팅('나' 외 심리)   🔍 ☰

국어 공신
하인리히야, 에밀이 공작나방을 잡았다는 소문을 들었을 때 심정이 어땠어?

나
공작나방의 실물을 볼 수 있다는 (㉠   )이 매우 컸어.

국어 공신
그래서 에밀의 방에 허락없이 들어간 거구나. 주인 없는 방에 들어가서 들킬 것 같다는 생각은 안 들었어?

나
처음에는 들킬까봐 두려웠는데 아름다운 공작나방을 보는 순간 갖고 싶다는 (㉡   )에 사로잡혔어.

국어 공신
공작나방을 가지고 나오다가 하녀를 만났을 땐 감정이 많이 흔들렸을 것 같은데?

나
처음에 누군가의 발소리를 듣고, 내가 너무 비겁하다 생각했고 부끄러웠어. (㉢   )과 엇갈리면서 두려웠고. 아름다운 공작나방을 망가뜨렸다는 사실에 더 큰 (㉣   )에 괴로웠어.

국어 공신
너는 에밀한테 사과하러 찾아가긴 했지만 나 같았으면 들키기 전까지 모른 척 했을 것 같아. 어떻게 그런 용기를 얻게 됐어?

나
처음엔 나도 사과하러 가기 싫었어. 왜냐하면 (㉤   ) 그래도 도둑질은 떳떳한 일이 아니었으니까 용서를 구해야 하는 게 당연한 거잖아. 그래서 사과하게 된 거야. 비록 에밀이 사과를 받아주진 않았지만 그래도 어디에 얽매였던 것에서 풀려나는 (㉥   )이 느껴졌어.

3 인물과 공감하기

○ 집으로 돌아간 하인리히 모어에게 위로의 문자를 보내봅시다.

5 '나(하인리히 모어)'의 뇌 구조

○ 책 내용을 참고하여 '나(하인리히 모어)'의 뇌 구조를 자유롭게 작성해봅시다.

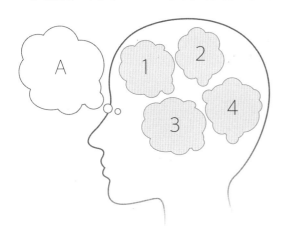

정말
꼭 알아야 해요!

Ⓐ - 에밀이 공작나방을 잡았다고?

1 - 공작나방을 빨리 보고 싶어, 완전 기대된다고!!

2 - 아름다운 공작나방을 보니 완전 내 것으로 만들고 싶어!

3 - 완전 속상해! 도둑질했다는 사실보다 (㉠ _____)사실이 더 괴로워!

4 - 나는 도덕적인 규범보다 (㉡ _____)가 더 중요하다고 생각했어.

6 작품 깊이 이해하기

1 문학 이론 살펴보기

> #### 1 소설의 가치
>
> 1) 정서적 공감과 심미적 경험
>   - ① 작품 속 인물을 공감하거나 비판할 수 있다.
>   - ② 작품의 내용과 표현에서 아름다움을 느낄 수 있다.
>   - ③ 작품 속 인물을 통해 간접 경험을 하며 재미를 느낄 수 있다.
>
> 2) 삶에 대한 가치와 깨달음
>   - ① 작품 속 인물의 바람직한 삶을 통해 가치 있는 깨달음을 얻을 수 있다.
>   - ② 작가가 말하고자 하는 바를 이해하며 지혜로움과 교훈을 얻을 수 있다.
>   - ③ 우리가 사는 사회 속 다양한 문화와 배경에서 살아가는 인물들의 삶을 살필 수 있다.
>
> #### 2 소설의 가치 이해하기
>   - ① 소설에 담긴 사회적 · 문화적 · 역사적 상황에 대한 이야기를 어떻게 작가가 독자에게 전달하고자 하는지 살핀다.
>   - ② 소설의 미적 요소로 이야기의 구성방식, 등장인물의 갈등 상황, 표현 방법 등을 살핀다.
>   - ③ 소설에 담긴 삶의 모습과 소설의 미적요소, 작가의 의도 등을 살펴 소설의 가치를 파악한다.
>   - ④ 소설을 감상하며 얻은 가치를 바탕으로 자신의 삶을 성찰해보고, 자신의 삶을 공동체의 삶으로 확장해보며 사회 구성원으로서 지켜야 할 삶의 태도에 대해 생각해본다.

2 작품 살펴보기 (서·논술형)

❶ <보기>에 드러난 갈등 상황과 관련하여 '나'가 괴로워하는 이유를 생각해봅시다.

┌─────────── 보기 ───────────┐

이 나방을 가져서는 안 된다. 될 수만 있다면 그 전대로 돌려놓아야겠다. 나는 이런 생각으로 마음이 괴로웠다네.

└─────────────────────────────┘

❷ 하인리히가 자신이 아끼던 나비를 가루로 만들어 버린 행동이 무엇을 의미하는지 생각해봅시다.

❸ '나'가 에밀에게 사과하러 가기를 망설이는 이유는 무엇인가요?

❹ '나'가 에밀의 공작나방을 훔쳤다는 것을 알게 된 어머니의 반응은 어떠했나요?

7 토론하기

○ 다음 논제를 파악한 후 주장과 이유를 서술하세요.

논제 : 에밀은 하인리히를 용서해야 한다. VS 용서하지 않아도 된다.

논제	용서해야 한다	용서하지 않아도 된다
주장		
근거		

간단히 내용 파악하기 ------------------------------

○ 다음 문제를 읽고 올바른 내용에는 O, 틀린 내용에는 X 표시를 하시오.

1 이 소설은 현재의 외부 이야기에서 과거의 내부 이야기로 전개되는 액자식 구성이다.
[O | X]

2 '나'의 푸른 날개의 나비에 대한 에밀의 평가는 희귀한 것을 인정하면서도 결함을 늘어놓아 '나'는 혹평으로 받아들여 기분이 상했다. [O | X]

3 '나'는 에밀의 공작나방을 본 후 갖고 싶다는 욕망에 빠져 가지고 나왔지만, 하인의 발소리 때문에 다시 돌아가지 못했다. [O | X]

4 '나'의 행동에 대해 에밀은 격분하지도, 큰소리로 꾸짖지도 않고, 혀를 차며 한동안 '나'를 지켜보다가 나직한 목소리로 '너는 그런 자식이란 말이지?'라며 냉정한 태도로 일관했다. [O | X]

5 '나'는 그동안 수집해온 나비들을 모두 끄집어내어 모두 태워버렸다. 나비 수집에 대한 기쁨이 사라지고 양심을 지키는 일이 중요함을 깨달았기 때문이다. [O | X]

○ 다음 문제를 읽고 올바른 답을 간단히 서술하세요.

1 외부 이야기에서 하인리히 모어에게 '나'는 무엇을 보여주자 기분이 상했고 과거 이야기를 꺼냈었나요?

2 내부 이야기에서 어린 '나(하인리히 모어)'에게 나비 수집은 마치 '이것'을 찾아 헤매는 사람처럼 포충망을 들고 나비를 노리고 다녔다. '이것'은 무엇인가요?

3 공작나방을 잡았다는 소식을 들은 '나'는 몹시 흥분했다. 그 이유는 무엇인가요?

4 에밀의 방에 몰래 들어간 '나'는 이 '보배'를 손에 넣고 싶은 견딜 수 없는 욕망에 그만 난생처음으로 도둑질을 했다. '보배'는 무엇인가요?

5 '나'가 수집한 나비들을 가루로 만든 이유는 공작나방을 갖고자 하는 욕망을 참지 못하고 훔치며 못쓰게 만들었기 때문에 나비를 수집할 ( )이 없다고 생각했기 때문이다. ( )안에 들어갈 말은 무엇인가요?

1 이 글을 읽은 후의 감상으로 적절하지 <u>않은</u> 것은?

여러분 꼭
알아야 해요!

ZAP!

① '나'의 가정형편이 그리 넉넉하지 않았던 것 같아.

② '나'는 에밀의 뛰어난 능력을 부러워했던 것 같아.

③ '나'는 능력있고 모범적인 에밀을 좋아하지 않는 것 같아.

④ 친구들은 '나'에게 열등감과 부러움을 느끼고 있어.

⑤ 친구들의 사육 상자와 '나'의 헌 종이 상자는 대조되는 것 같아.

2 "뭐, 그렇게까지 하지 않아도 좋아. 나는 네가 모은 것들이 어떤 것인지 잘 알고 있어. 게다가 오늘은 너의 나비 다루는 성의가 어떻다는 것을 알 만큼은 알았어." 에 나타난 말하기 방식으로 가장 적절한 것은?

① 상대의 논리를 인정하며 동조한다.

② 감정에 호소하며 자신의 주장을 내세운다.

③ 상대를 자극하기 위해 냉소적인 태도로 말한다.

④ 동정심을 불러일으키며 자신의 정당성을 밝힌다.

⑤ 상대방에 대한 신뢰를 전제하면서 의문을 제기한다.

3 에밀과 '나'에 대한 설명으로 적절하지 <u>않은</u> 것은?

여러분 꼭
알아야 해요!

ZAP!

① 에밀과 '나'의 갈등은 해소되지 않았다.

② 에밀은 냉담한 태도로 '나'를 경멸했다.

③ 에밀은 내가 수집한 나비를 갖고 싶어했다.

④ 에밀은 동정심이 없이 차가운 태도로 나를 대했다.

⑤ 에밀은 사실대로 고백하였음에도 '나'를 용서하지 않았다.

4 나비를 훔친 사건을 통해 '나'가 깨달은 바로 가장 적절한 것은?

① 진정한 친구라면 자신을 속였더라도 용서해 주는군.

② 한번 저지른 일은 어떻게 해도 바로잡을 도리가 없군.

③ 양심을 지키는 것보다 나비를 수집하는 것이 더 중요하군.

④ 사소한 일이라도 부모님께 솔직히 말씀드리는 것이 좋군.

⑤ 나비를 수집하는 일보다 그것을 어떻게 보관하느냐가 중요하군.

OOPS! 글쓰기

◎ 여러분들은 '하인리히'와 유사한 경험을 해본 적 없나요? 어떤 친구에게 열등감을 느껴 미워했던 경험도 좋습니다. 또는 실수였지만 친구의 불행이 한편으로는 시원했던 경험 등 여러분의 경험과 깨달은 점을 작성해보세요.

즐겁게
글쓰기 해보아요!

욕망이 저지른 잘못된 행동은
돌이킬 수 없음을 깨달아야….

'하인리히'는 에밀의 공작나방이 그렇게도 부러웠나봅니다. 자신의 나비 수집 통의 나비들이 그렇게 초라하지는 않았을 텐데 말이죠. 그래도 나비를 수집하는 사람들에게 공작나 방은 꽤나 유명한가봅니다. 에밀이 공작나방을 잡았다는 소식에 하인리히는 가슴이 벅찼습니다. 한 달음에 달려간 하인리히는 아무도 없는 에밀의 방에서 공작나방을 봅니다. 그리고 완전히 공작나방의 모습과 빛깔에 매료되어 그대로 들고 나옵니다. 결국 양심에 어긋난 일을 저질렀고, 돌이킬 수 없는 상황이 되어버렸습니다.

한편, 그 사실을 안 하인리히의 어머니는 놀라움과 슬픔에 잠깁니다. 그러면서도 아들의 마음을 이해합니다. 그렇지만 잘못된 행동을 바로 잡기 위해 어머니는 하인리히에게 말합니다. 에밀에게 그 사실을 말하고, 용서를 빌라고 말이죠. 하지만 하인리히는 주저합니다. 밤이 되도록 주저하는 하인리히의 모습을 본 어머니는 아주 단호하게 에밀에게 가서 용서를 구하라고 합니다. 마지못한 하인리히는 에밀을 찾아갑니다. 그런데 에밀은 화를 내거나 격분하기는커녕 오히려 담담하게 이야기하며 비웃음을 짓습니다. 그러고는 하인리히를 경멸하며 용서하지 않습니다. 하인리히는 비아냥대는 에밀의 멱살을 잡고 싶었지만 할 수 없습니다. 이 상황에서 만약 하인리히가 에밀에게 기분 나쁜 태도를 보였다면 어떻게 되었을까요? 상황은 더 악화되었을 것입니다. 하인리히는 분명 깨달았을 것입니다. 자신의 행동이 얼마나 잘못된 것인지 말이죠. 그 잘못이 에밀에게도 큰 상처가 되었지만, 하인리히 자신에게도 큰 상처로 남게 되었습니다. 에밀은 애써 잡은 공작나방을 잃었다는 상처, 하인리히는 에밀에게 용서를 빌었음에도 에밀이 정직과 정의로 자신을 냉정하고 모멸적인 태도로 비웃음 짓고 있다는 상처. 이제는 돌이킬 수가 없는 상황입니다.

집으로 돌아온 하인리히는 이제 나비를 수집하는 것보다 양심을 지키는 일이 더 중요함을 깨닫습니다. 그리고 자신이 모아온 나비 수집 상자를 열어 손끝으로 비벼 가루로 만듭니다. 한번 저지른 일은 어떻게 해도 바로 잡을 방법이 없음을 시사합니다. 헛된 욕망을 참지 못하고 지키지 못한 어린 나비 수집가의 양심이 사라진 것입니다. 이로써 하인리히는 한 층 성장했고, 읽는 독자들에게도 큰 울림을 줍니다.

달걀은 달걀로 갚으렴

한뫼

박완서
(1931~2011)

박완서(1931~2011)작가는 1970년 나목(裸木)으로 등단하였다. 1950년대 한국전쟁에서 비롯된 비극적 체험을 통해 내면의식을 더욱 밀도 있게 그려냈다. 또한 1970년대 대한민국 사회에서 일어나는 다양한 물질만능주의 비판, 여성 억압적인 현실 비판 등을 다루며 작가 자신의 삶과 경험을 문학작품 속에 잘 표현하였다. 〈나목〉, 〈그 해 겨울은 따뜻했네〉, 〈미망〉, 〈그 많던 싱아는 누가 다 먹었을까〉, 〈아주 오래된 농담〉, 〈그 남자네 집〉 등의 장편 소설과 수많은 단편작품을 썼다.

만화로 미리 주제 파악하기

한뫼는 도시에 여행을 갔다가 한 TV 쇼에서 달걀을 백서른 개나 먹는 아저씨를 보고 도시 사람들이 달걀을 웃음거리로 여긴 것에 대해 도시 사람들을 부정적으로 생각하게 돼. 그래서 도시에 앙갚음을 하고 싶어하고, 봄뫼의 암탉을 죽이려고 해. 또한 도시에 비해 두메는 가치가 없다고 생각하지만 문 선생님과 대화를 하며 생각을 바꾸게 돼.

봄뫼의 암탉을 죽이려는 한뫼와 대화를 하며 도시에 대한 부정적인 생각과, 두메는 가치가 없다는 한뫼의 생각에 대해 대화로 충분히 두메도 자연의 가치가 있다는 것을 깨닫게 해. 그리고 도시 아이들을 두메로 초청하자고 제안하며 암탉을 죽이는 극단적인 방법보다는 달걀은 달걀로 갚으라고 충고해 줘.

한뫼

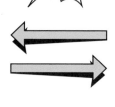

문 선생님

'국어 굴신' 선생님의 감상 꿀팁!

이 소설은 산골 초등학교에 다니는 한뫼와 그 학교의 선생님인 문 선생님의 대화로 이루어지는 소설이야. 또한 도시와 시골의 모습을 비교하며 서로에 대한 가치를 이해하고, 오해를 해결해가며 한 층 성장해 가는 인물의 모습을 보여주지. 특히 문 선생님의 현명하고 지혜로운 충고를 살펴보며 작품을 감상해보자.

'국어 굴신' 선생님

달걀은 달걀로 갚으렴

세상에 존재하는 모든 것은 가치가 있고 소중해

새학기가 되었습니다.

올해도 또 5, 6학년 담임이 된 문 선생님이 아이들한테 새 책과 암탉[1] 두 마리씩을 나누어 주었습니다. 닭은 6학년 아이들한테만 나누어 주었습니다. 한 교실에는 5학년이 열일곱 명, 6학년이 열다섯 명에 닭 서른 마리가 합세를 하니 그 수선은 걷잡을 수가 없었습니다.

이제라도 곧 알을 낳을 수 있을 것같이 다 자란 흰 레그혼(이탈리아 산 닭의 품종. 빨리 자라고 산란 능력이 뛰어남.)이 푸드득푸드득 제대로 날지도 못하면서 날갯짓만 요란하게 하고 새 책에 똥을 깔지 않나, 창가의 화분에서 고개를 내미는 새싹을 쪼아 먹지를 않나, 삽시간에 교실을 수라장으로 만들어도 아이들은 마냥 즐겁기만 합니다. 그 닭은 아이들이 푼푼이 모은 돈으로 산 닭이고, 곧 알을 낳기 시작할 테고, 그 알을 팔아 가을에 도시로 수학여행 가는 비용을 마련할 것이기 때문입니다.[2]

그 일은 문 선생님이 생각해 내서 벌써 5년째나 계속하고 있는 일입니다. 그러니까 문 선생님이 우리나라에서 제일가는 이 산골 초등학교로 부임해 온 지도 5년이 되는 셈입니다. 이 산골 초등학교는 작은 것으로 우리나라에서 둘째

1 이 소설의 중요한 소재가 된다.
2 아이들도 우리나라에서 제일가는 학교에 다니는 아이들다운 긍지를 갖도록 해야 할 것이라고 생각했기 때문이다.

'국어 공신' 선생님

가라면 서러워할 제일 작은 학교입니다.❸

교장 선생님이 한 분, 선생님이 세 분, 학생이 예순여섯 명입니다. 그러나 학생 수에 비해 넓은 운동장과 훌륭한 실습과 아름다운 자연에 둘러싸여 있는 것으로는 아마 우리나라에서 제일가는 학교일 것입니다.

문 선생님은 부임하자마자 그 학교가 우리나라에서 제일가는 학교라는 것을 알았습니다.❹ 아이들도 우리나라에서 제일가는 학교에 다니는 아이들다운 긍지를 갖도록 해야 할 것이라고 생각했습니다.

그래서 생각해 낸 것이 아이들이 스스로 여비를 벌어서 여행을 가게 하는 일이었습니다. 결코 여비를 못 대 줄 만큼 집이 가난한 아이들만 있어서가 아닙니다. 물 좋고 아름다운 산에 삼태기처럼 안긴 마을이라, 농토가 넓진 않아도 기름지고 가뭄을 타는 일이 없어 집집마다 먹고 살만은 했습니다.❺

돈은 좀 귀했습니다만, 아이들이 꼭 도시 구경을 하겠다면야 거둬 놓은 낟알이라도 팔아서 여비를 마련해 줄 만한 성의쯤은 집집마다 다 가지고 있었습니다.

문 선생님은 공부 잘하란 소리 대신에 닭 잘 기르란 소리만 한마디 해서 아이들을 일찍이 돌려보냈습니다. 문 선생님은 자기야말로 우리나라에서 제일가는 선생님이라는 자부심이 대단했습니다만, 닭하고 아이들하고 같이 가르칠 자신만은 없었습니다.

6학년의 다섯 명밖에 안 되는 여자애 중에서도 제일 키가 작은 귀염둥이인 봄뫼는 허리에 책보를 동여매고 닭은 양 팔로 안았습니다. 부드러운 깃털 속에 손을 넣으니 따뜻한 체온과 심장 뛰는 것이 느껴집니다. 닭도 앞으로 닥칠 새로운 생활이 불안한가 봅니다.

여러분,
집중해야 해요!

'국어 공신' 선생님

> ❸ 공간적 배경이 두메 산골이라는 것을 보여준다.
> ❹ 문 선생님의 현명함과 지혜로움을 알았기 때문이다.
> ❺ 시골이기는 했어도 아주 가난하거나 먹고 살기가 힘들지만은 않은 동네다.

봄뫼는 식구 중 누구라도 봄뫼의 암탉을 구박하면 가만있지 않겠다고 지레 벼르면서도 한편으로는 불안합니다.**[6]**

봄뫼네는 일손에 비해 농사가 많고, 봄뫼 어머니가 유난히 깨끗한 것을 좋아해 닭을 한 마리도 치질 않습니다. 닭은 온종일 똥을 쌀 뿐더러, 쉬지 않고 주둥이로 뭐든지 버릇는^(파서 헤집어 놓는.) 고약한 버릇이 있어 채마밭^(집에서 몇 가지 가꾸어 먹을 정도의 채소를 심은 밭.)이 남아 나지 않는다는 것이 어머니가 닭을 싫어하는 이유였습니다.

그러나 작은 닭장이 하나 있긴 있습니다. 그것은 봄뫼 오빠인 한뫼가 만든 닭장입니다. 한뫼도 우리나라에서 제일 작고 제일 좋은 학교에서 제일가는 선생님한테 배웠기 때문에 6학년 때 두 마리의 닭을 기르지 않으면 안 되었습니다. 한뫼는 닭을 싫어하는 식구들 눈치가 보여 손수 닭장을 만들어서 닭을 가두어 길렀었습니다.

한뫼는 지금 읍내에 있는 중학교 2학년입니다. 읍내는 이 마을에서 20리나 되지만, 한뫼는 건강하기 때문에 아침 저녁 잘 다닙니다. 봄뫼는 오빠의 닭장에서 닭을 기를 생각을 하니 여간^(주로 부정하는 말과 함께 쓰여, 보통으로, 조금, 어지간하게.) 다행스럽지가 않습니다. 2년 전 오빠가 닭을 기를 때**[7]** 알밤 맞던 생각이 나 저절로 키들키들 웃음이 나기도 합니다. 봄뫼는 오빠가 꼬박꼬박 모으는 달걀을 몰래 훔쳐서 삶아 먹고 들킬 적마다 알밤을 얻어맞고 굴뚝 모퉁이에서 울고 짜던 게 어제 일 같은데, 벌써 6학년이 되어 두 마리의 암탉 주인이 된 것입니다.

그 때는 왜 그렇게 삶은 달걀이 먹고 싶었는지 암탉이 알 낳기 전 꼬꼬댁 꼬꼬댁 보채는 소리를 제일 먼저 알아듣고 암탉 곁에 지키고 있다가, 냉큼 갓 낳은 따뜻한 달걀을 손에 넣기까지는 별로 어렵지 않았습니다. 그러나 그 달걀을 삶는 것이 문제입니다. 밥솥에 넣어 볼까, 국솥에 들여뜨려^(안으로 넣어 떨어뜨려) 볼까, 밥 뜸들이려고 괄한^(불기운이 매우 센) 불을 긁어 낸 아궁이의 재 속에 파묻

수능에 나올 수도 있어!

[6] 봄뫼가 암탉을 잘 키울 수 있을지, 스스로에 대한 믿음이 부담되고 불안 때문이다.
[7] 한뫼도 암탉을 키우고 달걀을 팔았음을 유추해볼 수 있다.

'국어 공신' 선생님

을까.

어느 것이나 다 쉬운 듯하면서도 몰래 하려니 어려워, 이 눈치 저 눈치 보며 쩔쩔매고 있는 사이에 한뫼의 다부진 알밤이 뒤통수에 두어 번 와 박히면 봄 뫼는 눈물을 글썽이며 품안에 감춘 달걀을 내어놓지 않으면 안 되었습니다.

그렇다고 한 번도 삶은 달걀을 못 먹어 본 것은 아닙니다. 여름밤 모닥불 속에 파묻었다가 알맞게 익었을 때쯤 살짝 꺼내어 시냇물에 식혀서 까먹은 달걀의 맛은, 너무 급히 먹느라 목이 메어 오랫동안 딸꾹질이 났다는 것밖에는 잘 생각나지 않습니다.

봄뫼는 닭장을 깨끗이 치우고 두 마리의 암탉을 넣어 주었습니다. 그리고 한뫼가 학교에서 돌아오기를 기다렸습니다. 닭을 기르는 법도 배우고 자랑도 하고 싶어서입니다. 달걀 훔쳐먹으면 가만 안 둘 거라고 제법 엄포를 놓을 생각도 합니다.

어둑어둑해서야 한뫼는 학교에서 돌아왔습니다. 중학교 2학년이 되더니 한뫼는 한층 의젓해졌습니다. 봄뫼는 이런 오빠가 속으로 은근히 자랑스럽습니다.

"오빠, 나 오늘 암탉 타 왔다."

봄뫼의 어리광 섞인 보고에 한뫼는 대답이 없습니다.

닭장 쪽을 거들떠도 안 봅니다. 아마 학교에서 기분 나쁜 일이 있었나 보다고 생각하면서도 봄뫼는 섭섭합니다.

"오빠 내 달걀 훔쳐먹으면 가만 안 둘 거다, 알았지?"

"닭째 훔쳐먹으면?"

뜻밖의 대답에 봄뫼는 깜짝 놀랍니다. 더욱 놀라운 것은 그 말을 하는 한뫼의 태도입니다. 조금도 농담을 하는 태도가 아닙니다. 반장 노릇할 때처럼 늠름하면서도 어딘지 쓸쓸해 보입니다. 참 이상합니다. 한뫼는 그 말만 하고 홱 돌아서서 버렸기 때문에 봄뫼는 이상스럽게 여긴 것에 대해 따질 겨를도 없었습니다.

그 날 밤, 봄뫼는 어슴푸레 잠이 들다 말고 푸드덕대는 닭의 날갯짓 소리와 다급한 비명 소리를 듣고 봉당(한옥에서, 안방과 건너방 사이의 마루를 놓을 자리에 흙바닥을 그대로 둔 곳)으로 뛰어나갔습니다.

　한뫼가 양손에 하나씩 암탉의 날갯죽지를 잡고 우뚝 서 있었습니다.❽ 저녁때 한뫼가 한 말은 정말이었던가 봅니다. 세상에 그렇게 치사한 오빠도 있을까요? 봄뫼는 노여움으로 목이 메고 손발이 떨립니다. 봄뫼는 크게 악을 써 집안 식구를 모두 깨워 동생 닭을 훔쳐먹으려는 치사한 오빠의 모습을 보여 줘야겠다고 생각합니다. 그러나 봄뫼는 악을 쓰지 못합니다.

　닭 도둑질하려는 사람치곤 한뫼의 태도가 너무도 의젓하고 또 어딘지 쓸쓸해 보여서입니다.

　"오빠, 그러지 마. 제발 그러지 마."

　봄뫼는 겨우 그 소리를 모깃소리처럼 가냘프게 냅니다.

　"그래, 안 그러마."

　한뫼는 어른처럼 굵은 목소리로 그렇게 말하더니, 천천히 닭을 닭장 속에 넣어 주고 뜰 아랫방으로 들어가버렸습니다. 그러나 다음 날 밤도 그 다음 날 밤도 그런 일은 계속됐습니다.❾ 차라리 달걀을 훔쳐먹으려고 했으면 얼마나 좋을까 하는 생각까지 봄뫼는 하게 되었습니다.

　"오빠, 그러지 마. 제발 그러지 마. 알을 낳으면 제일 먼저 오빠 삶아 줄게. 일주일에 한 번씩은 꼭꼭 삶아 줄게."

　봄뫼는 드디어 그렇게 애걸까지 했습니다.

　"누가 그까짓 삶은 달걀 먹고 싶댔어?"

　한뫼는 그 전에 봄뫼가 달걀을 훔쳤을 때 하던 것처럼 봄뫼의 골통에 알밤을 한 대 먹이고 가버렸습니다. 한뫼는 기어코 닭을 잡아먹어야만 직성이 풀릴 모양입니다. 봄뫼는 이런 일을 어른들한테 일러바쳐 한뫼를 혼

ZAP!

❽ 사건의 시작을 보여주면서 한뫼의 심리를 보여준다.

❾ 한뫼는 암탉을 죽이고 싶었지만 극단적인 본인의 행동에 갈등을 하고 있다.

국어 공산 선생님

나게 할까도 생각했습니다만, 막상 그러려면 망설여졌습니다. 보나마나 어른들은 한뫼를 나쁜 사람 취급할 텐데, 봄뫼가 본 한뫼의 태도는 조금도 나쁜 짓을 하려는 태도가 아니었기 때문입니다. 닭을 훔치려는 한뫼의 태도는 번번이 반장 노릇할 때처럼 의젓하고, 또 어딘지 쓸쓸해 보였던 것입니다.

나쁜 짓을 하면서도 나쁜 사람 같아 보이지 않는다는 게 봄뫼의 마음을 혼란스럽게 했습니다. 그까짓 거 훔쳐먹도록 내버려둘까 하는 생각까지 들었습니다. 그러자니 가을에 도시로 수학 여행 가는 일을 단념하지 않으면 안 됩니다.[10] 봄뫼는 그것을 단념하는 괴로움을 도저히 참을 수 있을 것 같지가 않습니다.

봄뫼는 밤마다 설친 단잠과 마음의 괴로움 때문에 많이 수척해지고 우울해졌습니다. 어른들은 한창 농사가 바쁜 철이어서 봄뫼가 달라진 것을 알아볼 만한 마음의 빈자리가 없습니다.

봄뫼는 문득 문 선생님하고 의논하고픈 생각이 났습니다.[11] 재작년 한뫼가 중학교를 갈까 말까 혼자서 생각하고 망설이느라 매일매일 신경질만 부리다가, 어느 날 문 선생님과 의논하고 와서는 단박 명랑해져서 중학교에 가기로 결정했고, 그것을 아무도 말릴 수 없었던 것이 생각났기 때문입니다.

"선생님, 오빠가 암탉을 잡아먹으려고 해요. 어떡하면 좋죠?"

"한뫼가?"

"네."

"임마, 그건 오빠가 널 놀려먹으려고 그러는 거야. 바보 같으니라고."

"아녜요. 매일 밤 그러는 걸요."

봄뫼는 자기도 모르게 울먹이며 그동안에 있었던 한뫼의 수상한 짓을 낱낱이 문 선생님한테 고해 바쳤습니다.

'국어 공산' 선생님

[10] 봄뫼가 암탉을 지키려는 이유이다.
[11] 한뫼가 중학교 입학으로 고민하던 때 문 선생님과 의논했던 것을 생각하며, 현명하고 지혜로운 문 선생님과 상의하면 어려운 문제도 쉽게 해결할 수 있다는 믿음 때문이다.

문 선생님은 봄뫼의 이야기를 귀담아들으며, 읍내에서 닭을 사 오던 날 생각이 났습니다. 그날 문 선생님은 마치 닭장수처럼, 닭을 서른 마리씩이나 처넣은 커다란 닭장을 자전거 꽁무니에 싣고 가파른 고개를 오르다가 한뫼를 만났었습니다.

"너 잘 만났다. 자전거 꽁무니 좀 밀어라." 여느 때 같으면 밀라고 할 때까지 있을 한뫼도 아닙니다. 그러나 무슨 급한 볼일을 보러 가고 있던 모양으로 고개만 꾸벅하고 길가로 비켜서려는 한뫼에게 문 선생님은 그렇게 부탁한 것입니다. 한뫼는 마지못해 자전거를 고개 위까지 밀어 주고 나서 이마의 비지땀을 씻는 문 선생님을 딱하다는 듯이 바라보며 어두운 얼굴로 말했습니다.

"이제 닭장수는 그만 하시잖고……?"

"임마, 1년에 한 번씩이야. 할 만해."

문 선생님은 한뫼의 말을 선생님의 수고를 마음 아파하는 뜻으로 받아들였기 때문에 가볍게 대꾸하고 말았습니다. 지금 생각하니 그 때의 한뫼의 어두운 마음과 무관한 것이 아닐 것 같았습니다.

그 날 수업이 파한 후 문 선생님은 읍으로 가는 길에 있는 여러 고개 중 제일 높은 고개 위에서 한뫼를 기다렸습니다. 한뫼는 어둑어둑해질 무렵에야 고개 아래에 그 모습을 나타냈습니다.

"좀 쉬어 가려무나."

문 선생님은 한뫼가 고개를 다 오를 때까지 기다렸다가 이렇게 말을 시켰습니다. 한뫼가 말없이 문 선생님 곁에 앉았습니다.

"이번 공일에 선생님하고 읍내로 같이 통닭 먹으러 갈래?⑫"

"봄뫼가 선생님께 일러바쳤군요?⑬"

"그래, 선생님은 다 안단다. 그렇지만 봄뫼를 나무라진 말아라."

"네, 염려(앞일에 대해 여러 가지로 마음을 써서 걱정함.)하지 마세요."

⑫ 문 선생님은 한뫼가 좋아하는 통닭을 먹으러 가자며 듣는 사람의 취향을 고려하여 이야기를 시작하고 있다.

⑬ 한뫼는 봄뫼가 자신이 봄뫼의 암탉을 죽이려는 사실을 일러바쳤다고 생각한다.

"암탉에 대해서도 염려 안 할 수 있었으면 싶은데."

"선생님, 전 그 암탉을 죽여 버리고 싶어요. 먹어 버리고 싶은 게 아니라 죽여 버리고 싶어요."

"왜?"

"봄뫼의 암탉뿐 아니라 선생님이 6학년 아이들한테 나누어 준 서른 마리의 암탉을 모조리 죽여 버리고 싶어요.🅑"

"한뫼야, 왜 그러고 싶은가 말해 보렴.🅖 아무리 짐승이지만 살아 있는 목숨을 죽이고 싶은 것은 독한 마음이고, 독한 마음은 오래 품고 있을수록 품은 사람의 심정만 해칠 뿐이란다."

"봄뫼가 도시로 여행 가는 것을 못하게 하고 싶어서요.🅗 꼭 도시 구경을 하고 싶다면 낟알을 팔아 보낼 수도 있어요. 닭을 길러 달걀을 팔아 노자삼는 일만은 막아야 해요."

"너도 그렇게 해서 여행을 갔었고, 너는 그 때 그 일에 열성이었는데……?"

"그랬어요. 도시에 가 보기 전까지는요. 그러나 가 보고 나서 마음이 변했어요."

"무엇이 네 마음을 변하게 했는지 말해 줄 수 없겠니?"

"민박한 집🅘에서 본 텔레비전이 문제였어요."

"텔레비전? 난 또 뭐라고."

문 선생님은 소리 내어 웃었습니다.

"웃지 마세요, 선생님."

"텔레비전에서 뭘 봤는지 모르겠다만 그 때만 해도 우리

여러분, 집중해야 해요!

'국어 굽신' 선생님

🅔 암탉에 대한 부정적 감정을 직접적으로 드러내고 있다.
🅕 단순히 봄뫼의 암탉에 대한 부정적 감정이 아니라 암탉에 대한 부정적 감정이 직접 드러나고 있다.
🅖 문 선생님은 한뫼의 행동에 꾸짖기 보다는 왜 그런 생각을 했는지에 대해 경청하는 태도를 보이고 있다.
🅗 한뫼가 암탉을 죽이려고 한 이유다.
🅘 한뫼가 도시로 여행을 할 때 묵었던 집이다.

마을에 텔레비전은 한 대도 없었으니, 그 구경이 신기하기도 했겠지. 그러나 그 후 2년 동안에 우리 마을에도 텔레비전이 세 대나 생겼어. 이제 그 구경을 신기해 할 아이는 아무도 없어.[19]"

"선생님, 선생님은 정작 중요한 걸 안 물어 보시는군요.[20]"

"아참, 넌 거기서 뭘 보았니?"

"깜짝 놀랄 재주부리기 쇼라는 걸 보았어요. 열 자리도 넘는 수를 열 번도 넘게 더하는 계산을 눈 깜짝할 사이에 해치우는 여학생도 보고, 아무런 연장도 없이 입 하나로 이 세상의 온갖 새 소리, 짐승 소리, 기계 소리, 총 소리, 대포소리를 내는 아저씨도 보았어요. 그리고……."

한뫼는 어두운 얼굴로 말끝을 흐렸습니다.

"그리고?"

문 선생님은 더욱 침을 삼키며 한뫼의 다음 말을 재촉했습니다.

"그리고 한자리에서 달걀을 백서른 개나 먹는 아저씨도 보았어요.[21] 그 아저씨는 어찌나 달걀을 빠르게 먹던지 옆에서 깨뜨려 주는 사람이 미처 못 당할 정도였어요. 그렇지만 그 뱃속 큰 아저씨도 백 개를 넘게 먹고 나서부터는 삼키기가 괴로운지 계란 흰자위는 입아귀로 줄줄 흘리면서 목을 괴롭게 빼고는 억지로 먹더군요. 민박한 집 아이들은 손뼉을 치며 재미나 하는데, 저는 이상하게 울고 싶었어요."

"그 때 왜 울고 싶었는지 지금 생각나니?"

"생각나고말고요. 그 동안 도시의 인상(사람의 얼굴 생김새와 골격)은 희미해졌지만 그 일만은 어제 일처럼 생생한걸요. 그 때 저는 제 여행비가 된 제 암탉이 낳은 소중한 달걀에 대해서 생각했어요. 저는 제 달걀을 고스란히 모으기 위해 얼마나 많이 제 동생들을 때리고 쥐어박았는지 몰라요. 특히 봄뫼는 어찌나 날쌔

[19] 문 선생님은 우리 마을에 TV가 없었던 때와 현재 TV가 집집마다 있는 상황이 다름을 이야기하며 한뫼의 행동이 TV 때문이라고 짐작하고 있다.
[20] 한뫼가 TV가 있고 없고가 중요한 것이 아니라는 것을 이야기한다.
[21] 도시에 대한 한뫼의 기대와는 달리 실망감으로 바뀌는 순간이고, 도시에 대한 부정적인 생각을 하게 된 결정적인 계기가 된다.

국어 공산 선생님

게 달걀을 훔쳐가는지, 아마 제일 많이 쥐어박혔을 거예요. 귀여운 누이 동생이 굴뚝 모퉁이에서 서럽게 훌쩍이건 말건 아랑곳하지 않을 만큼 그 때 저에게 있어서 달걀은 무엇보다도 소중한 거였어요. 그런 달걀이 도시 사람한테 마구 천대받고 웃음거리가 되고 있는 걸 보니까, 꼭 제가 업신여김을 당하는 것처럼 분한 생각이 들었어요.[22] 달걀한테 들인 정성과 그 동안의 세월까지 아울러 무시당했다 싶으면서 이튿날부터는 도시 구경이 도무지 재미가 없었어요. 여행에서 돌아와서 지금까지 쭉 그 때 저를 업신여기던 도시에 대해 어떻게든 앙갚음하지 않으면 안 될 것 같은 생각에 시달리고 있어요. 달걀을 천대하는 것을 구경하며 손뼉 치고 깔깔대던 도시의 아이, 어른, 모든 사람에 대한 앙갚음을 위해서 저는 부모님이 힘겨워하시는 것을 못 본 척 중학교에 갔는지도 몰라요."

"그래? 선생님은 처음 듣는 소리구나. 어디 네 앙갚음의 꿈을 얘기해 보렴."

"무지무지한 부자가 되든지, 무지무지한 권세를 잡든지, 무지무지하게 유명해지든지 해서 저는 도시 사람들을 업신여길 수 있고, 도시 사람들이 저를 우러르고(공경하는 마음을 가지다.) 제 말 한마디에 벌벌 떨게 하고 싶어요."

"그거 참 좋은 생각이로구나.[23] 하지만 ┌그러려면 너무 오랜 세월이 걸리지 않겠니. 그리고 달걀 몇 꾸러미에 대한 앙갚음으로는 너무 지나치지 않을까 몰라. 너무 인색하게 갚아 주는 것도 안 좋지만, 너무 지나치게 갚을 건 또 뭐 있니? 달걀은 달걀로 갚으렴." [24]

"달걀은 달걀로요? 어떻게요?"

"글쎄다. 우리 그걸 생각해 보자꾸나."

문 선생님이 한뫼의 손을 잡았습니다. 한뫼의 손도 한뫼의 얼굴 못지않게 잘생기고 든든합니다. 한뫼의 등은 떡판처럼 널찍하고 믿음직스럽습니다. 문

[22] 시골에서 귀하고 소중하게 여기는 달걀이 도시 사람들에게 천대 받고 웃음거리가 된다고 생각하니 한뫼는 자신이 업신여김을 당하고 있다는 느낌을 받아 화가 났다.
[23] 한뫼의 생각에 공감하며 적극적으로 반응하는 대화를 하고 있다.
[24] 문 선생님은 한뫼의 생각과는 다른 생각을 전하고 있다.

선생님은 한뫼가 대견해 가슴이 뿌듯합니다.

25 　어둠이 썰물처럼 빠르게 계곡을 채우고 두 사람의 발밑에서 넘실댑니다. 봄 밤의 어둠은 부드러울뿐더러 향기롭습니다. 산에서 피는 온갖 꽃들과 잎들과 새순들의 향기가 녹아 있으니까요.

“한뫼야, 봄뫼가 암탉 기르는 일을 훼방 놓지 말고 도와주렴.”

“선생님은 기어코 봄뫼까지 도시의 업신여김을 당하게 하실 셈이군요.**26**”

“아니지. 선생님은 다만 달걀을 달걀로 갚는 일을 도와주려는 것뿐이다.”

문 선생님이 소년처럼 뽐내면서 말했습니다. 좋은 생각이 떠올랐나 봅니다.

“선생님 생각을 말씀해 보세요.”

27 　“암탉을 잘 먹이고 잘 돌봐서 알을 많이 낳게 하는 거야. 아직 어리지만 다 자랐어. 곧 알을 낳기 시작할 거야. 형제 간에 싸워가면서라도 달걀을 잘 모았 다가 팔아서 여비(여행하는 데 드는 비용)를 마련해야지. 숙박비는 언제나처럼 민박으 로 할 테니까 칠 것도 없고…….”

“선생님까지 결국은 절 업신여기시는군요.”

한뫼가 일어섰다. 어둠 때문일까, 한뫼는 의젓해 보이기보다는 오히려 퍽 쓸쓸해 보였다. 문 선생님도 따라 일어서서 한뫼의 어깨를 안아 토닥거리며 다시 앉혔다.

28 　“그렇지만 여행하는 사람이 바뀔 거야. 금년엔 우리 반 아이들이 도시로 여 행하는 게 아니라 우리 반 아이들이 도시 아이들을 초청하는 거야. 우리가 여 비까지 부담해 가면서 말야. 왜 진작 그런 생각을 못 했을까. 이건 진짜 기막힌 생각이야. 네 덕이다. 한뫼야, 고맙다.”

문 선생님 혼자 뛸 듯이 기뻐할 뿐, 한뫼는 여전히 우울해 보입니다.

“기발한 생각이군요. 선생님, 그렇지만 좋은 생각은 못돼요. 편안한 방에 앉

‘국어 공산’ 선생님

25 소설의 시간적 배경 봄밤을 서정적으로 묘사하고 있다.

26 봄뫼도 달걀을 모아 도시로 수학여행을 가면 한뫼가 느낀 감정과 똑같은 감정을 느 낄 것이라 이야기하고 있다.

27 문 선생님이 생각한 ‘달걀을 달걀로 갚는 법’이다.①

28 문 선생님이 생각한 ‘달걀을 달걀로 갚는 법’이다.②

아서 초콜릿을 야금야금 핥으며, 주스를 찔끔찔끔 마시며, 달걀을 한꺼번에 백서른 개씩 먹는 쇼를 보고 깔깔대던 아이들을 이 두메 산골에 데려다 어쩌겠다는 거죠?"

"우선 달걀을 보여 줘야지. 그들이 보고 배운 달걀과는 또 다른 달걀을. 너도 도시에 가서 우리가 보고 배운 달걀의 쓸모와는 전혀 다른 달걀의 쓸모를 배웠지 않니? 너는 네가 새롭게 배운 것에 대해 후회하거나 업신여기는 마음을 가져선 안 된다. 사물을 바르게 이해하기 위해선 그 사물의 헤아릴 수 없이 많은 쓸모에 대해 골고루 알아 두는 게 좋아. 아마 도시 아이들도 놀랄 거야. 그들이 천대하고 웃음거리로 삼던 달걀이 얼마나 값어치 있게 쓰여지는가를 알면."  ㉙

"그것 때문에 여기까지 도시 아이들을 부를 건 없잖아요. 우린 도시에서 달걀만 본 게 아니라 별의별 걸 다 보았는데, 이 두메에 뭐가 있다고……!㉚"

"이 두메에 없는 것이 뭐 있니? 나는 도시 사람들이 달걀을 업신여기는 것보다 네가 우리가 가진 것을 업신여기는 것이 더 섭섭하다."

"도시엔 문명이 있어요."

"두메엔 자연이 있다."㉛

"우리가 문명을 보고 깜짝깜짝 놀랄 때마다 도시 아이들은 우리를 시골뜨기(견문이 좁은 시골 사람을 얕잡아 이르는 말) 취급했어요."

"당연하지. 우린 시골뜨기니까. 이번에 도시 아이들이 자연을 보고 깜짝 놀랄 차례다. 그러면 우린 개네들을 서울뜨기 취급하자꾸나."

"그건 재미없을 거예요."

"왜?"

"개네들은 더욱 으스댈 테니까요."

"우리의 마음 속에 시골뜨기보다는 서울뜨기가 더 잘났단 마

㉙ 도시 아이들에게 자연의 소중함을 깨달을 기회를 주고자 한다.
㉚ 한뫼는 도시에 비해 두메가 가치 없는 곳이라 생각하고 있다.
㉛ 도시와 두메의 대조적인 특징을 한뫼와 문 선생님이 각각 이야기 하고 있다.

'국어 공신' 선생님

음이 있으면 개네들은 으스댈 테고, 시골뜨기나 서울뜨기나 각각 길들인 환경이 다를 뿐 어느 쪽이 못나거나 잘나지 않았다는 걸 알고 있으면 결코 개네들은 으스대지 못할 거다.[32]"

"그렇지만 우린 개네들보다 모르는 게 너무 많아요. 개네들 눈엔 우리가 바보처럼 보일 거예요."

"선생님 조카는 도시의 초등학교에서 쭉 반장 노릇만 하는 아이지. 마치 너처럼. 그 녀석이 90점 맞은 자연 시험지를 보니까 글쎄 콩은 외떡잎 식물, 옥수수는 쌍떡잎 식물이라고 바꾸어 썼더구나. 자연 시험 보기 전날 밤새도록 달달 외우고도 그런 실수를 하다니, 넌 그 녀석이야말로 바보라고 생각하지 않니?"

"도시에 있는 '어린이의 낙원'이란 공원은 참으로 아름다웠어요.[33]"

"나도 안다. 우리나라에 있는 공원 중에서 가장 잘 꾸며진 공원으로 누구나 그 곳을 손꼽지. 왜 그런 줄 아니? 그 공원이 가장 자연에 가깝게 꾸며졌기 때문이야. 가장 교묘하게 자연의 흉내를 냈기 때문이지. 그러나 흉내는 진짜만은 못하지. 아마 도시 아이들은 이 곳의 진짜 자연에 넋을 잃을 게다.[34]"

"그 곳의 분수는 참으로 신기했어요.[35]"

"처음 봤으니까 그렇지. 며칠만 계속해 보면 시들해질걸. 더구나 그 분수가 사람들의 조작에 의해 물이 마르면 아주 꼴사납지. 그렇지만 우리 고장의 선녀폭포가 물 마른 것을 본 일이 넌 없을걸?[36] 너희 할아버지도 그것을 보시진 못했을 거야. 몇천 년을 한결같이 흐르면서도 매일 다르게 흐르지. 그래서 매일 봐도 새롭게 가슴이 울렁거리지 않던"

여러분, 집중해야 해요!

'국어 공산' 선생님

[32] 도시와 두메 중 어느 하나가 더 뛰어난 것이 아닌, 도시와 두메가 가지고 있는 가치와 특징이 모두 있다는 의미로 문 선생님은 한뫼에게 공감을 이끌어 내고 있다.
[33] 도시의 특징이다.① [34] 두메의 특징이다.①
[35] 도시의 특징이다.② [36] 두메의 특징이다.②

"하긴 그래요. 분수가 신기하긴 했지만 선녀폭포를 볼 때처럼 가슴이 울렁대고 피가 맑아지는 것 같은 느낌이 들진 않았어요.[37]"

"거 봐라. 도시 아이들이 선녀폭포를 본다는 것은 우리가 분수를 본 것의 몇 갑절 되는 신비한 경험이 될 거다."

"그렇지만 그 곳 동물원엔 세계 각국의 동물이 없는 거 없이 다 모여 있었어요.[38]"

"세계 각국의 동물을 한자리에서 볼 수 있다는 건 좋은 공부지. 우리 고장에선 다람쥐하고 산토끼하고 노루하고 멧돼지밖에 볼 수 없으니까.[39] 그렇지만 도시의 동물들은 한결같이 우리 속에 있고, 우리 고장의 동물들은 자유롭게 있지 않니. 세계 각국의 동물이 없는 거 없이 모여서 사람들이 만들어 놓은 환경에 길들여져 사는 걸 보는 것도 신기하지만 노루는 노루답게, 다람쥐는 다람쥐답게, 산토끼는 산토끼답게 제 나름의 방법으로 자연 속에서 사는 모습을 보는 것은 더 신기할걸."

"그 곳의 천체 과학관에선 대낮에도 하늘의 별자리를 볼 수 있었어요.[40]"

"도시에선 밤에도 별자리가 안 보인다. 우리 고장에서 볼 수 있는 아름다운 밤 하늘을 우리만 보기에 아까운 것만으로도 도시 아이들을 초대할 만하지 않겠니? 이 고장의 밤 하늘은 도시 아이들에게 가장 놀라운 경험이 될걸." [41]

"그렇지만 선생님, 도시에선 수없는 문명의 이기들이 사람 사는 걸 돕고 있었어요. 우린 그걸 길들이기는커녕 자주 그 이름과 쓸모를 헷갈리고 겁을 내고 했어요. 그럴 때마다 도시 아이들은 우리를 불쌍히 여기는 것 같았고, 우린 무식쟁이가 된 것처럼 주눅이 들었어요."

"도시 아이들은 아마 토끼풀하고 괭이밥하고도 헷갈리는 애천질걸. 한뫼야, 우리가 문명의 이기에 대해 모르는 건 무식한 거고,

[37] 한뫼는 문 선생님의 이야기에 공감하고 인정하며 점차 거리감을 좁혀가고 있다.
[38] 도시의 특징이다.③ [39] 두메의 특징이다.③
[40] 도시의 특징이다.④ [41] 두메의 특징이다.④

'국어 공신' 선생님

도시 아이들이 밤나무와 떡갈나무와 참나무와 나도밤나무와 참피나무와 물푸레나무와 피나무와 가시나무와 은사시나무와 가문비나무와 전나무와 삼나무와 잣나무와 측백나무[42]에 대해 모르는 건 유식하다는 생각일랑 제발 버려야 한다. 그건 똑같이 무식한 거니까, 너희가 특별히 주눅들 필요는 없지 않겠니. 그러나 너희들은 싫건 좋건 앞으로 문명과 만나고 길들여질 테지만, 도시 아이들에게 있는 그대로의 자연과 만나 가슴을 울렁거릴 기회는 좀처럼 없을걸. 그런 경험을 놓치고 어른이 되어 버리면 너무 불쌍하지 않니. 바로 그런 소중한 경험을 너희들은 도시 아이들한테 베풀 수가 있어. 달걀로 말이다.[43]"

한뫼는 더 이상 말대답을 하지 않고 선생님의 얼굴을 물끄러미 바라보기만 했습니다. 선생님의 얼굴은 어둠 속에서도 달덩이처럼 환합니다.

"인석아, 왜 그렇게 쳐다봐? 선생님 얼굴에 뭐 묻었냐?"

"아뇨. 우리나라에서 제일가는 선생님의 얼굴을 마음 속에 새겨 두려고요.[44]"

"인석아, 달걀을 달걀로 갚으려는 생각은 내가 한 게 아니라 네가 한 거야."

42 두메에 있는 자연을 의미한다.
43 문 선생님은 한뫼와 이야기 하며 달걀을 달걀로 갚는 방법에 대해 의견을 공유하고 있다.
44 문 선생님을 존경하는 마음이 드러난다.

'국어 공신' 선생님

1 작품 소개

<달걀은 달걀로 갚으렴>은 1970년대를 배경으로 어느 두메 산골 마을에 사는 한뫼와 학교 선생님인 문 선생님의 대화를 통해 두메와 도시 모두 가치 있고 소중한 곳임을 알게 해주는 소설이다. 두 사람의 대화를 통해 말하는 이와 듣는 이의 태도에 대해 생각해볼 수 있고, 의견 차이를 좁히며 의미 공유를 하는 방법에 대해 배울 수 있는 작품이다.

2 핵심 정리

○ 다음 내용에서 괄호 안에 알맞은 답을 쓰시오.

갈래	현대 소설, 단편 소설, 성장 소설
성격	교훈적, 성찰적
배경	1970년대, 두메 산골
시점	전지적 작가 시점
주제	세상의 모든 존재는 고유한 (㉠)가 있다.
특징	1) 도시와 두메에 대한 (㉡)를 이야기한다. 2) 한뫼와 문 선생님의 (㉢)를 통해 내용이 전개되고, (㉣)차이를 좁히고 있다. 3) 한뫼와 문 선생님의 (㉤)공유가 원활하게 이루어지고 있다.

3 이 글의 짜임

○ 다음 내용에서 괄호 안에 알맞은 답을 쓰시오.

발단	한뫼가 봄뫼의 수학여행 비용을 마련하기 위해 준비한 암탉을 (㉠) 한다.
전개	한뫼는 자신이 수학여행 때 TV 쇼에서 본 달걀 먹는 아저씨를 보고 두메 자연에서 키운 달걀이 (㉡) 받는 것 같아 매우 속상해한다.
위기	문 선생님은 한뫼와 대화를 하며 달걀을 달걀로 갚기 위한 방법을 제시하고 두메 산골로 도시의 아이들을 (㉢)해보자고 한다.
절정	문 선생님은 한뫼에게 도시와 두메가 가진 각각의 소중한 (㉣)를 일깨워준다.
결말	한뫼는 문 선생님이 한 말의 의미를 깨달으며 생각이 (㉤)하고 있다.

◈ 그래픽 구조로 글의 짜임 한 번 더 이해하기

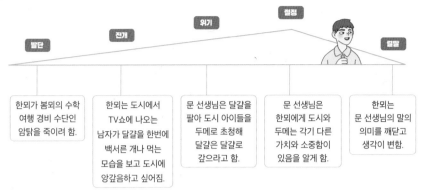

발단	전개	위기	절정	결말
한뫼가 봄뫼의 수학 여행 경비 수단인 암탉을 죽이려 함.	한뫼는 도시에서 TV쇼에 나오는 남자가 달걀을 한번에 백서른 개나 먹는 모습을 보고 도시에 앙갚음하고 싶어짐.	문 선생님은 달걀을 팔아 도시 아이들을 두메로 초청해 달걀은 달걀로 갚으라고 함.	문 선생님은 한뫼에게 도시와 두메는 각기 다른 가치와 소중함이 있음을 알게 함.	한뫼는 문 선생님의 말의 의미를 깨닫고 생각이 변함.

4 소설 속 인물의 말하기 방식과 태도

1 한뫼와 문 선생님의 말하기 방식과 듣기 태도

등장인물의 말과 행동		말하기 방식과 듣기 태도	
"이번 공일에 선생님하고 읍내로 같이 통닭 먹으러 갈래?"	㉮	㉠	선생님에 대한 존경심이 드러나며 한뫼 자신의 진실된 마음을 전달하고 있다.
(한뫼가 부자되든, 권세를 잡든 도시 사람들이 자신을 우러르게 하고 싶다는 말에) 선생님은 "그거 참 좋은 생각이로구나." 라고 말한다.	㉯	㉡	한뫼의 생각에 공감하며 적극적으로 반응하는 대화를 하고 있다.
한뫼는 도시에서 TV쇼에 나오는 남자가 달걀을 한번에 백서른 개나 먹는 모습을 보고 올고 싶다고 말한다.	㉰	㉢	한뫼 자신의 생각을 구체적으로 이야기하며 의견 전달을 하고 있다.
우리나라에서 제일가는 선생님의 얼굴을 마음 속에 새겨 두려고요.	㉱	㉣	청자의 취향을 고려한 말하기 방식을 활용하고 있다.

❷ 사건 전개에 따른 '한뫼'의 심리변화 살펴보기

○ 다음 '한뫼'에 대해 SNS에서 대화 하듯 작성해보세요.

그룹 채팅('한뫼' 의 심리) 🔍 ☰

국어 공신

> 한뫼는 왜 봄뫼가 달걀을 팔아 도시로 수학여행 가는 것을 막아야 한다고 했을까?

> 한뫼는 (㉠   )를 마련하기 위해 암탉이 낳은 소중한 달걀을 보호하기 위해 노력했는데 도시에 오니 TV쇼에서 (㉡   )사람을 보고 실망감이 컸기 때문이야.

한뫼

국어 공신

> TV쇼에 나온 아저씨를 보고 한뫼는 울고 싶다고 했어. 그 이유는 무엇일까?

> 나에겐 여행경비 마련을 위한 소중한 달걀이었는데 도시 사람들에게 웃음거리밖에 안되는 것을 보고, 꼭 내가 (㉢   )을 당하는 것 같아 울고 싶었던거야.

한뫼

국어 공신

> 그래서 선생님은 한뫼가 도시에서 겪은 일을 듣고는 어떤 제안을 했어?

> (㉣
>   )

한뫼

국어 공신

> 한뫼와 선생님의 대화에서 도시와 두메의 가치를 어떻게 표현했어?

> 도시에는 (㉤   )이 있다고 했어. 하지만 선생님은 그것을 자연을 흉내 낸 것일 뿐이라고 했지. 또 도시 아이들은 (㉥   )을 잘 모르기 때문에 도시 아이들에게 (㉦   )소중한 기회를 베풀도록 하자고 했어.

한뫼

⊕ [   ] ☺ #

❸ 인물과 공감하기

○ 문 선생님과 한뫼의 대화를 통해 느낀 점을 간단한 메시지로 정리해 봅시다.

5 '한뫼'의 뇌 구조

○ 책 내용을 참고하여 '한뫼'의 뇌 구조를 자유롭게 작성해봅시다.

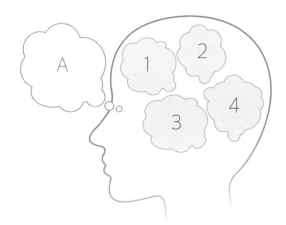

Ⓐ - 도시에 다녀와서 난 참 많은 걸 느꼈어!

1 - 봄뫼를 (㉠   )에 보내지 않을 거야!

2 - 부자가 되든, 권세를 잡든, 유명해지든 도시 사람들이 내 말 한마디에
(㉡   )하고 싶어!

3 - 도시나 두메 어느 한쪽이 뛰어난 것이 아니라 둘 다 각각의 (㉢   )
가 있어!

4 - 도시 아이들을 초대해 (㉣   )의 소중함을 보여주자!

6 작품 깊이 이해하기

1 문학 이론 살펴보기

⊙ 듣는 이와 말하는 이

듣는 것과 말하는 것은 우리가 대화할 때 매우 중요한 요소다. 듣는 이와 말하는 이가 서로 말을 주고 받으면서 협력적인 생각 나누기 활동이라고 생각하면 된다. 대화를 통해 서로의 (㉠   )을 변화하게 하고, (㉡   )를 좁혀나가며 새로운 생각을 할 수 있도록 돕는다.

듣기와 말하기를 하며 어떤 문제의 (㉢   ) 방법을 찾을 수 있고 서로 다른 생각을 공유하며 점차 맞춰가기도 한다. 서로 달랐던 (㉣   )과 (㉤   )을 하나로 모을 수도 있다.

1 듣는 이: 듣는 이는 말하는 이의 (㉥   )를 파악하면서 듣는다. 상대방의 말을 귀 담아 들어야 하고, 상대의 말에 적극적으로 (㉦   )하며 들어야 한다.

2 말하는 이: 말하는 이는 듣는 이를 (㉧   )과 (㉨   )를 고려해서 이야기를 전달해야 하고 자신의 생각을 구체적으로 말한다.

2 작품 살펴보기 (서·논술형)

❶ 한뫼가 도시여행을 다녀오기 전과 후의 생각변화를 서술하세요.

✎

❷ 한뫼와 문 선생님이 생각하는 '달걀을 달걀로 갚는 방법'에 대한 갈등은 무엇인가요?

✎

❸ 도시에 대한 한뫼의 생각이, 문 선생님과 이야기하기 전과 후 어떻게 변화하였나요?

✎

❹ <달걀은 달걀로 갚으렴>에 나타난 인물의 생각이나 내용의 의미를 서술하세요.

① 한뫼가 생각하는 도시는?
✎
② 문 선생님이 한뫼와 공유하고 싶었던 내용은?
✎
③ 문 선생님이 도시 아이들을 초대해서 일깨워주고 싶어 하는 것은?
✎

7 토론하기

○ 다음 논제를 파악한 후 주장과 이유를 서술하세요.

논제 : '도시와 두메' 어느 곳이 더 좋다고 생각하나요? (도시 VS 두메)

논제	도시	두메
주장		
근거		

간단히 내용 파악하기 ------------------------------

○ 다음 문제를 읽고 올바른 내용에는 O, 틀린 내용에는 X 표시를 하시오.

1 봄뫼와 한뫼는 모두 도시로 수학여행을 다녀왔다. [O | X]

2 한뫼는 도시에서 TV쇼에 나오는 남자가 달걀을 한번에 입에 넣는 것을 보고 도시 사람들은 대단한 능력을 가졌다며 칭찬했다. [O | X]

3 한뫼는 도시 사람들에게 앙갚음을 하려고 했다. [O | X]

4 "봄뫼의 암탉뿐 아니라 선생님이 6학년 아이들한테 나누어 준 서른 마리의 암탉을 모조리 죽여 버리고 싶어요."라고 말한 한뫼의 말을 들은 문 선생님은 한뫼를 매우 혼냈다. [O | X]

5 한뫼와 문 선생님의 말하기 방식은 문 선생님의 일방적인 말하기 방식을 보여준다. [O | X]

○ 다음 문제를 읽고 올바른 답을 간단히 서술하세요.

1 한뫼가 암탉을 죽이려고 한 까닭은 무엇인가요?

2 한뫼가 중학교에 진학한 까닭은 무엇인가요?

3 한뫼가 도시에 대한 생각이 기대감에서 실망감으로 바뀐 이유는 무엇인가요?

4 한뫼가 도시여행에서 TV쇼를 보고 실망한 이유는 무엇인가요?

5 도시의 특성과 두메의 특성은 무엇인가요? (한 문장으로 쓰세요.)

실전 문제로 작품 정리하기 ------------------

1 문 선생님이 한뫼에게 "이번 일요일에 선생님하고 읍내로 같이 통닭 먹으러 갈래?"
라고 한 이유에 대해 옳은 것은?

여러분 꼭
알아야 해요!

ZAP!

    ① 문 선생님은 한뫼가 통닭을 좋아하는지 알아보려고 한다.

    ② 문 선생님은 듣는 이의 취향을 고려하여 말하려 한 것이다.

    ③ 문 선생님이 통닭을 좋아하지만 같이 먹으러 갈 사람이 없다.

    ④ 문 선생님이 통닭을 먹으며 한뫼에게 재미있는 이야기를 해주려고 하기 때문이다.

    ⑤ 한뫼가 암탉을 죽이려고 했기 때문에 통닭을 먹으면 그런 마음이 사라질 것 같았기
때문이다.

2 <달걀은 달걀로 갚으럼>에 대한 올바른 설명은?

    ① 한뫼는 점순네 수탉을 죽이려 한다.

    ② 문 선생님은 한뫼의 말에 메모하며 듣는다.

    ③ 한뫼는 읍내 통닭집에서 열심히 일한 돈으로 도시 여행을 갔다.

    ④ 도시에 다녀온 한뫼는 더 이상 도시에 대한 기대감이 없다. 오히려 실망감이 크다.

    ⑤ 이 소설은 봄뫼와 선생님의 대화를 통해 서로에 대한 거리감을 점차 좁히고 있다.

3 문 선생님이 생각한 '달걀을 달걀로 갚는 방법'에 관한 설명으로 옳은 것은?

여러분 꼭
알아야 해요!

ZAP!

    ① 암탉과 수탉 모두 시장에 가져가 파는 것이다.

    ② 암탉이 낳은 달걀을 매일 시장에 가져다 파는 것이다.

    ③ 도시의 아이들을 두메로 초대하여 자연의 소중함을 깨닫게 한다.

    ④ 도시의 아이들과 두메의 아이들이 만나 도시와 자연에 대한 토론을 연다.

    ⑤ 두메의 아이들이 도시로 가서 자연의 소중함이 얼마나 위대한지를 발표한다.

4 한뫼에 관한 설명으로 옳지 <u>않은</u> 것은?

    ① 한뫼는 봄뫼의 오빠다.

    ② 한뫼는 문 선생님 말을 점차 인정한다.

    ③ 한뫼는 도시에 있는 문명이 좋은 이유를 설명했다.

    ④ 한뫼는 도시와 두메가 각각의 가치를 지니고 있음을 스스로 깨달았다.

    ⑤ 한뫼는 권력을 갖든, 부자가 되든, 인기를 얻든 해서 도시에 꼭 앙갚음을 하겠다고 했다.

글쓰기 --

1 갈등 상황이 발생했을 때 갈등을 증폭 시키지 않고 처리할 수 있는 대화방법으로 '나-전달법'이라는 방식이 있습니다. 다음 <보기>를 참고하여 구체적인 갈등 상황에서 자신의 감정을 진솔하게 표현하여 상호 협력적인 갈등 상황을 어떻게 풀어낼지 다음 질문에 답하세요.

보기

대인 관계 의사소통에서 '나-전달법' 또는 '나 진술'은 말하는 사람의 감정, 가치, 신념에 대한 주장이다. 일반적으로 '나'로 시작하는 주어 문장으로 표현한다.

사건		감정		기대
'나'가 어떤 문제로 인식한 상대의 잘못이나 행동, 상황 등을 이야기한다.	➡	사건에 대한 자신의 감정을 솔직히 이야기한다.	➡	이전에 경험하고 느꼈던 감정을 반복적으로 겪고 싶지 않아 상대방의 행동이나 상황을 이야기한다.

예시

내가 중학교 때 친구들과 크게 싸워서 진 이야기를 너는 다른 친구한테 말했더라! 나는 그때 그 일 이후 큰 트라우마에 시달려서 다시는 그 이야기를 꺼내고 싶지 않았고 다른 친구들에게도 알려지는 게 싫어서 너무 속상했어. 그러니까 앞으로는 그 일에 대해 다시는 다른 친구들에게 말하지 않았으면 좋겠어.

---

❶ 위 <보기>를 참고하여 '나-전달법'에 대한 자신만의 예시를 작성해보세요.

❷ 위에서 여러분이 작성한 1)번 문제의 이야기를 토대로 서로 거리감을 좁혀가는 대화형식의 짧은 이야기를 만들어 보세요.

대화는 말하는 사람과 듣는 사람이 함께 의미를 만들어 가는 과정이야!

〈달걀은 달걀로 갚으렴〉은 한뫼와 문 선생님의 대화를 통해 서로의 거리감을 점차 좁혀가는 형식의 소설입니다. 두 인물이 대화를 나누는 과정에서 달걀을 달걀로 갚는 방법에 담긴 의미를 서로 공유하고, 이해하며 간극의 차이를 점차 좁혀갑니다. 결국 두 사람은 만족스러운 합의점을 이끌어 냅니다. 상대와 어떤 의견의 차이가 있다면 이 소설을 읽으며 진정한 합일점을 찾을 수 있는 방법, 대화법을 배울 수 있습니다. 그리고 만약 내가 문 선생님이었다면 어떻게 한뫼에게 마음을 나누는 대화법을 시도해 볼 것인지 깊이 생각해보는 시간도 가져보면 좋겠습니다.

또한 도시와 두메의 가치 비교는 더할 나위 없이 좋은 공부입니다. 누구에게는 도시의 문명이 더 좋고, 또 누구에게는 자연이 있는 두메가 더 좋을 수 있습니다. 이들의 특성 비교를 통해 다시 한번 도시와 자연이 가진 가치를 생각할 수 있었던 기회였습니다. 여러분은 어떤 가치가 더 뛰어나다고 생각하나요? 각각이 가진 가치의 매력을 생각해보면 쉽게 결정하기 힘들 것입니다.

우리는 누구나 낯선 지역을 경험합니다. 어쩌면 그곳이 우리에게는 너무도 좋은 기억으로 남을 수도 있지만 한뫼처럼 나쁜 상황에 맞닥뜨릴 수도 있습니다. 단 한 번의 나쁜 기억이 오랜 트라우마로 남을 경우 쉽게 잊혀지지 않는 경우도 있지만 한뫼가 말한 것처럼 복수심에 불타서 나쁜 마음을 먹을 수도 있습니다. 물론 한뫼는 그 복수심으로 자신이 꼭 성공하겠다는 다짐을 합니다. 도시의 아이, 어른, 모든 사람에 대한 앙갚음을 위해서 부모님이 힘겨운 삶을 사는데도 꼭 중학교에 진학해서 보란 듯이 성공하겠다는 한뫼의 생각은 참 귀엽기도 하지만 한편으로는 안타깝기도 합니다.

이 작품은 한뫼의 여러 상황들을 되짚어가며 행동과 상황, 그리고 대화의 여러 요소를 깊이 있게 공부해볼 수 있습니다. 꼼꼼하게 읽어보시기 바랍니다.

✦ 내가 그린 히말라야 시다 그림 ✦

0의 '나' [백선규]

작가에 대해 알아볼까요?

성석제
(1960~)

성석제(1960.7.5.~) 작가는 경북 상주에서 태어났다. 1991년 첫 시집 〈낯선 길에 묻다〉를 펴냈고, 1994년 소설집 〈그곳에는 어처구니들이 산다〉를 시작으로 작가의 길에 들어섰다. 1995년 계간 〈문학동네〉에 단편소설 〈내 인생의 마지막 4.5초〉를 발표하면서 주목받기 시작했고, 1996년 첫 소설집 〈새가 되었네〉를 펴냈다. 작품마다 독특한 재미와 웃음을 주기도 하지만, 재미적 요소를 통해 사회를 날카롭게 비판하는 작품들도 많다. 다양한 소재로 자유로운 서사창작 활동을 활발히 하는 작가이다.

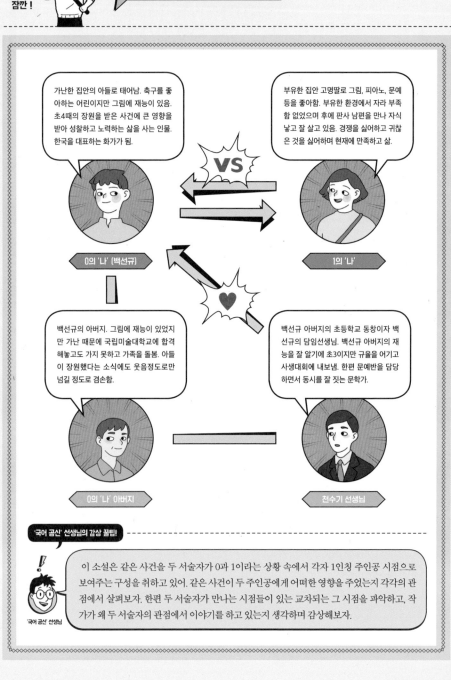

가난한 집안의 아들로 태어남. 축구를 좋아하는 어린이지만 그림에 재능이 있음. 초4때의 장원을 받은 사건에 큰 영향을 받아 성찰하고 노력하는 삶을 사는 인물. 한국을 대표하는 화가가 됨.

부유한 집안 고명딸로 그림, 피아노, 문예 등을 좋아함. 부유한 환경에서 자라 부족함 없었으며 후에 판사 남편을 만나 자식 낳고 잘 살고 있음. 경쟁을 싫어하고 귀찮은 것을 싫어하며 현재에 만족하고 삶.

VS

0의 '나' [백선규]

1의 '나'

백선규의 아버지. 그림에 재능이 있었지만 가난 때문에 국립미술대학교에 합격해놓고도 가지 못하고 가족을 돌봄. 아들이 장원했다는 소식에도 웃음정도로만 넘길 정도로 겸손함.

백선규 아버지의 초등학교 동창이자 백선규의 담임선생님. 백선규 아버지의 재능을 잘 알기에 초3이지만 규율을 어기고 사생대회에 내보냄. 한편 문예반을 담당하면서 동시를 잘 짓는 문학가.

0의 '나' 아버지

천수기 선생님

'국어 공신' 선생님의 감상 꿀팁!

'국어 공신' 선생님

이 소설은 같은 사건을 두 서술자가 0과 1이라는 상황 속에서 각자 1인칭 주인공 시점으로 보여주는 구성을 취하고 있어. 같은 사건이 두 주인공에게 어떠한 영향을 주었는지 각각의 관점에서 살펴보자. 한편 두 서술자가 만나는 시점들이 있는 교차되는 그 시점을 파악하고, 작가가 왜 두 서술자의 관점에서 이야기를 하고 있는지 생각하며 감상해보자.

내가 그린 히말라야 시다 그림

때로는 진실이 숨을 때

0[1]

그때[2] 말해야 했을까? 아니, 모르겠어. 다시 그때가 된다면 내 입으로 말할 수 있을까. 아니 그것도 몰라. 내가 아는 건 내가 말할 수 있었지만 말하지 않은 그 일 때문에 내 삶이 달라졌다는 거야. 그래, 달라졌어. 그 일이 아니었다면 나는 다른 직업을 가졌겠지.[3] 남을 속이는 교활한 장사꾼? 명령에 충실하게 따르는 군인? 뭘 했을지는 몰라도 지금처럼 그림을 그리고 있지는 않겠지.

그 일이 일어난 건 내 탓이 아냐. 그건 확실히 그렇다고 말할 수 있어. 우연이야. 아니 누군가의 실수지. 내 실수는 아니라구.

나는 그림에 천재적인 재능이 있어. 겉으로 보면 그래. 지금 내가 그린 그림이 우리나라에서 가장 유명한 화랑의 벽을 장식하고 값비싸게 팔리고 있는 것만 봐도. 이런 척도(평가하거나 측정할 때 근거로 삼는 기준)를 속물(교양이 없거나 식견이 좁고 세속적인 일에만 급급한 사람)적이라고 해도 할 수 없어. 사실이 그러니까. 내가 재능이 없으면 내 그림을 산 사람들이 엄청나게 손해를 보게 되겠지. 그러니까 아무도 의심하지

1 '0'의 이야기가 시작된다. 초등학교 3학년 때 '나'의 아버지와 천수가 선생님이 만난 일을 회상한다.
2 초등학교 4학년 때로, 소설의 절정부분에 서술된 사건이 일어난 때이다.
3 '그 일'이 '나'의 인생에 큰 영향을 미치게 된 부분이다. '화가'라는 직업을 가지게 된 계기를 말한다.

내신 준비!

'국어 공신' 선생님

않아.

나 혼자 내 재능을 의심하지. 나를 의심해 왔지. 그날 그 일이 있은 뒤부터.❹ 혼자서만, 조용히, 아무도 모르게, 그 누구도, 나를 미술의 길에 들어서게 한 아버지도 모르게, 만난 이후 수십 년 동안 내가 그림을 그릴 때마다 격려하고 내가 벽에 막혀 서성거리거나 좌절할 때마다 나를 위로해 준 내 아내도 모르게. 내게 이런저런 상을 안겨 준 평론가들, 원로들, 스승들이라고 알 수 있었겠어? 나는 이런 내 마음속을 들키지 않으려고 무진 애를 썼지. 내가 타고난 재능을 한 번도 의심해 본 적이 없는 것처럼 말하고 다녔지. 고개를 쳐들고 상대의 눈을 쏘아보며.❻

❺

생각해 봐야겠어. 왜 그 일이 생겨났는지.❼ 그 일은, 그 사건의 싹은 초등학교 3학년 때 자라기 시작했어. 그래, 천수기 선생님. 천 선생님이 내 담임 선생님이 되면서부터야. 선생님은 아버지의 초등학교 동창이었어. 졸업생이 스무 명도 안 되는 학교의 동창. 두 사람은 그 졸업생 중에서도 가장 친한 친구였지. 한 사람은 교사가 되었지만 한 사람은 그렇게 되고 싶어 하던 화가가 못 되고 농사를 짓는 사람이 되었어. 졸업한 이후 각자 서른 살이 되기까지 만나지 못 했지만 서로를 잊지는 않고 있었지.

여러분, 집중해야 해요!

'국어 공신' 선생님

아버지는 염소를 팔러 나갔다가 장터에서 선생님과 마주쳤어. 두 사람은 십수 년 만에 만난 어린 시절 친구를 금방 알아보지는 못했어. 선생님은 밀짚모자를 쓰고 흙탕물이 튄 옷을 입은 농부에게서 어린 시절 친구의 모습을 떠올리면서 그의 행동을 유심히 바라보고 있었지. 선생님이 지켜 보는 동안 아버지의 염소가 팔렸고 아버지는 돈을 손에 든 채 읍내

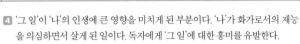

❹ '그 일'이 '나'의 인생에 큰 영향을 미치게 된 부분이다. '나'가 화가로서의 재능을 의심하면서 살게 된 일이다. 독자에게 '그 일'에 대한 흥미를 유발한다.

❺ 아버지, 아내, 평론가, 원로들, 스승들은 '나'가 미술에 대한 재능에 의심을 품고 있는지 모르는 사람들이다.

❻ 자신의 재능을 의심하는 속마음을 들키지 않으려고 더 강한 모습을 보이고 있다.

❼ 과거를 회상한다. '역순행적 구성'을 보이고 있다.

에 하나밖에 없는 화방으로 갔다지. 그걸 보고 선생님은 아버지가 어린 시절 친구라는 걸 확신했지. 군 전체 인구가 20만 명, 읍내에 사는 인구가 5만 명 정도밖에 되지 않는 작은 도시에서 화방까지 가서 그림 재료를 살 사람은 흔치 않았지. 미술 선생님이라면 그럴 수도 있겠지만 아버지는 장화를 신고 염소의 목에 달려 있던 방울을 손에 쥔 농부였어. 선생님은 아버지를 뒤따라 화방 안으로 들어갔고, 두 사람은 거기서 서로에게 남아 있는 어릴 때의 옛 모습을 찾아냈지. 다가가서 손을 맞잡았어.

"자네는 공부를 잘하더니만 결국 공부를 가르치는 선생님이 되었군. 양복과 자전거가 잘 어울려. 어디 사는가?"

선생님이 근무하는 초등학교 근처에 산다고 말하고는 아버지에게 아직도 그림을 그리느냐고 물었어.❽

"어, 내 아들놈이 지금 열 살이야. 난 아버님의 유언 때문에 그림을 포기한 대신 장가는 일찍 갔다네. 그 애가 그림에 재능이 있는지는 모르겠지만,❾ 내가 그래도 한때 그림을 좀 그렸던 사람으로서 재료는 좋은 걸 써야겠기에 우리 형편에는 좀 과분(분수에 넘치게 좋다)하지만 이리로 온 걸세."

아버지는 화방에서 권하는 크레파스와 스케치북을 집어 들었어. 선생님은 아들이 어느 학교에 다니느냐고 물었어. 아버지는 내가 다니는 학교를 말했고 그 학교는 바로 선생님이 막 전근 온 학교였어. 선생님은 마침 3학년 담임을 맡은 터였지.

"그럼 자네 아들 이름이?"

"선규일세, 백선규."

선생님은 소리 내어 웃었지. 선생님 반에 우연히 내가 있었기 때문에. 이 우연 때문에 내 인생이 달라진 걸까. 아니야. 자신이 담임을 맡은 반에 친구의 아들이 있다는 게 흔한 일은 아니라도 있을 수 있는 일이지. 문제는 그 다음이야.

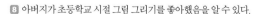

❽ 아버지가 초등학교 시절 그림 그리기를 좋아했음을 알 수 있다.
❾ 아버지는 아들 백선규가 자신을 닮아 그림에 재능이 있다고 생각하는 것은 아니다.

그날 저녁 집에 온 아버지는 내게 말했어.

"읍에서 네 담임 선생님을 만났다. 그 사람이 아버지의 친구더라. 그렇다고 너를 다른 아이들보다 잘 봐줄 거라고 생각하지는 마라. 오히려 이 아비의 얼굴에 먹칠(명예나 체면 따위를 더럽힘)을 하지 않으려면 다른 아이들보다 훨씬 더 노력해야 한다."

다음 날 아침, 조회가 끝난 뒤에 선생님이 나를 부르고는 복도에 세워 놓은 채 말했어.

"네 아버지가 내 친구라는 걸 들었겠지. 그렇지만 선생님은 친구의 아들이라고 봐주지는 않는다. 뭐든지 더 열심히 해야 해. 알았느냐?"

나는 두 사람 모두에게 고개를 끄덕이며 "예." 하고 대답했지만 두 사람의 마음에 들기 위해 뭘 어떻게 열심히 해야 할 줄은 몰랐어. 내가 그때 열심히 하고 싶은 건 딱 한 가지, 열심히 공을 차는 거였어. 나는 축구를 좋아했어. 아이들과 공을 차며 날이 어두워질 때까지 운동장에서 놀다가 집까지 십 리가 되는 길을 여우를 만날까 도깨비를 만날까 무서워하며 달려가는 일이 거의 매일 반복되고 있었어.❿

1⓫

난⓬ 그림을 좋아해. 오늘도 미술관에 나와서 전시된 그림을 보았어. 유명한 전시회가 열리는 미술관이나 박물관은 어쩌다 한 번 가지만 일주일에 한두 번은 화랑과 작은 미술관이 즐비한 거리를 돌아다니지. 걷고 또 걸으며 돌아다

'국어 공신' 선생님

❿ '나'는 선생님과 아버지께 열심히 공부한다고 말했지만, 축구 외에는 특별한 관심이 없었다.

⓫ '1'의 이야기로 '0'의 이야기와 다른 서술자가 이야기한다. 1의 '나'(여기에서 '나'는 '0'의 나와 다른 인물)가 백선규의 그림을 보며 그림에 대한 견해를 밝힌다.

⓬ '1'의 서술자로 이 소설의 또 다른 주인공이다. 서술자의 변화가 있음을 주의해서 읽어야 한다. 1인칭 주인공 시점에서 주인공이 교차되었다. 즉, 같은 사건에 대한 대응 방식이 서로 다르게 나타난다.

니다 눈과 다리가 아프면 찻집 '고갱과 고흐'로 가곤 해.

여기서 따뜻한 커피를 마시면서 창문 밖으로 걸어가는 사람들의 옷차림과 얼굴빛과 하늘의 색깔을 비교해 보지. 사람의 배경이 되는 나무줄기의 빛깔과 나뭇잎을 흔드는 바람에서 무슨 느낌을 얻기도 해.

바람을 그릴 수 있을까? 바람은 보이지 않아서 그릴 수 없어. 하지만 바람 때문에 휘어지는 나뭇가지, 바람에 뒤집히는 우산을 통해 바람을 표현할 수는 있어. 그런 일이 그림이 할 수 있는 영역이라고 나는 생각하곤 해. 그림에 대한 정의라곤 할 수 없지만, 나는 학자도 비평가도 화가도 아니니까. 그냥 그림을 좋아하고 좋은 그림을 바라보고 있으면 기분이 좋아지는 애호가로서 내 마음대로 생각할 거야.⓭

물론 진짜 예술가라면 이 세상에 존재하는 모든 것을 표현할 수 있겠지. 바람도 붙들어서 화폭 안에 고정시키고 구름도 악보 안에 잡아 놓고, 시간도 그렇게 하는 거겠지. 시간, 시간도 무대와 음악과 화폭 속에 붙들어 영원하게 만들겠지. 좋은 그림을 보고 있으면 시간 가는 줄 몰라. 화가는 가는 시간을 화폭에 담아서 잡아 놓고 다른 사람의 시간은 마냥 흘러가도 모른 척 하는 사람일까? 그럴지도 몰라.⓮ 내가 아는 사람⓯이라면, 그렇게 하고도 시치미를 뚝 떼고 "난 잘못한 거 없소." 할 인물이지. 그 사람, 백선규.⓰ 나와 같은 고향 출신이고, 같은 초등학교를 나왔는데 어릴 때부터 상이란 상은 다 받고 다니더니 자라서도 한국을 대표하는 화가⓱가 됐어.

'고갱과 고흐'에도 백선규의 작품이 걸려 있지. 진품은 아니고 몇 년 전 어느 대기업의 달력에 인쇄된 그림을 오려서 액자에 넣은 거지. 그 사람 작품, 저만한 크기에 진품이라면 몇천만 원을 할지 몰라. 그런 작품이 이런 가게 벽에

⓭ 서술자인 '나'가 자신의 특징을 직접 서술하여 1인칭 주인공 시점의 특징을 보이고 있다.
⓮ '나'가 백선규를 떠올리게 하는 계기가 된다.
⓯ 친구에 관한 아빠의 세 번째 일화이다.
⓰ 'Ⓞ'의 서술자인 '나'를 가르킨다.
⓱ 백선규의 현재 모습이다.

걸려 있다가 누군가 재채기를 하는 바람에 콧물이 튀기라도 한다면 어떻게 해. 누가 코딱지를 문질러 붙이면 어떻게 하겠느냐고. 그 사람 작품은 몽땅, 작업실 바깥으로 나오는 대로 특수하게 설계된 수장고(귀중한 것을 간직하는 창고)로 모셔지고 그 안에서 적당한 온도와 습도가 유지되는 가운데 편안히 잠들어 있게 된다지, 아마.⑱

인쇄된 작품이라도 얼마나 정확하게 그린 선인지 보여. ①악마가 그려 준 것처럼 동그랗고 선명한 저 원. 원과 원을 연결하는 실낱같은 저 선. 더없이 흰 바탕, 너무나 희어서 마치 없는 듯한 바탕. 흰 눈보다 더 희고 흰 구름보다 더 희고 흰 거품보다 더 흰 저 흰색. ②영혼을 팔아서 그 대가로 도깨비가 가져다 준 물감을 쓰는 것일까. 그 사람은 어떻게 저 흰색을 만들어 내는지 말하지 않았지. 원과 선을 그리는 저 검은색은 또 얼마나 검은지. 물감의 검은색보다 검고 숯보다 더 검고 천진무구한 소녀의 눈동자보다 더 검은 저 검은색. ③여우 귀신이 그에게 검은색 물감을 가져다주는 것일까. 그는 말한 적이 없어. 그에게는 비밀이 많아 보여.

세상에서 가장 검은 검은색과 세상에서 가장 흰 흰색이 만나, 그의 그림은 보석처럼 벽을 빛나게 하지. 저런 게 예술이 아닐까. 인쇄된 작품이라도 그렇게 보이니 진품은 정말 어떨지 상상이 안 가. 진품이 생산되고 있는 작업실은 아마도 무균실 같을 거야.

0

내 어린 시절 고향 읍내에서는 5월이면 온 군민이 모두 참여하는 군민체전이 열렸지. 공설 운동장 주변에는 임시로 장터가 만들어지고 사방이 잔칫집처럼 떠들썩하지. 풍선이 하늘로 날아오르고 솜사탕 만드는 자전거 바

⑱ 백선규의 작품이 뛰어난 예술성을 인정받고 있다는 것을 알 수 있다.
⑲ 백선규 작품에 대한 '나'의 견해를 보여주고, 백선규의 작품을 극찬하고 있다. 특히 ①~③은 백선규 작품의 예술성과 가치를 강조한 표현이다.

'국어 공산' 선생님

퀴가 윙윙 돌고 어디선가 브라스 밴드^(관악대)의 연주 소리가 쿵쾅쿵쾅 울려 나오고 있어. 브라스 밴드의 연주는 어쩌면 우리들 가슴속에서 대회 기간 내내 울려 퍼지는지도 몰라.❷⁰

공설 운동장 안에서는 예선을 거쳐 올라온 선수와 팀들이 경기를 벌여서 우승자를 가리지. 그렇게 사흘 동안 경기가 벌어지고 내가 좋아하는 축구 결승전은 체육 대회 마지막 날, 토요일 오전에 열렸어. 운동장 곁을 지날 때 사람들의 함성만 들어도 내 가슴이 쿵쾅쿵쾅 뛰었지. 내 발은 스펀지가 들어간 듯이 푹신거리고 어서 달려가서 경기하는 걸 보고 싶다는 마음으로 주먹을 꼭 쥔 손바닥이 아팠지.❷¹ 하지만 초등학교 3학년이던 해 나는 거기에 갈 수 없었어.❷² 선생님이 가지 못하게 했기 때문이지. 내가 축구를 얼마나 좋아하는지 모르니까 그랬겠지만, 몰라서 잘못한 게 잘한 게 되지는 않아. 그 축구 경기를 못 봐서 얼마나 가슴이 찢어질 것 같았는지, 지금도 그 느낌이 생생해. 내가 그걸 얼마나 기다렸는데. 그때 우리 집에는 텔레비전도 없었고 영화를 보러 손을 잡고 극장에 가자는 사람도 없었어. 라디오에서 농촌의 어느 군민 체전 축구 경기를 중계하는 것도 아니었어. 그 때 축구 결승전은 한 번 보지 않으면 영원히 못 보는, 세상에 단 하나밖에 없는, 단 한 번밖에 상영하지 않는 영화 같은 거였어. 그런데 선생님이 그걸 볼 기회를 빼앗아 간 거야.

"넌 이번에 군 학예 대회 초등부 사생^(실물이나 경치를 있는 그대로 그리는 일) 대표로 나가야 한다. 반에서 두 명씩 나가서 학교를 대표하는 거다."

군민 체육 대회가 있는 그 주간에 군 전체의 초중고 학생들이 참가하는 학예 대회가 열리고 그 안에 사생^(그림) 경연 대회가 있는 건 맞아. 일 년 중 가장 큰 문에 행사여서 교장 선생님부터 좋은 성적을 낼 수 있게 조바심^(조마조마하여 마음을 졸임)을 하며 닦달^(몰아대서 다그침)을 하는 대회야. 선생님들은 말할 것도 없이 각 분야별로 좋은 성적을 내게 하려고 노력을 했지. 그림 외에도 서예, 합창, 밴드,

> ❷⁰ 축구 결승전에 대한 '나'의 기대와 설렘을 '간접적'으로 표현했다.
> ❷¹ 축구 결승전에 대한 '나'의 기대와 셀렘을 '직접적'으로 표현했다.
> ❷² '거기에 갈 수 없었어'라는 말에서 특별한 사건(학예 대회 참가)이 전개될 것을 암시한다.

'국어 공신' 선생님

글짓기까지 여러 분야가 있는데 그거야 어떻든 간에, 어디까지나 학예 대회는 4학년 이상만 나가는 대회였어. 그런데 선생님은 자신의 친구 아들이 자신의 친구처럼 그림에 대단한 소질이 있다고 믿었어. 친구는 재능을 살리지 못하고 농사를 짓고 있지만 그의 아들에게 최대한의 기회를 주어야겠다고 생각한 거야. 그런데 그 방법이라는 게 정상적인 게 아니었어. 4학년 담임 선생님 중에 자신과 친한 5반 선생님에게 말해서 그 반의 대표로 나를 내보내기로 한 거야. 물론 나는 대회에 나가서 내 이름을 쓸 수가 없지. 4학년 5반 대표 중 하나로 나가는 거니까. 하긴 대회장에 가서 보니까 이름을 쓸 필요도 없고 써서도 안 되었지. 혹시 심사 과정에 부정이 있을지도 몰라 대회에 참가하는 사람들에게 번호를 미리 주고 참가자는 자신의 작품 뒤에 이름 대신 그 번호를 적게 되어 있었던 거지.㉓ 그거야 어떻든 상관없었어. 나한테 중요한 건 그 대회가 열리는 날이 축구 결승전을 하는 날이었다는 거야. 내가 좋아하는 경찰 대표가 결승전에 올라왔고 결승 상대는 진짜 축구 선수가 여섯 명이나 들어 있는 전문 학교 대표였어.

사생 대회는 공설 운동장에서 그리 멀리 떨어지지 않은 교육청 마당에서 열렸어. 큰 플라타너스 나무 아래에 연못이 있었고 거기에 군의 14개 초등학교에서 대표로 나온 아이들 수백 명이 모여서 그림을 그렸어. 플라타너스와 연못 주변의 풍경을 그리라는 게 과제였어. 나는 공설 운동장에서 함성이 들려올 때마다 목이 메었어. 함성이 되풀이되다가 누군가 골을 넣었는지 크고 긴 함성이 들려왔을 때 눈물을 흘리기까지 했어.㉔ 얼른 그림을 그려서 제출하고 공설 운동장에 가려는 생각도 했지만 시간이 너무 없었어. 결승전이 사생 대회하고 같은 시간에 시작되었으니까 말이야. 최대한 빨리 그려 내고

여러분,
집중해야 해요!

㉓ 사생대회 규정상 이름 대신 번호로 대신한 것은 앞으로 일어날 이 소설의 중요한 내용이다.
㉔ 0의 '나'는 축구를 너무 좋아했기 때문이다.

'국어 금산' 선생님

운동장까지 뛰어간다고 해 봐야 결승전이 거의 끝날 시간이었지. 심사 결과는 그날 오후에 나올 예정이었지. 결국 나는 그 해의 축구 결승전을 보지 못했어. 눈물을 훔치면서 집으로 돌아가야 했어.

이상한 일은 그날 저녁 무렵에 일어났어. 선생님이 자전거를 타고 읍에서 십 리쯤 떨어진 우리 집에 찾아온 거야. 가정 방문을 온 게 아니야. 선생님은 손에 술병을 들고 왔어. 선생님은 아버지를 만나서는 어깨에 손을 얹더니 이렇게 말했어.

"축하하네. 자네 아들이 사생 대회에서 장원을 했어.[25] 열 살짜리가. 보라구. 겨우 열 살짜리가 저보다 몇 살 더 많은 아이들을 다 제치고 일 등을 했다 이 말이야. 그 애들 중에는 따로 그림을 과외로 배우는 애들도 있어. 자네 애는 이번에 크레파스를 처음 잡은 거라면서?"

아버지는 땀 냄새가 폭폭 나는 옷을 젖히면서 친구의 손에서 살그머니 떨어졌어. 그러고는 쑥스럽게 웃는 듯했는데, 그게 내가 그 눈물을 흘린 사생 대회에서 장원한 것에 대한 반응의 전부였어.[26]

1

내[27] 아버지는 읍에서 제일 큰 제재소를 운영했어. 그 시절은 한창 집을 많이 지을 때여서 제재소를 드나드는 차와 사람들로 문짝이 한 달에 한 번은 떨어져 나갈 지경이었지. 나는 고명딸(아들 많은 집의 외딸)이었어. 아버지는 오빠들이 정구를 친다고 하자 정구장을 집 안에 지어 줬지. 나는 피아노를 배웠는데 피아노가 싫다고 하니까 바이올린을 사다 줬어. 그런데 바이올린 선생님이 무슨 일로 못 오게 된 뒤로 나는 그림을 배우겠다고 했어. 아버지는 언제나 내가 원

'국어 공신' 선생님

[25] 0의 '나', 백선규가 장원을 했기 때문에 그 소식을 전하기 위해 집으로 찾아왔다. 천수기 선생님은 '나'의 아버지께 그 소식을 직접 전하기 위한 것이다.
[26] 0의 '나'의 아버지는 성격이 무뚝뚝하고 감정을 잘 표현하지 않는다.
[27] 1의 '나'는 부유한 집안의 고명딸이자 0의 '나'와 같은 학교, 미술반의 여학생이다. 0의 '나'와 다른 서술자라는 것을 꼭 기억하자.

하는 대로 해 주었지.

읍내에서 유일한 사립 중학교에서 미술을 가르치는 선생님이 집으로 와서 나에게 그림을 가르쳐 주었어. 선생님은 내가 그림에 재능이 뛰어나다고 계속 공부를 시키면 훌륭한 화가가 될 수 있을 거라고 했어. 비싼 과외비를 받으니까 그냥 해 본 말인지도 몰라. 그 말을 들은 아버지는 "딸내미가 이쁘게 커서 시집만 잘 가면 됐지, 뭐 그림 그려서 돈 벌 것도 아니고 결혼해서 식구들 먹여 살릴 것도 아닌데 힘들게 공부할 거 뭐 있나."라고 했대. 그 말을 전해 듣고 나는 그렇게 열심히 할 생각이 없어졌어. 원래 열심히 하려던 것도 아니고 말이야. 그래도 배운 게 있어서 그림을 남들보다 잘 그리게는 됐을 거야.

4학년이 되어서 나는 특별 활동반으로 문예반에 들었어. 그런데 막상 들어가고 보니 글짓기는 아무나 하는 게 아닌 것 같았어. 내가 하고 싶은 말은 이런 건데 막상 글을 써 놓고 보면 저런 게 돼 버리고, 그것도 여기 저기 틀리기도 하고 그래. 정말 아버지 말대로 내가 남자고 결혼하고 아이 낳아서 글로 벌어 먹고 살아야 된다면 엄청나게 힘들 것 같았어.[29] 그래도 문예반이 좋았어.

문예반의 천수기 선생님은 동시를 쓰시는 분인데 유명하기도 했고 참 잘 생겼지. 가까이 가면 기분 좋은 냄새가 났어. 그 냄새가 좋았고 그 냄새의 주인인 선생님은 더 좋았어. 나는 동시를 잘 쓰지 못하지만 선생님이 쓴 동시를 보면 무슨 뜻인지 잘 알 것 같고 참 좋았어. 그런 게 진짜 문학이 아닐까. 잘 모르는 사람도 좋아지게 만드는 게 예술 작품이지.

그해 가을에 나는 군 하계 대회에서 글짓기 백일장에 나가지 못했어. 그건 당연하지. 내가 읍에서 몇 번째 안에 드는 부잣집 딸이라고 해서 누가 봐도 재능이 없는데 글짓기 대표로 내보낼 수는 없지. 그 대신 나는 사생 대회 대표로 뽑혔어.[30] 그때 우리 학교는 한 학년이 다섯 반이고 4학년 이상 한 반에 두 명씩 대회에 나가니까 우리 학교에서만 서른 명이 참가하는 거야. 대개

28 1의 '나'는 부잣집 자녀로 매우 부유한 환경에서 자랐음을 보여준다.
29 1의 '나'는 힘든 일을 좋아하지 않는다.
30 1의 '나'가 그림에 재능이 있고, 인정받았다는 사실을 알 수 있다.

'국어 공산 선생님'

222 · 중학생 국어교과서 소설 읽기

는 미술반에 있는 애들이었어. 문예반에 있는 애들은 십 리 이십 리 떨어진 데 사는 농촌 애들이 많은데 미술반 애들은 거의 다 읍내 애들이고 좀 잘사는 애들이었어. 글짓기는 연필하고 지우개, 원고지만 있어도 되지만 미술을 크레파스, 화판, 스케치북이 필요하고 그것들은 빨리 써 버리게 되니까 돈이 좀 들거든. 그런 게 나하고 무슨 큰 상관이 있는 건 아니지만.

사생 대회는 토요일 오전에 우리 학교에서 열렸어. 우리가 다니는 초등학교가 군에서 가장 오래된 학교라서 그랬던 것 같아. 건물도 오래됐고 나무도 커서 그림 그릴 게 많았는지도 몰라. 우리 학교 다니는 애들한테 유리한 것 같긴 했지.

우리는 주최 측이 확인 도장을 찍어서 준 도화지를 한 장씩 받아서 그림을 그리기 위해 여기저기로 흩어졌지. 그런데 내 뒤에서 그림을 그리던 녀석, 옷도 지저분하고 검정 고무신을 신은 데다 간장 냄새가 나던 녀석이 기억에 오래 남았어. 그 냄새며 꼴이 싫어서 자리를 옮기려고 했지만 이미 노란 크레파스로 그 앞의 나무와 갈색 나무 교사의 밑그림을 그린 뒤라서 그럴 수도 없었어. 참 그 냄새, 머리가 아프도록 지독했어. 그건 한마디로 하면 가난의 냄새였어.

㉛

0

4학년이 되고 나서 나는 미술반에 들어갔지. 천수기 선생님은 문예반을 맡았는데 미술반을 맡은 주은희 선생님에게 나를 특별히 부탁했다고 했지. 아버지 이야기를 했는지도 몰라. 천 선생님은 자신이 직접 본 사람 중에 가장 그림에 뛰어난 재능을 가진 사람이 아버지라고 했어. 그림과 동시는 분야가 다르지만 천 선생님은 다른 예술에 대한 평가 기준도 상당히 높았지.

아버지는 한때 그림을 그리겠다고 했다가 할아버지에게 혼이 났어. 입에 풀칠하기도 힘든 가난한 농사꾼의 자식이 도시의 여유 있

'국어 공신' 선생님

㉛ 1의 '나'와 0의 '나'가 처음 만나는 순간이다. 1의 '나'는 0의 '나'를 가난의 냄새로 기억하고 있다. (1의 '나'의 관점)

는 사람들이 즐기는 예술인 미술을 평생의 직업으로 삼겠다니 할아버지는 이해를 못 했겠지. 그래도 아버지는 고등학교까지는 미술반에서 활동을 했고 같은 또래에서는 제일 그림을 잘 그리는 걸로 인정을 받았던가 봐. 서울에 있는 국립 미술 대학에 합격까지 했다니 그 당시 고향에서는 일 년에 한두 명 나올까 말까 한 일이었다지. 할아버지가 그 사실을 알고 아버지를 호되게 나무랐지. 그때 아버지는 집을 나가려고 가방까지 썼었는데 그만 할아버지가 쓰러지신 거야.

할아버지를 달구지(소나 말이 끄는 짐수레)에 싣고 병원에 모시고 가니까 곧 돌아가실 것 같다고 준비를 하라고 했대. 그때 할아버지가 유언으로 "네 어미와 동생들을 단 한 끼라도 굶게 해서는 안 된다."고 하셨고 아버지는 그러겠다고 맹세했어. 할아버지는 이웃 동네에 살던 친구의 딸을 데려오게 해서 그 자리에서 아버지와 약혼을 하게 했어. 지금은 이해가 잘 안 가는 일이비나 그땐 스무 살에 결혼하는 게 그렇게 이상한 일은 아니었다지. 아버지는 할아버지 간호를 하고 생계를 꾸려 가기 위해 대학 진학을 미뤘어. 그런데 할머니가 그 해 봄에 쓰러져서 곧 돌아가셨고 그 바람에 어머니는 주부가 된 거야. 할아버지는 가을 쯤에 병석에서 일어나셨지. 그해 겨울에 내가 태어난 거고 말이야. 그래서 아버지는 할아버지와 함께 농사를 짓게 된 거지.

나는 미술반에 들어가서 그림을 많이 그리지는 않았어. 한 해 전 3학년 때에 학교 대표로 나간 건 비밀이었지. 주은희 선생님은 알았어. 그러니까 내가 연습을 안 해도 못 본 척해 준 거야. 군 학예 대회에서 사생 부문 장원을 하면 48색짜리 크레파스 다섯 통하고 스케치북 열 권이 상품인데 내가 그걸 받을 수는 없었어. 상품이 아이들 나무할 때 쓰는 작은 지게로 한 짐이나 되니 열 살짜리가 무거워서 못 받은 게 아니라 나에게 이름을 빌려 준 4학년 5반 대표가 받고는 입을 싹 씻어 버린 거야. 그게 알려지면 자기도 망신이니까 비밀은 지켰어.

32 ❶에서 '나'의 아버지가 그림을 포기하고 농부가 된 이유를 알 수 있다.

'국어 금신' 선생님

그래서 나는 그림을 그릴 때 몽당연필처럼 짤막한 크레파스하고 이미 그린 그림이 있는 스케치북 뒷면으로 그림 연습을 할 수밖에 없었어.㉝ 우리 집 형편에 크레파스와 스케치북을 자꾸 사 달라고 하기도 힘든 일이고 아버지에게 염소가 많은 것도 아니었어. 게다가 내 동생이 넷이나 됐지.

미술이 별것 아니라는 생각도 들었지. 내 아버지는 동시로 전국적으로 유명한 천수기 선생님이 인정하는 화가의 재능을 타고났어. 내가 그 아버지의 아들이 틀림없는데 다른 평범한 아이들처럼 죽어라 연습할 필요는 없잖아.㉞ 나는 미술반 아이들과 함께 주 선생님을 따라 산과 들을 다닐 때 열에 여덟아홉은 스케치북을 펴지도 않았어. 가끔 주 선생님이 "관찰도 공부다."라고 하면서 자연과 주변의 물건들을 세세하게 봐 두라고 했지.

아버지, 아버지는 나에게 별 관심이 없는 것 같았어. 염소를 팔아서 크레파스와 스케치북을 사 주던 때, 그 때는 아버지한테 좀체 잘 없는 특별한 순간이었던 것 같아. 다시 병석에 누운 할아버지와 우리 식구를 굶기지 않으려면 정신없이 일을 해야 했지. 생각하긴 싫지만 내가 태어나는 바람에 아버지가 화가가 되려는 꿈을 버려야 했는지도 몰라. 그래서 일부러 그림 쪽으로는 모른 척하는 건지도.

그러다가 다시 군민 체전이 열리는 5월이 돌아왔어. 군 전체 초중고 학생들이 참가하는 학예 대회도 당연히 함께 열렸지. 모든 게 작년하고 비슷했어. 내가 떳떳이 반 대표로 사생 대회에 참가하게 되었다는 것이나 대회 장소가 우리 학교라는 게 달랐지.㉟ 이번에 장원 상을 받으면 상품으로 그림 연습을 마음껏 할 수 있게 될 거라고 생각했어. 크레파스 다섯

> 여러분, 집중해야 해요!

'국어 공신' 선생님

㉝ 0의 '나'는 가난했다. 1의 '나'와 대조된다.
㉞ 0의 '나'는 아버지의 그림 그리는 재능을 물려받았다고 생각하고 자만에 빠져 있다.
㉟ 0의 '나'는 작년과 달라진 점으로 떳떳하게 사생대회에 4학년으로 나갈 수 있다는 점, 대회장소가 우리 학교라는 점을 이야기하고 있다.

통과 스케치북 열 권을 다 쓰기도 전에 다음 대회가 열리게 되겠지.

지금 생각하면 참 우스워. 상으로 그림 도구를 받아서 그림을 제대로 잘 그릴 생각을 하다니.[36] 그 땐 전혀 우습지 않았어. 좀 긴장이 됐지. 차상, 차하도 돼. 크레파스하고 스케치북이 상품으로 나오긴 하니까 모자라는 대로 어떻게 되겠지. 그냥 특선이나 입선은 곤란하지. 공책이나 연필밖에 안 주니까. 상장 뒷면에 그림을 그릴 수도 없고.

나는 아버지가 사 준 크레파스를 들고 학교로 갔어. 한 해 전과는 다르게 크레파스 뚜껑이 달아나 버려서 습자지(습자에 쓰이는 얇은 종이)를 덮고 고무줄로 동여 맸지. 한 해 전처럼 그림을 그려서 제출할 도화지를 받아 들고 뒷면에 미리 부여받은 내 번호를 적었지. 나는 124번이었어. 잊어버릴 수가 없는 번호야. 그 몇 해 전에 무장간첩들이 남한으로 내려왔는데 무장간첩을 훈련시킨 부대 이름이 124군 부대라서 그런 게 아냐. 하여튼 나는 도화지 뒤 네모난 보랏빛 칸에 검정색으로 번호를 124라고 분명히 적었어.

내 앞에는 언제부터인가 여자아이가 두 명 앉아 있었어. 한 아이는 낯이 익었어. 같은 반을 한 적은 없지만 천수기 선생님하고 같이 가는 걸 몇 번 본 적이 있었지. 자주색 원피스에 검은 에나멜 구두를 신고 있었고 머리에 푸른 구슬 리본을 매고 있는데 무척 얼굴이 희고 예뻤지. 나하고 한 반이었다고 해도 나 같은 촌뜨기에게는 말을 걸지도 않았겠지.

그 여자애와 나는 비슷한 점이 하나도 없었어.[38] 크레파스부터 한 번도 쓰지 않은 새 것, 한 번만 더 쓰면 쓸 수 없도록 닳은 것이라는 차이가 있었어. 처음부터 다른 길에서 출발해서 가다가 우연히 두어 시간 동안 같은 장

'국어 공산' 선생님

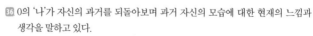

[36] 0의 '나'가 자신의 과거를 되돌아보며 과거 자신의 모습에 대한 현재의 느낌과 생각을 말하고 있다.

[37] 0의 '나'가 사생대회 참가할 때 받은 번호는 124번으로 124군 부대 이름이 연상되어 번호를 잘 기억할 수밖에 없음을 나타냈다. 이 124번은 소설의 후반에서 중요한 소재가 된다.

[38] 0의 '나'가 여자아이에게 받은 인상은 부잣집 딸이었다. 가난한 '나'와 큰 차이가 있다고 생각한다. 또한 '나'와 대조되는 상황을 보여준다.

소에서 비슷한 그림을 그리게 되겠지만 앞으로 영원히 만날 일이 없을 것 같은 사람이야. 그 여자아이도 그걸 의식하고 있는 것 같았어. 나는 한 번 힐끗 넘겨다보고는 코를 찡그리더니 더 이상 눈길을 주지 않았어. 자리를 뜰 것 같았는데 계속 그리기는 하더군. 나를 의식하기 전에 밑그림을 그렸던 게 아까웠겠지.

히말라야시다^(개잎갈나무, 소나뭇과의 상록 침엽 교목)가 쑥색 가지를 늘어뜨리고 있는 화단이 있고 화단 뒤에 나무쪽을 붙인 벽이, 벽 위쪽에 흰 종이가 발린 유리창이 있는 교사가 있었어. 히말라야시다 앞에 키 작은 영산홍이 서 있고, 화단을 따라 발라진 시멘트 길에 햇빛이 하얗게 비치고 있었어. ㉟

축구 결승전이 열리고 있을 공설 운동장은 꽤 멀었지. 멀지 않다고 해도 나에게는 목표가 있었어. 장원, 그리고 다음 군 사생 대회까지 그림을 그릴 수 있는 크레파스와 스케치북. 나는 그림에 집중했지. 내가 생각해도 그림은 잘 되었어. ㊵

마감 시간이 다 되어서 나는 그림을 제출했어. 그 여자아이는 진작에 가고 없었어. 그런 아이들이야 재미로 그리는 거니까 쉽고 빠르게 그리고 내 버렸을 거라고 생각했지.㊶ 할아버지 말이 맞을지도 모르지. 그림 같은 건 돈 많은 사람들이 시간을 주체할 수 없어서 하는 놀이라고. 우리 같은 가난뱅이 농사꾼 무지렁이^(아무것도 모르는 어리석은 사람)들이 무슨 예술을 하느니 마느니 개나발^(사리에 전혀 맞지도 않는 가당찮은 소리)을 불다가는 쪽박이나 차기^('쪽박을 차다'는 '거지가 되다'라는) 십상이라는 거지. 있는 쪽박이나 잘 간수하는 게 주제에 맞는다는 거야.

그림을 제출하면 공설 운동장에 갈 수 있고 잘하면 축구 결승전 끄트머리를 볼 수 있을지도 모르지만 나는 그럴 생각이 전혀 없었지. 내가 정작 궁금한

㉟ ❶의 '나'가 사생대회에서 바라보는 풍경을 묘사하고 있다. 이는 ❶의 '나'와 같은 풍경을 바라보고 있다.
㊵ ❶의 '나'는 작년에 목표 없이 참가했던 사생대회와는 대조적으로 올해에는 장원이라는 큰 목표가 있고, 그림도 만족스럽게 그리고 있다.
㊶ ❶의 '나'는 ❶의 '나'같이 부자인 아이들은 그림을 취미나 재미로 그린다고 생각하고 있다.

'국어 공신' 선생님

건 심사 결과니까 말이야. 축구야 누가 우승하면 어때. 어차피 군민 체전이니까 군민들 중 누군가 이기는 거 아니겠어. 그런 생각을 하게 된 게 내가 일 년 동안 퍽 성숙했다는 증거였어. 그렇게 되는 데 열 살짜리가 열한 살 이상이 참가하는 대회에 나가서 장원을 했다는 게 큰 작용을 한 건 당연하지.

오후부터 3층짜리 신축 교사 2층 교실 한 곳에서 심사 위원들이 심사를 했어. 나는 예전에 함께 축구를 하던 아이들과 공을 차면서 시간을 보냈어. 이상하게 축구가 재미가 없었어. 자꾸 눈이 심사를 하고 있을 교실로 향하는 거야. 내가 쉽게 골을 집어넣을 수 있는 기회에서 엉뚱한 데 눈을 주니까 아이들이 정신을 어디다 파느냐고 화를 냈지. 나는 미안하다고 했고. 그러면서도 아, 이제 나한테 축구보다 더 중요한 게 생겼구나 하는 생각이 드는 거야. 사실 그건 크레파스나 스케치북 같은 상품이 아니야. 그건 내가 가지고 있는 재능, 아버지에게 물려받은 천부적인, 천재적인 재능을 명백히 확인받고 싶다는 충동이었어. 내가 아버지의 아들이라는 확신을 가지고 싶었어. 아무리 시골 구석에서 염소나 키우고 구렁이를 잡다 장날에 내다 파는 사람이라고는 해도 내 아버지니까.

심사하는 데 그렇게 오랜 시간이 걸리는 줄은 몰랐어. 다리가 아프도록 축구를 하고 수도꼭지가 있는 곳으로 가서 몸을 씻고 다 말리도록 심사는 끝나지 않았어. 아이들이 풀빵을 사 먹으러 간다고 학교 밖으로 갈 때까지도. 나는 평소처럼 아이들을 따라가지 않았어. 고픈 배를 부여잡고 교사 앞에 앉아 있었어. 심사 결과를 알 수 있을 거라고 생각한 건 아니야. 그냥 어떤 기미라도, 결과의 부스러기라도 얻고 나서야 갈 수 있을 것 같았어.

아이들이 가 버리자 학교는 조용해졌어. 그러고도 한 삼십 분은 있다가 다른 군의 학교에서 온 심사 위원들이 걸어 나왔어. 물론 나한테 관심을 가진 사람은 아무도 없었지. 주 선생님이 보였어. 심사를 한 건 아니고 우리 학교의 미술 지도 교사로 참관을 하고 있었던 것 같았어.

교문 조금 못 미친 곳에서 심사 위원들과 인사를 나눈 주 선생님은 뒤돌아서서 내가 앉아 있는 쪽으로 걸어왔어. 새하얀 시멘트 길에 떨어지던 새하얀 햇빛, 그 위에 또각또각 찍히던 그 발소리를 나는 아직도 잊지 못해.⁴² 선생님은 히말라야시다 앞 시멘트 의자에 숨은 듯이 앉은 내게 와서는 불쑥 손을 내밀었지.

"백선규, 축하한다."

나는 못 잊어.

"장원이다."

나는 목이 메어서 아무 말도 할 수 없었어. 그렇게 목이 죄는 듯한 느낌은 평생 다시 없었어. 그 뒤에 수십 번, 이런 저런 상을 받고 수상을 통보받았지만.

나는 선생님 앞에서 눈물을 보이고 말았어. 내가 우는 것을 보고 선생님은 무척 놀라고 당황했어. 하지만 곧 내 어깨를 잡고는 내 얼굴을 가슴에 가만히 안아 주었어. 그 따뜻하고 기분 좋은 냄새, 못 잊어.

1

나는 한 번도 상 같은 건 받아 본 적 없어. 학교 다닐 때 그 흔한 개근상도 못 받았으니까. 상에 욕심을 부려 본 적도 없어. 내게는 모자란 게 없어서 그랬는지도 몰라. 어릴 때는 부유한 집안에서 단 하나밖에 없는 딸로 사랑을 받으며 자랐고 여자 대학에서 가정학을 공부하다가 판사인 남편을 중매로 만나서 결혼했지. 내가 권력이나 돈을 손에 쥔 건 아니라도 그런 것 때문에 불편한 적도 없어. 아이들은 예쁘고 별문제 없이 잘 자라 주었지. 큰아이가 중학교부터 미국에 가서 공부할 때는 적응에 힘이 들었지만 결국 학생 회장까지 지내서 신문에도 여러 번 났지. 나는 상을 못 받았지만 내가 타고난 행운, 삶 자체가 상이다 싶어.⁴³

그렇지만 단 한 번 상을 받을 뻔한 적은 있지. 스스로의 실수 때문

수능에 나올 수도 있어!

'국어 굴신' 선생님

⁴² 시각적 심상과 청각적 심상을 활용해 잊지 못할 순간을 인상적으로 표현했다.
⁴³ 1의 '나'는 자신의 삶에 매우 만족해 하고 있음을 알 수 있다.

에 못 받은 거니까 누구를 원망할 수도 없지만. 그 실수를 인정하고 내가 받을 상이 남에게 간 것을 바로잡을 수 있었을까. 할 수 있었을지도 몰라. 아버지에게 이야기했다면. 아니면 천수기 선생님한테라도.㊹

왜 안 했을까. 그때 나를 스쳐 가던 그 아이, 그 아이의 표정 때문인지도 몰라. ①땟국물이 흐르던 목덜미, 전신에서 풍겨 나던 뭔가 찌든 듯한 그 냄새, 그 너절한 인상이 내 실수와 잘못된 과정을 바로잡는 게 너절('너절하다'는 허름하고 지저분하다)하고 귀찮은 일이라는 생각을 갖게 했을 거야. ②어쩌면 그 결과 한 아이가 가지게 될지도 모르는 씻지 못할 좌절감이 내게도 약간 느껴졌는지도 모르지. 상관없어. 나는 그런 상하고는 담을 쌓고 살아도 행복해. 그런 스트레스를 받는 것 자체가 싫어. 왜 내가 그렇게 살아야 하는데?㊻

0

나는 사생 대회 이틀 후, 월요일 아침 조회에서 전교생이 지켜보는 가운데 교단 앞으로 가서 장원 상을 받았어. 글짓기, 서예, 밴드, 합창, 그림 등 전 분야를 통틀어 우리 학교에서 장원 상을 받은 사람은 오직 나 하나 뿐이었어. 게다가 4학년이니까 앞으로 2년 간 더 많은 상을 학교에 안겨 주게 되겠지. 교장 선생님은 내가 4학년이라는 것, 장원이라는 것을 스무 번도 더 이야기했어.

크레파스 다섯 통, 스케치북 열 권은 혼자 들기에 좀 무거웠어. 글짓기에서 차하 상을 받아서 앞으로 나온 6학년이 크레파스를 대신 들어 줬지. 나는 박수 소리가 끊이지 않는 중에 천천히 걸어서 내가 서 있던 자리로 돌아왔

㊹ 1의 '나'는 자신의 실수를 바로 잡으면 상을 되찾을 수 있었고, 그런 마음도 있었지만 끝내 바로 잡지 않았다.

㊺ 1의 '나'는 장원을 놓치고 바로 잡지 않았다. 그 이유가 ① 너절하고 귀찮은 일이라고 생각했기 때문이다. ②잘못을 바로 잡았을 때 그 아이(백선규)가 받을 상처와 느낄 좌절감 때문이다.

㊻ 1에서 '나'의 성격을 알 수 있는 부분으로 귀찮고 힘든 것을 싫어하고 현재 삶에 만족하고 있다.

'국어 굴신' 선생님

어. 조회가 끝나고 교실로 들어갈 때 옆에 있던 아이들이 상품을 들어 줬고 나는 상장만 들고 갔어.

부임(임명이나 발령을 받아 근무할 곳으로 감)한 지 얼마 안 되어서 그런지 흥분한 교장 선생님은 전례(이전부터 있었던 사례(주로 없거나 적다는 뜻의 서술어와 함께 쓰임))가 없이 그해 학예 대회 입상작을 찾아와서 강당에서 전시회를 가지기로 결정했어. 나는 가보지 않았어. 가서 내 그림을 보는 건 뭔가 창피할 것 같았어. 그런 데 가서 그림과 글짓기, 서예 작품을 보고 배워야 하는 아이들은 입상을 못 한 평범한 아이들이야. 창작의 재능이 없고 겨우 감상만 할 수 있는 아이들인 거야.⁴⁷ 생각은 그렇게 했지만 일주일 동안 진행된 전시 마지막 날 오후, 나는 강당으로 걸음을 옮겼지. 모르겠어. 왜 갔는지.⁴⁸

강당에는 아무도 없었어. 벽에는 전시 작품들이 걸려 있었어. 글짓기는 원고지 여러 장에 쓰인 작품을 한꺼번에 벽에 압정으로 박아 놓고 넘겨 가며 읽도록 해 놨어. 차하 상을 받은 동시는 아이들이 넘기면서 침을 묻히는 바람에 글씨가 다 지워지고 원고지 앞장 아래쪽은 먹지처럼 까매졌더군.

나는 천천히 그림이 전시된 곳으로 걸어갔지. 내 그림은 맨 안쪽에 걸려 있었지. 입선작 여덟 점을 지나서 특선작 세 점을 지나고 나서 황금색 종이 리본을 매달고 좀 떨어진 곳에, 검정색 붓글씨로 '壯元(장원)'이라고 크게 쓰인 종이를 거느리고, 다른 작품보다 세 뼘쯤 더 높이, 초등학교에 다니는 아이들이라면 우러러볼 수밖에 없는 높이에.⁴⁹

그런데, 그런데, 그런데, 그런데⁵⁰ 그 그림은 내가 그린 그림이 아니었어.⁵¹ 풍경은 내가 그린 것과 비슷했지만 절대로, 절대로 내가 그린 그림이 아니야.

47 0의 '나'는 평범한 아이들과 달리 타고난 재능이 있다는 자부심과 우쭐함을 느끼고 있다.
48 0의 '나'가 강당으로 가게 되면서 사건의 반전이 일어난다.
49 0의 '나'가 '장원'상을 받은 자신의 작품에 대한 우월감이 드러났고, 자신은 남들과 다른 재능을 타고 났다는 우월감이 간접적으로 드러났다.
50 0의 '나'가 반복적인 표현을 통해 당혹감을 감추지 못하고 충격을 받았음을 알 수 있다.
51 사건의 반전이 일어나고 있다.

'국어 공신' 선생님

아버지가 사 준 내 오래된 크레파스에는 진작에 떨어지고 없는 회색이 히말라야시다 가지 끝 앞부분에 살짝 칠해진 그림이었어. 나는 가슴이 후들후들 떨려서 두 손으로 가슴을 가렸어.⁵² 사방을 둘러봤지만 아무도 없었어. 네모진 칸 안에 쓰인 숫자는 분명히 124였어. 124, 북한에서 무장간첩을 훈련시킨 그 124군 부대의 124. 그렇지만 그건 내 글씨가 아니었어.⁵³

누가, 왜 제 번호를 쓰지 않고 내 번호를 썼을까. 실수로? 이런 실수를 하고, 제가 받을 상을 다른 사람이 받았다는 걸 알면 가만히 있을까. 그렇지는 않을 거야. 다른 학교에 다니는 아이라서 제 실수를 모르고 있는 거겠지.

아니야. 그 그림은 구도로 봐서 내가 그렸던 바로 그 장소에서 아주 가까운 데서 그린 그림이었어. 그 그림을 그린 아이는 천수기 선생님과 함께 다니던 그 아이인 게.⁵⁴ 그러니까 나와 같은 학교에 다니는 아이라는 거지. 그러면 그 아이는 제가 그린 그림을 봤을 거야. 그런데 왜? 왜 아무 말을 하지 않은 거지?⁵⁵ 상품이 필요 없어서? 실수 때문에 처벌을 받을까 봐? 나라면? 나라면 가만히 있었을까?

왜 내가 그린 작품은 입선에도 들지 않았을까? 비슷한 풍경이고 비슷한 구도인데도? 가만히 그 그림을 보고 있자니 정말 잘 그린 그림이라는 느낌이 들기 시작했어. 장원을 받을 수밖에 없는 그림, 같은 장소에 있었던 나로서는 발견할 수 없었던 부분, 벽과 히말라야시다 사이의 빈 공간의 처리는 완벽했어. 나는 모든 걸 그림 속에 욱여넣으려고 ^('욱여넣다'는 속으로 마구 밀어 넣다는 의미이다) 만했지 비울 줄은 몰랐어. 그건 나를 뛰어넘는 재능인 게 분명했어.

비슷한 그림에 같은 번호가 쓰인 걸 보고 심사 위원들이 당황했을

'국어 공산' 선생님

>
> 52 0의 '나'가 충격과 당혹감을 감추지 못하고 직접적으로 표현한 부분이다.
> 53 0의 '나'가 124번을 정확히 기억하는 이유이면서, 자신의 글씨가 아님을 확인하며 이 그림이 자신이 그린 그림이 아님을 밝히고 있다.
> 54 0의 '나'가 확신하는 것은 분명 이 그림은 천선생님과 함께 다니는 부잣집 여자 아이(1의 '나')가 그린 것임을 밝히고 있다.
> 55 이 부분에 대한 답변은 1의 서술에서 살펴볼 수 있는데 그 이유는 1의 '나'가 너절하고 귀찮은 일이라고 생각했기 때문이고, 잘못을 바로 잡았을 때 0의 '나'가 상처받고 좌절을 느낄까봐서이다.

거야. 한 사람이 두 작품을 그릴 수는 없으니 누군가 실수를 했다고 단정 짓고 는 혼동을 초래^(어떤 결과를 가져오게 함)할지도 모르니까 둘 중 하나는 아예 시상 대상 에서 제외를 하고 했겠지. 그래서 심사에 오랜 시간이 걸렸던 것이고.

그러니까 내 그림은 번호를 착각한 아이의 그림에 못 미치는 그림으로 버 려졌던 거야. 입선에도 들지 못하게 완벽하게. 누구의 생각일까. 주 선생님은 아니었어. 심사 위원이 아니니까. 아니, 심사 중에 불려 들어간 것일지도 몰라. 혼란스러워진 심사 위원들이 번호를 확인하고 그게 우리 학교 학생의 번호 인 줄 알고 미술반 지도 교사를 오라고 했고…… 그래서 그 모든 것이 주 선생 님의 조정으로 이루어졌고, 그래서 이례적^(보통 있는 일이 아닌 특이한 것)으로 주 선생님 이 그 결과를 미리 알게 된 것이고…… 그런데 나는 주 선생님 품에 안겨서 울 었어! 내가 그리지도 않은 그림을 가지고 상을 탔다고 감격해서, 바보같이, 바 보!**56**

나는 가슴이 찢어질 것 같은 통증을 느끼면서 강당을 걸어 나왔어.**57** 열 걸 음쯤 떼었을 때 강당 문으로 어떤 여자아이가 걸어 들어왔어. 자주색 원피스 를 입고 있었어. 검정색 에나멜 구두를 신고 있었지. 나는 그 여자아이를 지나 칠 때 눈을 감았어. 눈을 감은 채 열 걸음쯤 걸어가서 다시 눈을 떴어.

58

내가 주 선생님을 찾아가서 말해야 했을까. 이건 내 그림이 아니라고. 다른 사람이 그린 그림이라고. 나는 그 사람만 한 재능이 없다고. 실수를 바로 잡아 달라고. 나는 그렇게 하지 못했어. 주 선생님의 품에 안겨 울지만 않았더라도 찾아갈 수 있었어. 가능성이 높지는 않지만. 내 더러운 눈물**59**로 주 선생님의 앞가슴에 늘어뜨려진 흰 레이스를 더럽히지만 않았더라도.

그림의 주인이 선생님을 찾아가서 그 그림이 자기 것이라고 주장한다면 부 정할 도리는 없었겠지. 하지만 내가 먼저 선생님을, 주 선생님이든 천

국어 공신 선생님

56 0의 '나'는 매우 부끄러움을 느끼고 있다.
57 0의 '나'의 내적 갈등이 최고조에 이름을 알 수 있다.
58 0의 '나'와 1의 '나'가 두 번째 만나는 순간이다. (0의 '나'의 관점)
59 '내 더러운 눈물'은 여학생(1의 '나')이 받아야 할 상을 자신이 받았다는 죄책감을 표현 한 것이다.

선생님이든, 아버지도 할아버지도, 그 누구도 찾아갈 수 없었어.

그 뒤부터 나는 ①늘 나를 의심하면서 살았어. ②누군가 나보다 뛰어난 재능을 가지고 있고 누군가 나와 똑같은 대상을 두고 훨씬 더 뛰어난 작품을 그렸고, 앞으로도 더 뛰어난 작품을 그릴 수 있다는 생각을 벗어나 본 적이 없어. 그러니까 ③어떤 작품이라도, 그게 포스터 물감으로 그리는 반공 포스터라도 내가 가진 능력 전부를, 그 이상을 쏟아부어야 했지. 언제나, 어디서나. 그 결과가 오늘의 나일까. 의심의 결과, 좌절의 결과, 누군가 내 비밀을 알고 있다는 생각의 결과.

나는 화가가 된 후 풍경화를 그린 적은 없어. 나는 ④그림의 원형, 본질로 돌아갔어. 선과 원, 점, 그리고 바탕이 되는 사물의 원형, 본질을 최대한 추상화하고 이상화한 형태로 만들어 갔어. 내 모든 색깔의 원형은, 이상은 그날 그 하얀 시멘트 길과 그 위의 흰 햇빛이야.

⑥⓪

1

어라, 저기 걸어가는 저 사람, 백선규 같네. 저 사람 도대체 무슨 생각을 저렇게 골똘하게 하고 있을까. 인사를 해 볼까? 안녕하세요, 라고 해야 하나? 그냥 안녕이라고? 그러고 나서 고향, 연도, 초등학교를 말하면 알아볼까? 아이, 귀찮아.⑪ 그런 걸 하면 뭘 해. 우리는 가는 길이 다른데. 나는 그림을 좋아하고 저 사람은 자신의 그림을 열심히 그리면 그만이지.⑫

점점 멀어지네. 사라졌네. 나는 여기에 있고. 나도 곧 가야 하지만.

⑥③

⑥⓪ 0의 '나'가 겪은 인생의 큰 사건이자, 자신에게 미친 영향 네 가지를 나타낸다.

⑥⑪ 1의 '나'의 성격은 귀찮은 것을 싫어해 백선규를 그냥 지나쳐 간다.

⑥⑫ 두 서술자가 성인이 되어 우연히 만났지만 각자의 인생이 다르고 삶이 다름을 의미하는 문장이다.

⑥⑫ 0의 '나'와 1의 '나'의 세 번째 만나는 순간이다. 어른이 되어 우연히 길거리에서 만나게 되지만 0의 '나' 백선규는 1의 '나'를 알아보지 못하고, 1의 '나'만 백선규를 알아본다.

'국어 금산 선생님'

내신·수능 만점 키우기

1 작품 소개

<내가 그린 히말라야시다 그림>은 소년과 소녀가 각자의 입장에서 서술해가는 독특한 구성을 취한다. 0의 상황에서의 '나'와 1의 상황에서의 '나'의 관점을 구체적으로 이해하며 사건의 반전과 두 사람의 접점이 가진 의미에 대해서 깊이 살펴보자.

2 핵심 정리

꼭 알아야 할 부분이야!
BAAM!

○ 다음 내용에서 괄호 안에 알맞은 답을 쓰시오.

갈래	현대 소설, 단편 소설, 성장 소설
성격	서정적, 낭만적
배경	군 전체 인구 20만 명, 약 5만 명 읍내의 작은 도시
시점	1인칭 주인공 시점 : 0의 서술자 백선규와 1의 서술자 부유한 제재소집 고명 딸, 두 인물이 각자의 상황에서 '나'를 서술자로 이야기함. 같은 상황 속에서 두 인물의 (㉠)와 (㉡)가 서로 다르게 나타나는 것을 볼 수 있고, 하나의 사건을 서로 다른 관점에서 볼 수 있으며 이들의 내면 세계에 대해 자세히 살펴볼 수 있어 (㉢)으로 이해할 수 있음.
제재	초등학교 시절 (㉣)와 '히말라야시다 그림'
주제	선택의 기로에 선 아이들의 갈등과 성장
특징	• 한 사건을 바라보는 서로 다른 두 서술자의 시점이 (㉤)함. • 두 서술자의 교차 서술 방식에서 갈등과 태도가 서로 (㉥)적으로 드러남. • (Ⓐ) 구성 방식을 통해 과거의 사건과 행동이 현재에 미치는 (㉦)을 잘 보여줌. • 두 서술자의 환경, 아버지의 가치관, 취미, 성격, 성장 과정, 현재의 삶을 교차하여 보여줌.으로써 그 특징을 구체적으로 이해하고 (Ⓧ)하여 볼 수 있음.

3 이 글의 짜임

꼭 알아야 할 부분이야!
ZAP!

○ 다음 내용에서 괄호 안에 알맞은 답을 쓰시오.

발단	0의 '나'와 1의 '나'는 초등학교 4학년 때 '그 일'을 계기로 다른 삶을 살게 된다.
전개	0의 '나'는 3학년 때, 선생님의 권유로 부정한 방법이지만, 4학년 대신 (㉠)에 나가 장원을 하게 된다.
위기	0의 '나'와 1의 '나'는 (㉡)학년이 되자, 정식으로 사생 대회에 참가하게 된다.
절정	0의 '나'가 장원으로 상을 받았지만 사실 장원으로 뽑힌 그림은 (㉢)가 그린 그림이었다. 그러나 둘 다 그 사실을 (㉣)다.
결말	어른이 된 0의 '나'와 1의 '나'는 (㉤)을 살아간다.

◈ 그래픽 구조로 글의 짜임 한 번 더 이해하기

발단	전개	위기	절정	결말
0과 1의 '나'는 초4 때 사건으로 서로 다른 삶을 삶.	0의 '나'는 3학년 때 4학년 대신 부정한 방법으로 사생 대회 나가 장원함.	0과 1의 '나'는 4학년이 되어 정식으로 사생 대회에 나감.	0의 '나'가 장원으로 상 받음. 하지만 그 그림은 1의 '나'가 그림.	어른이 된 0과 1의 '나'는 서로 각자의 삶을 살아감.

4 소설 속 인물의 말하기 방식과 태도

1 두 서술자의 특징 비교

o 다음 내용에서 괄호 안에 알맞은 답을 쓰시오.

	0의 '나'	1의 '나'
가정환경	㉠	㉡
아버지의 가치관	㉢	㉣
취미	㉤	㉥
성향	㉦	㉧
성장과정	㉨	㉩
현재의 삶	㉪	㉫

❷ 사건 전개에 따른 내용 살펴보기

○ 다음은 '백선규'에게 질문한 것입니다. SNS에서 대화 하듯 내가 백선규라 생각하고 질문에 답하세요.

그룹 채팅('백선규' 외 심리)　　🔍 ☰

국어 공신

> 선규야, 아버지는 어떤 사람이야?

> 울 아버지는 그림에 대해 대단히 재능이 있었대. 그래서 염소를 팔아 화방에서 좋은 미술 재료도 사주실 만큼 나에게 큰 (㉠　　　　)를 주신 분이야.

백선규

국어 공신

> 선규야, 초3 때 학예 대회에 참가했을 땐 기분이 어땠어?

> 그림보다 나는 (㉡　　　　)에 관심이 많았던 학생이었지. 그래서 (㉢　　　　)가 열리는 날이 축구 결승전을 하는 날이었기 때문에 마음은 완전히 그곳에 가 있었지. 사실, 나는 대회 참가의 자격이 없었잖아.

백선규

국어 공신

> 그럼, 초4 때 학예 대회에 참가했을 땐 어떤 마음이 들었어?

> 이번에는 내 이름으로 정식 참가를 한 것이기 때문에 (㉣　　　　)도 나고, 장원해서 부상으로 (㉤　　　　)을 잔뜩 받고 싶었어.

백선규

국어 공신

> 강당에서 장원 그림이 걸려 있는 것을 본 순간! 네 마음은 어땠어?

> 내가 그 그림을 보기 전에는 나는 정말 타고난 재능이 있는 줄 알고, 인정 받았다고 생각했지! 그런데 그림을 본 후, 나는 그 여자아이가 나보다 더 뛰어난 재능을 지녔다고 생각했어. 내 기분은 (㉥　　　　)

백선규

⊕ ＿＿＿＿＿＿＿＿＿＿＿＿＿＿＿＿＿＿＿＿　😊 #

❸ 인물과 공감하기

◉ 어른이 된 지금, 초4 때 '그 일'에 대해 여자아이에게 하고 싶은 말을 보내봅시다.

5 '선규'의 뇌 구조

◉ 책 내용을 참고하여 '선규'의 뇌 구조를 자유롭게 작성해봅시다.

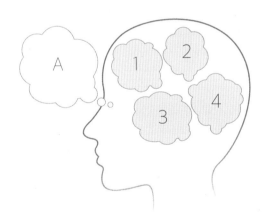

정말 꼭 알아야 해요!

Ⓐ - 나는 어떻게 살아갈까?

❶ - 나는 우리 초등학교에서 내가 그림에 큰 (㉠   )이 있어서 그림을 제일 잘 그리는 학생인 줄 알았어.

❷ - 초등학교 4학년, 학예 대회에 나가 나는 장원을 했지만 그 그림은 (㉡   )이 아니었어.

❸ - 하지만 나는 그 사실을 밝히지 않았어. 그 이유는 주 선생님 품에 안겨 울었던 생각때문이었는지 (㉢
)과 (㉣   )을 느꼈기 때문이야.

❹ - '그 일'이 있고 난 후 나는 내 재능에 (㉤   )을 품었고, 나보다 더 재능이 뛰어난 사람들이 많다는
   것을 깨달았어. 성장과정에서 어떤 (㉥   )을 어떻게 하느냐에 따라 인생이 크게 달라질 수 있음
   을 깨달았어.

6 작품 깊이 이해하기

1 문학 이론 살펴보기

1 문학 작품의 내용은 주제의식에서 나타난다.

문학 작품은 인간 본연의 모습 또는 인간이 살아가는 삶 전반에 걸친 내용을 담고 있다. 이는 (㉠   )으로 나타나고, 작가는 현실 세계에서 드러나는 여러 사건과 현상 등을 토대로 자신의 주관적 (㉡   )과 (㉢   )으로 재구성한다. 이때 주제가 명확하게 드러나게 하는 것은 작가의 몫이며 작가의 의식이나 사상 등이 반영된 것이 바로 (㉣   )라고 할 수 있다. 따라서 문학 작품의 내용을 정확히 파악하기 위해서는 작가가 말하는 (㉤   ), 작가가 말하고자 하는 핵심 (㉥   )를 찾아보는 것이 중요하다.

2 문학 작품의 내용은 형식으로 표현된다.

문학 작품의 내용은 작품 속에 담긴 주제가 드러나는 것이며 이는 문학 고유의 (㉠   )와 (㉡   )을 바탕으로 한 형식으로 표현된다. 예를 들어, 〈내가 그린 히말라야시다 그림〉에서 초등학교 3,4학년 때 학예 대회에 나간 것만으로 언어 예술인 문학 작품이 되는 것은 아니다. 이는 소설 구성의 3요소인 (㉢   )을 토대로 그 작품이 지닌 (㉣   ) 등 소설의 언어적 표현이 담긴 형식적 구조 속에 담길 때 문학 작품으로서의 의미와 가치를 지니게 된다.

3 문학 작품의 내용과 형식은 유기적으로 짜인 언어 예술이다.

언어는 우리 (㉠   )과 (㉡   )을 전달하는 도구이면서 (㉢   )을 표현하는 매체이다. 이러한 언어의 특성이 문학적 (㉣   )과 (㉤   )을 구분짓게 한다는 것은 쉬운 일은 아니다. 작가는 의식적이든 무의식적이든 문학 갈래 규범을 활용해 언어를 활용하고, 하나의 완전한 문학 작품을 만들기 위해 부단히 노력한다. 그래서 내용과 형식의 구분이 어렵고 내용과 형식을 조합한다고 해서 작품 전체를 이해할 수 있는 것도 아니다. 이는 문학이 내용과 형식이 (㉥   )으로 짜인 언어 예술이기 때문이다. 따라서 문학 작품의 수용과 생산은 작품의 내용적 측면인 (Ⓐ   )와 형식적 측면의 (Ⓞ   )이 서로 긴밀하게 연결되어야 비로소 좋은 문학 작품이 탄생하는 것이다.

2 작품 살펴보기 (서·논술형)

❶ ❺에서 '나'의 아버지가 그림을 포기한 이유는 무엇인가요?

❷ 본문에서 현재 유명 화가 '백선규'의 작품을 비유적으로 표현한 문장을 찾아 서술하세요.

❸ 초등학교 4학년 때 0의 '나'가 "이제 나한테 축구보다 더 중요한 게 생겼구나"라고 생각한 이유는 무엇인가요?

❹ '그 일'이 있은 후부터 0의 '나'는 늘 자신의 재능에 대해 의심하며 살았다고 합니다. 그 이유는 무엇인가요?

7 토론하기

○ 다음 논제를 파악한 후 주장과 이유를 서술하세요.

논제 : 0에서 '나'의 그림이 아니라는 것을 밝혀야 한다. (찬성 VS 반대)

논제	밝힌다.	밝히지 않는다.
주장		
근거		

간단히 내용 파악하기 ----------------------------

o 다음 문제를 읽고 올바른 내용에는 O, 틀린 내용에는 X 표시를 하시오.

1 천수기 선생님과 0의 '나'의 아버지는 초등학교 동창이다.   [O | X]

2 0의 '나'는 가난하고, 1의 '나'는 부유하다. 가난과 부유함은 작품의 주제 의식에 큰 영향을 끼친다.   [O | X]

3 초등학교 3학년 학생은 학예 대회에 나갈 수 없어 0의 '나'는 변장을 하고 나갔다.
[O | X]

4 1의 '나'는 글에는 소질이 없었지만 문예반은 좋아했다.   [O | X]

o 다음 문제를 읽고 올바른 답을 간단히 서술하세요.

1 0의 '나'의 아버지가 그림을 포기한 이유는 무엇인가요?

2 천수기 선생님이 술을 사들고 초등학교 3학년인 백선규네 집으로 찾아간 이유는 무엇인가요?

3 초등학교 4학년에 나간 사생 대회에서 장원한 0의 '나'는 시상식을 했고, 강당에 작품이 전시되었다. '나'가 작품을 보기 전과 본 후의 심정의 변화를 서술하세요.

4 어른이 된 1의 '나'는 길거리에서 백선규를 만납니다. 이때 그냥 지나친 이유는 어차피 서로 '가는 길'이 다르기 때문입니다. 밑줄 친 '가는 길'이란 어떤 의미인가요?

5 수상작이 잘못되었다는 것을 알게 된 0과 1의 '나'가 겪었을 갈등은 무엇인가요? 각각 작성해보세요.

실전 문제로 작품 정리하기 ------------------

1 <내가 그린 히말라야시다 그림>의 서술자에 대한 설명으로 옳지 않은 것은?

① 0의 '나'는 가난하여 미술 공부는 꿈에도 생각못했다.

② 1의 '나'는 매우 부유한 집안의 자녀로 미술 공부를 과외받았다.

③ 0의 '나'는 초등학교 3학년 때에는 축구에 푹 빠졌지만 4학년 때에는 '그 아이'에게 푹 빠졌다.

④ 1의 '나'는 장원작이 자신의 그림인 것을 뒤늦게 알았지만 많은 것들이 복잡하게 얽혀있어 밝히지 않기로 했다.

⑤ 0의 '나'는 장원작이 자신의 그림이 아니라는 것을 뒤늦게 알았지만 그동안에 자신이 해왔던 행동들이 너무 부끄럽고 좌절감 때문에 결국 말하지 못했다.

2 <내가 그린 히말라야시다 그림>에 대한 설명으로 옳은 것은?

① 1의 '나'는 건축사의 고명딸이다.

② 0에서 '나'의 아버지는 국립미술대학교 학생이었지만 중퇴했다.

③ 1에서 '나'의 오빠들이 정구를 하고 싶다고 하니, 아버지가 집 안에 정구장을 지어주었다.

④ 0에서 '나'의 아버지는 돼지를 팔고난 돈으로 화방에 들려 좋은 미술재료들을 사서 아들에게 주었다.

⑤ 천수기 선생님은 백선규의 집안과 대대로 잘 아는 사이로 백선규가 집안의 재능을 물려받았을 것이라 생각해 초3임에도 불구하고 사생 대회에 내보낸 것이다.

3 <내가 그린 히말라야시다 그림>에 대한 설명으로 옳지 않은 것은?

① 이 소설은 성장 과정에서 어떤 선택을 어떻게 하느냐에 따라 인생이 달라질 수 있음을 시사한다.

② 너무 자신의 재능을 믿었다가는 충격과 부끄러움, 좌절감을 한 번에 감당하지 못하는 일이 일어날 수 있음을 시사한다.

③ 사람은 목표가 생기면 아무리 좋아하는 취미라 할지라도 그 목표를 위해서라면 잠깐은 그 취미를 내려놓고 목표를 향해 달려갈 수 있음을 시사한다.

④ 가난은 하고 싶은 일을 방해하는 요소가 될 수 있을지언정 완전히 차단하고 막을 수는 없다. 원하는 바가 있다면 최선의 노력을 다해 이룰 수 있음을 시사한다.

⑤ 남자와 여자의 차별성에 대해 각 서술자의 아버지들은 간접적으로 말하고 있어, 여자는 시집 잘가서 애 키우며 사는 것이 중요하므로 직업은 중요하지 않음을 시사한다.

글쓰기

- 0과 1의 이야기를 따로 정리하고 핵심 내용만 간추려 재구성해보자.(단, 구성은 소설의 구성을 그대로 따를 것 / 300자 내외로 서술할 것)

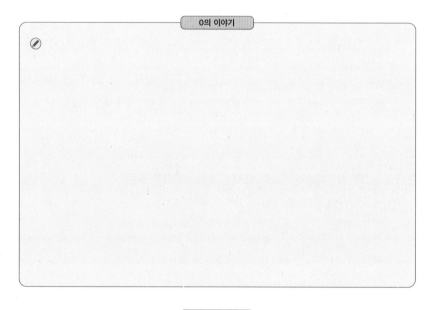

0의 이야기

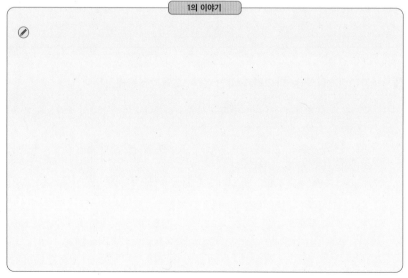

1의 이야기

잘못은 바로 잡아야 하는 것인가?
나의 잘못이 아닌데 굳이…….

〈내가 그린 히말라야시다〉는 이 시대를 살아가는 사람이라면 은 겪어 봤을 갈등문제에 대해 고민하게 합니다. 여러분은 내 잘 못이 아닌데 내가 해명해야 할 일이라던가, 내가 해명하게 되면 나 에게 돌아온 행운이 사라진다거나, 내 잘못이 아닌데 마치 내 잘못이 되 었던 경험 등이 있나요? 이러한 상황이라면 어떻게 해결할 것인지 정말 난감하면서도 고 민이 될 것입니다. 이 소설의 남학생과 여학생은 서로 잘 모르는 사이이지만 사생 대회에 서 똑같은 번호를 도화지 뒤에 적게 됩니다. 여학생의 실수였죠. 그러면서 장원의 수상자 가 바뀌는 어처구니 없는 사건에 직면합니다. 시상식도 끝나고 전시도 끝나가는 어느 날 이 두 당사자는 장원작이 전시되어 있는 강당으로 향합니다. 그리고는 남학생은 자신의 작품이 아님을 인지하고 우쭐했던 자신의 심정이 충격적이고 창피하며 좌절감을 느끼는 순간으로 바뀝니다. 한참 성장하는 그 시기에 이 사건은 정말 자신에게도 큰 충격이었을 것입니다. 한편 장원이 아니었지만 장원작이라고 걸려있는 작품이 자신의 것이라면 어떨 까요? 여학생은 자신이 그린 그림이 장원작 자리에 걸려 있는 것을 보고는 분명 황당해 했을 것입니다. 그러나 그 친구는 상대적으로 자신의 삶 자체가 상이라며 만족한 생활을 합니다. 그렇기 때문에 굳이 그 상을 찾아올 생각을 안 하죠. 여학생의 관대한 마음이 백 선규가 후에 유명한 화가가 될 수 있었던 계기였을까요? 백선규는 그 사건 이후 자신의 재능에 대해 의심하며 최선을 다하는 삶을 살았고 대한민국에서 유명한 화가가 됩니다.

여러분들도 어떤 큰 사건을 통해 자신의 삶에 큰 영향을 미치게 되고 그로 인해서 더 욱 열심히 살겠다는 다짐, 새로운 목표 설정 등을 해본 경험은 없나요? 만약 있다면 곰곰 이 생각해보는 시간을 가지고, 나의 경험과 비교해보며 작품을 감상해봅시다.

내신·수능 만점 키우기 -- 정답 및 해설

1. 「양반전」 정답 및 해설

<내신 수능 만점 키우기>

---

2. 핵심 정리
㉠매매 ㉡무능 ㉢허례허식 ㉣특권 ㉤신분질서
㉥풍자 ㉦몰락 ◎부자 ㉧실학사상

3. 이 글의 짜임
㉠무능한 ㉡매매 증서 ㉢매매 증서 ㉣매매 증서 ㉤도둑놈

4. 소설의 특성과 전개 과정에 따른 변화 양상
①주요 인물 소개 및 특성
㉮-㉡, ㉯-㉠, ㉰-㉣, ㉱-㉢

②등장인물의 행동에서 긍정·부정적인 면모 찾아보기
①책 읽기를 좋아하니 학식이 뛰어나고, 양반의 성품을 지녔으니 인품 또한 뛰어날 거야. 양반을 판 이후에 자신을 낮추는 모습을 보면 알 수 있어.
②가족들의 생계를 책임져야 할 사람이 경제적으로 무능력하고 현실감각이 떨어져. 나라에 큰 빚도 졌으니, 지금으로 치면 신용도가 바닥이지.
③부자는 일단 자신의 능력으로 부를 축적했어. 양반되기 위해 노력한 결과겠지. 하지만 양반의 실상을 알고는 스스로 양반되기를 포기한 현명함도 있어.
④부자는 돈으로 양반 신분을 사려고 한 부도덕한 사람이야. 신분제도의 부조리함을 피해보려 신분을 돈으로 사려 한 것이지.
⑤군수는 학식이 높은 양반을 훌륭하다고 여기며 존경의 태도를 보여. 그리고 부조리한 행위들을 중재하지.
⑥겉으로 양반의 빚을 갚고 신분을 산 부자를 칭찬하지. 하지만 양반 매매 증서를 과장되게 작

성함으로써 부자가 양반 신분을 얻는 것을 포기하게 만드는 역할을 해.

③인물과 공감하기
부자 나으리!
왜 양반을 포기했나요?
매매 증서대로 하나씩 하나씩 잘 이행하면 될 것을……
그토록 기다려온 양반 신분 아닌가요?
하지만 양반 매매 증서를 보고는 포기한 이유가 있을 거라 생각해요.
'도둑놈'이라 표현하면서 양반의 특권 행위가 꼭 도둑같았기 때문일 거예요. 맞아요. 양반들의 부도덕하고 비인간적인 서민층들을 수탈하는 모습이 참 마음에 들지 않아요. 또 부당한 특권을 남용하는 위선적인 모습, 권력을 세습하며 무위도식하는 그런 모습들이 양반의 진짜 모습이죠.
하지만 부자인 당신도 돈이면 양반을 살 수 있다는 가치관을 보여주면서 진정한 양반이 되려하기보다는 특권 의식을 얻고자 한 것이었죠. 지금이라도 양반을 포기했으니 진정한 평민으로 살며 특권 의식을 버리고 겸손하게 살길 바랍니다.

5. '부자'의 뇌 구조
㉠돈 ㉡환곡 ㉢의무, 규범, 생활규칙 ㉣도둑

6. 작품 깊이 이해하기
①문학작품 이론 살펴보기
1. 풍자
㉠모순 ㉡왜곡 ㉢간접 ㉣의도
2. 반어, 역설, 풍자의 공통점과 효과
㉠반대 ㉡모순 ㉢부정 ㉣직설 ㉤작가 ㉥의미

②작품 살펴보기 (서·논술형)
① ・ 양반들의 공허한 관념과 특권의식에 대한 비판

• 양반들의 무능함과 위선, 특권의식, 비경제성, 허례허식에 대한 비판

② 양반은 아무리 가난해도 존경받지만, 평민은 아무리 부유해도 존경받지 못하고 천대받기 때문에 양반 신분을 사려고 한다. 또한 양반 신분을 통해 특권의식을 보이고 싶어 신분상승을 꾀하려 하기 때문이다.

③ • 첫 번째 매매 증서: 공허한 관념과 허례허식에 빠진 양반의 모습

• 두 번째 매매 증서: 특권을 남용하고 서민들에게 횡포를 부리는 양반의 모습

• 작가의 의도 : 풍자를 통해 양반의 허례허식과 횡포를 비판하고자 함

7. 토론하기

다음 논제는 <양반전>에 드러난 양반의 모습이다. 논제를 파악한 후 주장과 근거를 서술하시오.

논제 무능력한 현실 도피자

주장 허례허식, 체통만 지키고자 할 뿐, 가족들을 먹여 살리는 데 전혀 신경쓰지 않는 현실 도피자.

근거 양반은 현실 속에서 쓸모없는 양반 체통을 지키느라 환곡을 천 석이나 되는 빚을 지고 무능한 양반의 모습을 보였다. 또한 열심히 공부하지만 부정부패한 과료에 대해 실제로 어떤 행동을 취하지 않았다. 결국 말로만 비판할 뿐 실제 행동을 하지 못하는 현실 도피자일 뿐이다.

논제 학식이 뛰어나고 현명한 선비

주장 책 읽기를 열심히 하고, 학식이 뛰어나며 성품이 뛰어난 현명한 선비의 모습을 하고 있다.

근거 당시 양반은 책을 열심히 읽고, 학식이 풍부해야 하며 성품이 뛰어난 전형적인 모습이다.

<간단히 내용 파악하기>

*다음 문제를 읽고 올바른 내용에는 O, 틀린 내용에는 X 표시를 하시오.

1. O

2. O

3. O

4. X / 두 번째 양반 증서의 내용이다. 첫 번째 매매 증서는 양반이 지켜야 할 덕목과 의무를 나열한 것이다.

*다음 문제를 읽고 올바른 답을 간단히 서술하세요.

1. 양반을 희화화하고 부정적 면을 폭로하여 양반의 공허한 관념과 비생산적 특권 의식에 대한 비판이라는 주제를 부각하고 있다.

2. 무위도식(無爲徒食)

3. 벙거지를 쓰고 잠방이를 입었다. 또한 길에 엎드려 군수에게 자신을 '소인'이라고 하며 고개를 올려다보지 못했다.

4. 임진왜란, 병자호란 등 봉건질서가 서서히 해체되고 신분제도가 동요하기 시작했다. 상업의 발달과 생산, 판매로 평민 부자가 많이 나타났고, 국가에서 부족한 재정을 막기 위해 돈 많은 평민들에게 돈을 받고 양반 신분을 사서 신분상승의 기회를 주었다. 또한 당시 지배층들은 사회 개혁의지가 부족해 공허한 명분에만 휩싸여 부정부패가 심각했다.

5. 부자와 양반의 신분이 바뀌어 부자를 양반보다 높은 자리에 앉히고, 양반을 그 아랫자리에 앉힌 것이다.

<실전 문제로 작품 정리하기>

1. ① / 해학이 아니라 '풍자'

2. ⑤ / 한문소설의 특징이라 할 수 없고, 박씨전은 작자 미상, 홍길동전의 작가는 '허균'으로 알려져 있다.

3. ⑤ / 소설을 표현하는 데 외재적 관점으로 '반영론적 관점'에 대한 설명이다.

4. ④ / 양반은 가난해도 존경받지만 부자는 돈 많아도 천대받고 수모를 겪으니 양반이 되고자 한다. 부자는 경제력에 맞는 신분 상승을 원하고 있다.

2. 「요람기」 정답 및 해설

---

2. 핵심 정리
㉠어느 시골 마을 ㉡생활과 추억 ㉢회상적 ㉣배경
㉤추보식·병렬식 ㉥자전적

3. 이 글의 짜임
㉠문명 ㉡시골 ㉢사계절 ㉣희비애환 ㉤이비

4. 소설의 특성과 전개 과정에 따른 변화 양상
① 주요 인물 소개 및 특성
㉮-㉣, ㉯-㉢, ㉰-㉠, ㉱-㉡

② 사건 전개에 따른 '소년'의 심리변화 살펴보기

① 응, 전혀 심심하지 않았어. 자연과 시골이 나에게 얼마나 즐거움을 주는데! 계절에 따라 친구들과 할 수 있는 놀이들도 달라져서 지루할 틈이 없어.

② 봄에는 들불놀이를 해. 불을 피워서 까맣게 변해가는 잔디밭과 논두렁에서 하늘로 피어오르는 아지랑이가 얼마나 멋있는지 몰라. 넋 놓고 보다가 현기증이 날 뻔한 적도 있어. 들불놀이를 끝내고 올 때는 너구리를 잡기 위해 너구리굴에 들러서 불을 피워.

③ 더운 여름에는 뭐니 뭐니 해도 시원하게 멱 감는 게 최고야! 저번에는 친구들과 같이 멱을 감다가 돌래 영감님 참외밭에 가서 장난을 쳤는데, 그것도 정말 재미있었어.

④ 가을은 역시 콩서리의 계절이지. 콩을 꺾다가 불에 구워 먹으면 아주 구수하고 달큼한 게 정말 맛있어! 저번 가을에는 춘돌이 형이 콩을 먹는 새로운 방법을 알려줬어. 다 같이 장단에 맞춰서 '범버꾸범버꾸'하면서 먹으니까 꽤 재밌더라고.

⑤ 겨울에는 연날리기를 정말 많이 해. 연을 만들어서 날리고 연싸움도 하는데, 어른들이 연싸움을 걸면 얼른 피해야 돼. 우리 연이 번번이 떼이고 말거든. 정월 보름까지 연을 날리고, 보름날에는 연의 실에 불을 붙여서 연을 하늘로 날려 보내. 이때 연에 나의 꿈과 소망을 띄워 보내지.

③ 인물과 공감하기

안녕, 이제는 어른이 된 '소년'아. 너의 즐거웠던 시골 생활에 대해 잘 읽었어. 나는 도시에서만 살아서 그런 놀이를 하는 것을 상상도 못 했는데, 시골에서는 마음껏 할 수 있다니 정말 부럽다. 되게 재미있어 보여. 나는 앉아서 텔레비전을 보거나 핸드폰을 많이 하는데, 너처럼 자연에서 뛰어다니면서 놀면 건강에도 훨씬 좋고 매일 매일이 지루하지 않을 것 같아. 시골에서의 어린 시절을 그리워하는 마음도 충분히 이해가 돼. 아 참! 어느새 인생의 희비애환과 이비를 아는 어른이 되었다고 하던데, 어른이 되는 건 어떤 느낌이야? 나는 아직 어른이 되지 않아서 모르겠지만, 부모님을 보면 어른은 바쁘고 걱정이 많아 보이더라. 부모님도 어릴 때는 너처럼 순수하고 천진난만하게 밖을 뛰어다니며 놀았겠지? 그래도 인생에 대해 더 많은 것을 알게 되는 건 좋을 것 같기도 해. 어른이 되면 너처럼 어린 시절을 그리워할지도 모르겠지만, 나도 얼른 어른이 되고 싶어.

5. 소년의 '뇌 구조'에 대해서 알아봅시다.
㉠들불 ㉡멱 ㉢콩 ㉣연 ㉤소망

6. 작품 깊이 이해하기
① 문학작품 이론 살펴보기

★ 소설에서 작가의 문체는 그 소설의 분위기를 형성하고, 복합적이고 개성적인 작가의 문체는 곧 작가 자신을 보여주기 때문이다.

② 작품 살펴보기 (서·논술형)

① 고향에 대한 그리움과 꾸밈없이 순수하고 천진난만한 동심의 세계를 그리워하고 있다.

② •봄: 들불놀이, 너구리굴에 불 피워 너구리 잡기, 물까마귀 잡아먹기.

•여름: 소에게 풀 뜯기기, 멱감기, 돌래 영감의

참외밭 가기, 평상에 누워 매미 소리를 들으며 누나와 이야기하기.

• 가을: 콩서리하기, 결혼해 마을을 떠난 이대룡과 득이 그리워하기.

• 겨울: 연날리기, 연싸움, 연에 꿈과 소망을 담아 하늘로 날려 보내기.

③ 작가는 비록 근대화가 되지 않아 텔레비전이나 컴퓨터가 없었던 시골에 살았지만 그곳에서 친구들과 아무 근심 없이 노는 것이 즐거웠던 어린 시절을 보냈고, 그 시절을 그리워하며 그 시절로 돌아가고 싶은 마음을 담아 이 작품을 썼다.

7. 토론하기

다음 논제를 파악한 후 주장과 근거를 서술하시오.

[논제] 춘돌이는 리더의 자격이 있다.

[주장] 춘돌이는 아이들이 잘 따르기 때문에 리더의 자격이 있다.

[근거] • 춘돌이는 아이들의 마음을 잘 헤아려준다. 리더는 자신이 이끄는 무리 구성원들의 마음을 잘 이해하는 능력을 갖추어야 한다.

• 춘돌이는 아이들이 자신의 말을 고분고분 잘 듣도록 이끄는 능력이 있다. 구성원들이 자신의 말에 잘 따르도록 하는 능력 또한 리더에게 중요한 덕목이다.

[논제] 춘돌이는 리더의 자격이 없다.

[주장] 춘돌이는 욕심이 많고 독선적이기 때문에 리더의 자격이 없다.

[근거] • 춘돌이는 욕심이 많아 혼자 맛있는 것을 독차지하기 위해 꾀를 부린다. 리더는 욕심에 치우치면 안 되고 언제나 공평해야 하는데, 춘돌이는 아이들을 놀라게 해서 구운 물까마귀를 혼자 다 먹었고, 콩을 '범버꾸범버꾸'하면서 먹는 방법을 알려주어 아이들이 콩을 느리게 먹는 사이 혼자 빠르게 많은 양을 먹었다.

• 춘돌이의 말을 듣지 않는 아이는 밤밭골에 올 수 없는데 이는 너무 독선적인 처사이다. 자신의 말을 안 들으면 내칠 것이 아니라, 리더란 자신이 이끄는 무리의 모든 구성원들을 포용하며 자신의 말을 잘 듣도록 인내심을 가지고 이끌어야 한다.

<간단히 내용 파악하기>

*다음 문제를 읽고 올바른 내용에는 O, 틀린 내용에는 X 표시를 하시오.

1. O

2. X / 아이들은 서로 안 먹겠다고 했다.

3. X / 소년은 소가 없었다. 소 한 마리 먹이기가 소년은 늘 소원이었다.

4. X / 동네 돌래 영감님 참외밭에서 방아깨비 잡고 노는 것이었다.

5. O

*다음 문제를 읽고 올바른 답을 간단히 서술하세요.

1. '요람'은 어린 아기를 태우고 흔들며 재우는 물건으로, '요람기'는 자연 속에서 꿈을 키우던 어린 시절을 의미한다.

2. '끼루룩'하고 뛰게 된다고 했다.

3. 낮에는 부끄럽기 때문이라고 했다.

4. 아이들을 놀래켜 달아나게 한 뒤 혼자 다 먹기 위해 연기한 것이다.

5. 연날리기는 정월 보름까지 할 수 있었다. 보름이 지난 뒤에도 연을 날리면 상놈이라고 했다.

<실전 문제로 작품 정리하기>

1. ④ 이 소설의 배경은 산골 마을이다.

2. ② 너구리굴에 불을 지피면 너구리가 연기를 먹고 목이 막혀서 기어 나오면 산 채로 잡자는 계획을 세웠으나 잡을 수 없었다.

3. ③ '소년은 소가 없었다. 소 한 마리 먹이기가 소년은 늘 소원이었다.'에서 알 수 있다.

4. ⑤ 아이들은 꼬챙이로 땅을 치다 보니 콩을 주울 새도 없었고 입 속에 두어 알씩 까 넣는

콩마저 '범버꾸범버꾸' 하다 보니 씹을 수도 없었다.

<글쓰기>

1. 다음 <보기>는 소설의 구성 방식에 대해 이야기하고 있습니다. <보기>를 읽고 이러한 구성 방식이 독자에게 주는 효과에 대해 서술해 보세요.

이러한 소설의 구성 방식은 소년의 어린 시절의 체험들을 잔잔하게 전하며 독자들로 하여금 소설을 아무런 부담 없이 읽을 수 있도록 한다. 독자는 사건의 전후 관계를 따질 필요도 없고, 소설의 주제를 깊이 생각할 필요도 없어 편안한 마음으로 작품 속의 천진난만한 동심의 세계 속에 빠져들 수 있는 것이다. 이 소설은 독자에게 아늑한 즐거움을 주면서 독자 자신의 어린 시절을 회상하게 하는 재확인의 즐거움을 준다.

2. 도시와 시골에서의 삶! 서로는 참 다르지만 각기 좋은 점들이 많습니다. 어떤 점들이 좋은지·나쁜지 여러분의 생각을 적어보세요. 마지막에 여러분은 어떤 곳에서의 삶을 선호하는지 작성해봅시다.

• 도시의 좋은 점은 문명이 발달하고 대부분 많은 것을 원하는 시간에 원하는 곳에서 얻을 수 있으므로 도시의 삶은 매우 편리하다는 것입니다. 그러나 인구가 밀집되어 있고 복잡합니다. 차가 많이 막히고 공기가 좋지 않습니다.

시골의 좋은 점은, 인간이 자연과 함께 함으로써 정서적으로 안정되고 오감이 발달된다는 것입니다. 또한 공기가 좋고 물가가 낮아, 좋은 식재료들도 저렴하게 얻을 수 있습니다. 반면, 다소 교통이 불편하고 인구가 적어 학교가 멀다는 단점이 있습니다.

• '나'는 도시에서 삶을 추구합니다.

그 이유는 도시에서의 다양한 문화를 경험해볼 수 있기 때문입니다. 저는 영화, 전시관 관람을 좋아하고, 복합 쇼핑몰에서 노는 것을 좋아합니다. 대형 서점에 가서 새로 나온 책도 보며 다양한 도시에서의

즐길 거리를 즐길 줄 압니다.

3. 「동백꽃」 정답 및 해설

<내신 수능 만점 키우기>

2. 핵심정리

㉠갈등 ㉡사랑 ㉢해학적 ㉣토속어 ㉤비속어 ㉥역순행적

3. 이 글의 짜임

㉠현재 ㉡과거 ㉢과거 ㉣현재 ㉤현재

4. 소설의 특성과 전개 과정에 따른 변화 양상

① 주요 인물 소개 및 특성

나: ① 무뚝뚝하고 어수룩하며 순박하다. 눈치가 없어 '나'에 대한 점순의 애정표현을 이해하지 못한다.

② 점순이네 눈치를 본다.('나'는 소작농의 아들이기 때문에)

점순: ① 적극적이고 영악하며 조숙하다.

② 마름의 딸로 활발하고 '나'에게 적극적으로 애정을 표현한다.

② 사건 전개에 따른 나의 심리 변화

㉠호의 ㉡앙갚음 ㉢화 ㉣창피 ㉤관심 ㉥앙갚음 ㉦기대감 ◎기쁘고 통쾌 ㉨실망

③ 인물과 공감하기

칠복아! 수탉에게 고추장을 먹이면 닭이 괴로워할 것 같은데?

점순이네 수탉과 싸움에서 이기게 해서 점순이의 침해에 복수하려는 의지가 대단하다. 그렇게까지라도 해서 꼭 이기고 복수를 해야 마음이 풀리겠어?

그냥 대화로 잘 이 상황을 풀어나가면 어떨까?

5. '점순'의 뇌 구조

㉠감자 ㉡호의 ㉢수탉 ㉣사랑

6. 작품 깊이 이해하기

① 문학 이론 살펴보기

1. 서술상 특징

㉠의식의 흐름 ㉡생각·성격

2. 배경, 인물, 사건

㉠배경 ㉡인물 ㉢ 사건 ㉣개연성 ㉤분위기 ㉥주제 ㉦현장 ㉧생동 ㉨상징성 ㉩성격·심리 ㉪행동·말·외양묘사 ㉫발단-전개-위기-절정-결말

② 작품 살펴보기 (서·논술형)

①마름의 딸인 점순이와 소작인의 아들인 내가 붙어 다니면 좋지 않은 소문이 나거나 일을 저지르면 땅도 떨어지고 집도 내쫓기게 되기 때문이다.

②점순 자신의 호의가 거부당한 것에 대한 분노를 드러내는 동시에 '나'의 관심을 끌기 위해서이다.

③분하기도 하고 무안도 스럽고, 또 일을 저질렀으니 이제 땅이 떨어지고 집도 내쫓겨야 할지 모른다는 생각이 들었기 때문이다.

7. 토론하기

다음 논제를 파악한 후 주장과 근거를 서술하시오.

논제 찬성

주장 문학적 감수성을 충분히 느낄 수 있고, 중학교 수준에서 배울 수 있는 문학이론 등이 충분히 적합하다.

근거 ① 소재의 상징성: 닭싸움, 감자, 동백꽃 등에 대해 구체적인 의미와 역할에 대해 배움으로써 문학적 상징을 이해하는데 도움이 된다.

② 소설의 구성: 인물, 배경, 사건이라는 소설구성의 3요소의 내용을 적절히 배운다.

③ 인물의 특성: 인물마다의 특성을 분석하고 행동과 말을 통한 간접적 표현에 대해 배운다.

④ 해학성: 토속어, 비속어 활용, 뒤바뀐 남녀의 역할, 인물의 성격 대조 등에서 재미와 흥미를 느낄 수 있으며 해학성에 대해 배운다.

논제 반대

주장 사춘기 청소년들의 예민한 시기에 <동백꽃> 인물들의 성애에 대한 이성적 호감을 적절한 행동표현으로 하지 못했다.(동물학대, 살생 등) 따라서 중학생보다 고등학교 교육에 더 적합하다.

근거 ① 점순이가 주인공 '나'를 좋아하는데, 자신이 계획한 일들이 예상과 빗나가자 보란 듯이 '나' 앞에서 닭을 패는 행위는 현대의 시점에서 매우 위험한 행동이고 유사한 행위를 조장할 수 있으므로 판단력이 부족한 중학생보다는 사춘기 시절을 겪은 후의 고등학교 교과서에서 다루는 것이 좋다.

② 수탉에게 고춧가루를 먹이고, 때려 죽이는 행위는 분명한 동물학대이고 불법행위다. 생명을 경시하고 만족감을 주지 않을 때에는 다른 생명을 위협하고 죽여도 괜찮다는 믿음을 줄 수 있어 사춘기 시절 예민한 중학생들의 교육적 차원에서는 부적합하다.

<간단히 내용 파악하기>

*다음 문제를 읽고 올바른 내용에는 O, 틀린 내용에는 X 표시를 하시오.

1. O / '말하는 이'는 서술자로 '나'에 해당한다.

2. X / 발단에서 닭싸움은 사건 전개에 중요한 예고에 해당된다. 또한 독자들의 궁금증을 유발한다.

3. O / '나'가 점순이가 준 감자를 거절하자 그때부터 '나'의 수탉을 괴롭히기 시작한다.

4. X / '나'의 집이 소작농이고, 점순네 집이 마름집이다.

5. X / 역순행적 구성으로 '현재-과거-현재'형태의 구성을 취한다.

*다음 문제를 읽고 올바른 답을 간단히 서술하세요.

1. 점순네 수탉과 싸워서 이기기 위함이다.

2. ①표면적 의미 : 우리 닭을 때려 죽이지 마라.

②이면적 의미 : 다음부터는 나의 호의를 거절하지 마라.

3. 소작을 부치던 땅도 떨어지고 집에서도 쫓겨날까봐 걱정되었기 때문이다.

4. 동백꽃

5. •나 : 순박하다, 어수룩하다, 눈치없다, 수줍음이 많다.

•점순 : 적극적이다. 영악하다. 조숙하다.

<실전 문제로 작품 정리하기>
___

1. ① / 1인칭 주인공 시점이다.

2. ④ / 점순은 '나'에게 감자를 주었으나 '나'가 거절하자 닭을 괴롭혔지 죽이지는 않았다. 나중에 점순네 수탉을 때려 죽인 것은 '나'였다.

3. ⑤ / 점순은 마름의 딸, '나'는 소작농의 아들이지만, 신분에 대한 비판은 없다. 또한 사회적인 내용을 비판하며 웃음을 주는 것은 '풍자'적 요소로 본다.

4. ① / 소설의 시작은 '현재'이지만, 전개부분에서 '나흘 전'으로 거슬러 올라가 점순이가 '나'에게 감자를 주는 일이 시간적으로 가장 먼저다.

<글쓰기>
___

다음 <보기>를 보고 서술자를 '나'가 아닌 3인칭으로 하여 작성하고, '나'에게는 새로운 이름을 붙이세요.

나흘 전, 점순은 칠득에게 감자 하나를 건넸는데 점순이가 토라졌다.

칠득이는 점순에게 나물을 캐러 간다면서 울타리 엮는데 쌩이질은 뭐냐며 핀잔을 줬다. 발소리를 죽여가며 등뒤로 살며시 가서는,

"애! 너 혼자만 일하니?"

하고 긴치 않은 수작을 했다.

어제까지도 점순과 칠득은 이야기도 잘 않고 서로 만나도 본척만척했지만 오늘 갑자기 점순이 일하는

칠득에게 밝게 웃으며 친한 척 했다.

"그럼 혼자 하지 떼루 하디?"

칠득이 내뱉는 소리를 하니까

"너 일하기 좋니? 한여름이나 되거든 하지 벌써 울타리를 하니?"

잔소리를 두루 늘어놓다가 남이 들을까봐 손으로 입을 틀어막고는 그 속에서 깔깔댄다. 칠득은 그리 웃는 점순이를 어이없다는 표정으로 쳐다보다 이내 다시 일을 하기 시작한다. 점순은 할금할금 돌아보더니 행주치마 속에 손을 쑥 넣고는 주섬주섬하더니 칠득이 턱밑으로 굵은 알 하나를 쑥 내밀었다. 언제 구웠는지 더운 김이 홱 끼치는 굵은 감자 두 개를 더 꺼냈다. 감자 세 알을 칠득이 얼굴로 더 가까이 가더니

"느 집엔 이거 없지?"

하고는 생색 냈다. 점순 혼자 큰 소리를 하고는 한 잎 크게 베어 문다. 마름의 딸이 소작농의 아들놈에게 감자를 준다? 남들이 뭔가 오해할 만한 일이 생길 줄 안다. 그러더니 점순이 말한다.

"너 봄감자가 맛있단다."

"난 감자 안 먹는다. 너나 먹어라."

칠득이 감자를 본체만체 감자 든 점순의 손을 어깨 너머로 쑥 밀어 버렸다.

4. 「사랑손님과 어머니」 정답 및 해설

<내신 수능 만점 키우기>
___

2. 핵심 정리

㉠직접 ㉡옥희 ㉢시간 ㉣간접적 ㉤시선

3. 이 글의 짜임

㉠사랑방 ㉡호감 ㉢갈등 ㉣거절 ㉤마른 꽃

4. 소설의 특성과 전개 과정에 따른 변화 양상

① 주요 인물 소개 및 특성

㉮-㉡, ㉯-㉠, ㉰-㉢, ㉱-㉢

② 사건 전개에 따른 어머니의 심리 변화

㉠전통 ㉡관심과 마음 ㉢사람들에게 손가락질

받을까봐 ②내적 갈등 ⑩당황 ⑪긴장 ②부끄러움 ◎안도감

3 인물과 공감하기

아저씨 안녕!

나 옥희야.

나 이제 일곱 살 돼서 글씨도 안다.

아저씨랑 책도 읽고 뒷동산에 놀러가고 싶어.

아저씨랑 뒷동산에서 풀잎도 뽑고, 아저씨 다리도 꼬집어 보고 놀았던 게 너무 그리워. 난 아저씨가 울 아빠라면 좋겠다고 했는데 아저씨는 괜히 성이나 내고…… 난 진심이었는데.

아저씨 우리 또 뒷동산에 놀러가고, 예배당도 같이 가우.

응? 꼭!

나 내년에 학교가면 입학식도 오고 맛난 것도 먹으러 가.

그럼 옥희, 아저씨 기다린다.

5. '옥희'의 뇌 구조

㉠삶은 달걀 ㉡아빠 ㉢꽃

6. 작품 깊이 이해하기

1 문학 이론 살펴보기

㉠의미 ㉡분위기 ㉢주제 ㉣소통

2 작품 살펴보기 (서·논술형)

①어머니는 봉건적이고 전통적 사고방식으로 변화보다는 옛 것을 지키려하고, 외삼촌은 진보적이고 개방적인 사고로 사회적 가치가 바뀌어 나가고 있음을 알고 있다. 즉, 1930년대 보수적인 사고에서 진보적 사고로 변화하는 시기임을 알 수 있다.

②서술자가 어린이이기 때문에 어른들의 말과 행동을 이해하지 못한다. 이러한 점은 어린아이의 순수함을 느낄 수 있고, 독자는 서술자가 설명하지 못하는 부분들을 상상하며 읽을 수 있는 흥미를 느낄 수 있다.

③옥희는 어머니가 마중을 오지 않아서 화가 났고, 어머니가 집을 떠났다고 생각했기 때문이다.

그래서 어머니를 골려주기 위해 벽장 속에 숨은 것이다.

④당시 사회적 가치관은 봉건적이고 전통을 고수하는 분위기였다. 그래서 재혼을 하는 것을 좋지 않게 보는 시선이 있기 때문이고, 옥희의 장래를 위해서 이기도 하다. 어머니가 재혼을 하면 옥희에게 부정적 영향을 끼칠까 염려되었기 때문이다.

⑤ ㉠죽은 남편에 대한 어머니의 그리움을 나타냄.

㉡• 옥희와 아저씨가 친해지게 된 계기
• 아저씨에 대한 어머니의 관심(전개)과 마지막 정성(결말)

㉢아저씨에 대한 어머니의 사랑을 나타내고, 어머니의 내적 갈등을 심화시키는 계기가 됨.

㉣죽은 남편이 어머니에게 선물한 것임. 어머니의 내적 갈등을 드러냄.

㉤이별을 상징함. 어머니가 아저씨의 사랑을 거절함.

7. 토론하기

다음 논제를 파악한 후 주장과 근거를 서술하시오.

논제 어머니의 재혼은 타당하다

주장 어머니의 재혼은 옥희와 어머니 모두에게 도움이 된다.

근거 • 옥희도 '아빠'라는 존재를 갖고 싶어한다. '아저씨'는 옥희에게 좋은 아빠 역할을 할 수 있을 것이다.
• 재혼을 한다면 집안 사정도 나아져서 옥희가 더 좋은 환경에서 성장할 수 있다.

논제 어머니의 재혼은 타당하지 않다

주장 어머니의 재혼으로 얻는 이점보다 단점이 더 많다.

근거 • 옥희는 평생 화냥년의 딸이라는 꼬리표를 달고 살아갈 것이다. 옥희가 자라면 자랄수록 얻는 불이익이 많아지기 때문에 재혼을 하지 말아야 한다.

• 결혼이라는 것은 신중하게 생각해야 한다. 옥희의 어머니는 아직 죽은 남편을 그리워하고 있으므로 재혼을 하면 안 된다.

<간단히 내용 파악하기>

*다음 문제를 읽고 올바른 내용에는 O, 틀린 내용에는 X 표시를 하시오.

1. X / 외할머니는 과부가 된 딸(옥희의 어머니)이 안쓰러워 더 이상 딸이 죽은 남편을 떠올리지 않았으면 하고 바라는 마음에 사진을 치우라고 한 것이다.

2. X / 어머니는 아저씨가 달걀을 좋아한다는 이야기를 듣고, 아저씨에게 달걀 반찬을 더 많이 해주기 위해 달걀을 평소보다 많이 산 것이다.

3. O

4. O

5. O

*다음 문제를 읽고 올바른 답을 간단히 서술하세요.

1. 아저씨와의 사랑
※ 기도의 반복은 어머니의 내적 갈등이 최고조에 다달았음을 의미한다.

2. 과부 재가 금지(과부의 재혼 금지), 가부장적인 사회분위기, 봉건사회의 전통성을 중시하는 분위기 등

3. '다른 건'은 아저씨와의 사랑으로, 이 말은 옥희 엄마가 아저씨와 이별할 것을 암시한다.

4. 아저씨의 고백을 거절한 내용이 있었을 것이다.

5. 표면적 이유는 방학을 했기 때문이다.
실질적 이유는 어머니와의 사랑이 이루어지지 않았기 때문이다.

<실전 문제로 작품 정리하기>

1. ⑤ / 서술자는 여섯 살 어린이로 어른들의 행동과 심리를 이해하는데 한계가 있다. 따라서 구체적으로 파악하지는 못했다.

2. ④ /① 옥희는 유복녀. 사생아는 법률적으로 부부가 아닌 남녀 사이에서 태어난 아이다.
② 옥희는 달걀을 좋아한다.
③ 옥희 엄마는 아빠가 돌아가신 후 풍금을 켠 적이 없었다. 옥희가 태어나 처음으로 어머니는 풍금을 켰다.
⑤ 옥희는 꽃을 아저씨가 가져다주라고 거짓말을 했고, 그 꽃은 옥희가 산 것은 아니다.

3. ⑤ / '고마움'이 아니라 '좋아하는 마음, 또는 사랑하는 마음'이 더 크다.

4. ② / 아저씨가 예배당에서 옥희를 쳐다보지 않은 것은 어머니에 대한 관심을 들킬까봐 주변 사람들을 의식한 것이다.

<글쓰기>

다음 글은 소설의 일부를 관점을 달리하여 바꿔 쓴 것이다. 소설 원작과 변형작을 비교하여 관점의 변화가 작품의 느낌을 어떻게 다르게 했는지 설명하세요.

위 내용은 원작과 변형작의 내용은 같지만 시점에 따라 서술자가 다르다. 외삼촌의 관점으로 바꿈으로써 원작의 어린아이 관점의 친근함이 사라지고, 외삼촌의 심리와 느낌이 구체적으로 표현되었다. 예를 들면, '누님의 힘없는 목소리', '아마 누님은 ~ 배웅하고 싶은 것이리라.', '왠지 쓸쓸하게 느껴졌다.'등에서 외삼촌의 관점이 반영되어 소설의 분위기가 원작과 완전히 달라졌다. 이렇게 소설의 분위기가 달라지게 되면 작가가 의도한 바가 바뀔 수 있고, 주제도 달라질 수 있다.

5. 「아들과 함께 걷는 길」 정답 및 해설

2. 핵심 정리
㉠사람 ㉡대화 ㉢과거

3. 이 글의 짜임
일반적인 소설은 갈등을 중심으로 긴장감이 고

조되며 소설의 기본 구조가 형성된다. 그러나 갈등이 없으면 소설의 긴장감도 없어진다. 한편 <아들과 함께 걷는 길>처럼 잔잔한 이야기가 전개되는 경우는 굳이 소설에 갈등이 있을 필요는 없다고 생각한다. 잔잔한 이야기는 진술과 대화로 사람들에게 감동을 주고, 깨달음을 줄 수도 있기 때문이다.

4. 추론하기

대관령 고개는 우리가 주로 생활을 하는 도시와 공간적 속성이 매우 다르다. 도시에서는 사람들이 각박한 생활에 둘러싸여 있기에 자신의 주변과 인간적 가치에 대해 성찰을 할 기회가 많이 주어지지 않는다. 반면, 대관령이라는 자연의 공간은 도시와 다르다. 이러한 공간에서 아들은 아빠와의 대화를 통해 평소에는 지나칠 수 있는 소중한 가치들에 대해 깊은 성찰을 하며 정신적 성장을 이룩하고 있다.

5. 소설의 특성과 전개 과정에 따른 변화 양상

①주요 인물 소개 및 특성

㉮-㉠, ㉯-㉣, ㉱-㉡, ㉰-㉢, ㉲-㉤

②각 친구들이 보여주는 진정한 친구의 의미 살펴보기

①진정한 친구는 오랜 세월동안 교류해 마음 속에 늘 있다. 그러니, 물리적으로 항상 가깝지 않더라도 서로를 위하는 것이 진정한 친구이다.

②진정한 친구는 조건을 따지지 않고 그 친구임을 자랑스러워하는 자이다. 이러한 친구들은 친구 그 자체라는 이유로 친구를 배려한다.

③진정한 친구란 작은 부탁을 받았더라도 친구를 위하는 마음 속에서 행동하는 사람이다. 자신을 생각한다는 고마운 마음이 들게 하는 사람이다.

6. 생각 키우기

이렇게 친구는 도덕적 기준을 통해 좋은 사람이라는 것이 확인된다면, 그의 사람됨만을 바라보고 우정을 쌓아야 한다. 친구의 배경을 바라보고, 이익을 얻기 위해 행동하며 만드는 우정은 거짓된 우정으로 오래 지속하지 못한다. 반면, 그 친구의 인간됨을 바라보고 친구를 인격적으로 대하는 순간 서로를 위하는 지속 가능한 관계로 발전해 양쪽에 유용함을 가져다줄 것이다. 그렇기에 우정은 무조건적인 성격이 있다.

7. '상우'의 뇌 구조

8. 작품 깊이 이해하기

①문학 이론 살펴보기

㉠효과적 ㉡시인 ㉢길 ㉣어조 ㉤분위기 ㉥정서 ⓐ일치 ◎직접 ㉧사건 ㉨인물 ㉩대상

②작품 살펴보기 (서·논술형)

① 아버지와 익현이 아저씨는 4대에 걸친 친구이기 때문이다.

상우 아빠의 증조할아버지와 그 아저씨의 증조할아버지가 친구였고, 아빠 할아버지와 그 아저씨의 할아버지가 친구였고, 상우 할아버지와 그 친구의 아버지가 친구였고, 상우 아버지와 그 아저씨가 친구이다.

② 내가 외롭거나 어려울 때 서로 믿고 도울 수 있고, 또 당장 어렵거나 외롭지 않더라도 그런 친구 곁에 있는 것만으로도 위로가 되고 큰 힘이 될 수 있는 친구가 가장 좋은 친구다.

③ 친구로 이익을 쫓기보다는 의지할 수 있어야 함을 강조한다.

④ 그 말을 들은 친구를 부담스럽게 할 수도 있는 일이기 때문이다.

9. 토론하기

다음 논제를 파악한 후 주장과 근거를 서술하시오.

논제 우정에는 조건이 없다

주장 조건을 바라지 않고 선을 행하는 것이 진정한 우정이다.

근거 •다양한 배경을 가지는 사람들과 우정을 쌓을 수 있다.

• 나와 다른 배경을 가지고 있는 사람들로부터 다른 경험을 할 수 있고, 교훈을 얻을 수 있다.

• 인간관계를 조건을 들이밀면서 형성하게 될 경우 모든 관계가 어떠한 수단만을 위한 피상적인 관계로 전락할 가능성이 높다.

논제 우정에는 조건이 있다.

주장 우정을 위해서는 필연적으로 조건을 따질 수 밖에 없다.

근거 • 비슷한 교육수준, 소득수준의 사람들과 우정을 쌓는다.

• 나와 비슷한 상황을 공유하고 있는 사람들이야말로 내 상황에 공감해줄 수 있는 능력을 갖춰 진정한 우정을 쌓을 수 있다.

• 도덕적으로 잘못된 행동을 하는 사람인지, 자신의 기준에서 합당한 사람인지를 판단하지 않고 사람을 사귈 경우 인간적 배신이나, 고난에 빠질 수 있다.

<간단히 내용 파악하기>

---

*다음 문제를 읽고 올바른 내용에는 O, 틀린 내용에는 X 표시를 하시오.

1. X / 대관령
2. O
3. O / 익현이 아저씨가 오래된 친구인데 4대째 내려오는 친구 집안이다.
4. X / 잘못됐다고 생각한다. 친구를 사귈 때 다 위로 보고 사귀면 아래에 있는 친구는 자기보다 나은 친구를 사귀고 싶어도 평생 친구를 사귈 수 없기 때문이다.
5. X / 친구를 부담스럽게 할 수도 있는 일이기 때문에 당당히 말할 수 있는 것이 아니다.

*다음 문제를 읽고 올바른 답을 간단히 서술하세요.

1. 세교
2. 아빠가 책이 나올 때 마다 한 권씩 주는 것
3. 소설가 친구가 있고, 그 친구한테 연락을 하면 나올 수 있는지에 대해 내기를 함

4. 익현이 아저씨, 기한이 아저씨, 성률이 아빠
5. 친구를 가려 사귀기는 하되 절대 차별해서는 안되는 것이다.

<실전 문제로 작품 정리하기>

1. ④ 이 글은 중심인물의 말과 행동을 관찰하여 전달하고 있는 것이 아니라 인물의 대화만을 통해 내용을 전개하고 있다.

2. ③ 아빠는, 친구는 위로 보고 사귀라는 옛말이 잘못되었다고 생각하는 인물로, 자기보다 나은 친구란 친구에게 배울 점을 찾으라는 이야기라고 말한다.

3. ⑤ '무얼 꼭 크게 도와주고 힘든 일을 해주어야만 좋은 친구인 것이 아니라 어떤 일로든 그 사람이 정말 내 친구구나 하는 걸 확인하게 될 때 마음 속에 다시 커다란 우정이 쌓이는 거란다.'라는 아버지의 말에서 알 수 있다.

4. ⑤ 기한이 아저씨는 친구 중에 소설가가 있다고 자랑을 한다.

<글쓰기>

---

1. 기한이 아저씨가 아빠를 사사로운 내기에 부른 것은 옳은 일인지 자신의 생각을 서술해보자.

옳다. ➡ 우정을 위해서 이러한 작은 번거로움은 감수할 수 있다. 아빠가 말한 대로 우정은 커다란 사건에서 드러나지 않는다. 이러한 작은 일들을 들어주는 것에서 사람들은 감동하고, 우정은 깊이를 더한다. 결정적으로 이 일을 도와 아버지 또한 기한이 아저씨를 도울 수 있어 기뻤기에 이러한 작은 번거로움을 아빠의 입장에서도 감수할 수 있는 것이다.

옳지않다. ➡ 저작활동으로 바쁜 아빠에게 이러한 작은 내기를 만들어 불러내는 일은 친구의 일을 방해하는 행위이다. 아빠가 기한이 아저씨를 이러한 일로 도울 수 있더라도 이러한 작은 일로 일에 바쁜 친구를 불러들이고 물리적으로 고생시키는 일은 친구의 진정성을 시험에 들게 할 수 있다. 계속 이러한 작은 부탁

으로 아빠를 부르게 된다면 아빠도 기한이 아저씨가 사사로운 일에도 자신을 불러내는 사람이라고 여기게 되어 그의 부탁을 등한시 할 수 있다.

2. 성률이 아빠는 그 어떠한 보수 없이 아빠의 택시비를 거절한다. 이러한 행위 자체의 정당성을 평가하고, 나라면 이러한 행동을 할 수 있는지 이야기해보자.

성률이 아빠는 돈이라는 수단에 의해서 아빠를 도운 것이 아니다. 그렇기에 아빠가 돈을 주었을 때 돈으로 환산할 수 없는 자신과의 우정을 계량하려 한 아빠의 태도에 섭섭함을 느꼈다. 하지만, 아빠의 입장에서는 돈을 우정으로 환산한 것이 아닌, 명절 대목에 많은 사람들을 놓치며 자신을 위해 운전을 해준 친구에 대한 최소한의 고마움의 표시였을 수도 있다. 그렇기에 이 돈은 아빠의 작은 성의의 표시로 해석할 수 있다.

내가 성률이 아빠여도 진정으로 아끼고 생각하는 친구가 어려움에 처해있을 경우, 손해를 감수하고서라도 쉽지는 않지만 도울 것 같다. 아빠가 말하는 것처럼 곤란한 상황의 친구를 돕는 것만큼 가치 있는 일은 세상에 드물기 때문이다.

6. 「공작나방」 정답 및 해설

<내신 수능 만점 키우기>

2. 핵심 정리
㉠액자식 ㉡갈등 ㉢성찰 ㉣심리 ㉤외부 ㉥내부 ㉦회상

3. 이 글의 짜임
㉠나비 수집 판 ㉡에밀 ㉢공작나방 ㉣공작나방 ㉤한 번 저지른 일은 결코 되돌릴 수 없음

4. 소설의 특성과 전개 과정에 따른 변화 양상
① 주요 인물 소개 및 특성
㉮-㉡, ㉯-㉠, ㉰-㉢
② 공작나방을 보러 간 '나'의 심리변화 살펴보기
㉠기대감 ㉡욕망 ㉢만족감 ㉣죄책감 ㉤내가 솔

직하게 말해도 에밀이 용서해 줄 것 같지도 않았거든. ㉥해방감

③ 인물과 공감하기
하인리히야, 에밀에게 사실대로 말하니까 마음이 조금 편해졌니?

나도 초등학교 3학년 때 빨리 선물을 받고 싶은 마음에 선생님 서랍에서 칭찬 스티커를 훔친 적이 있어. 막상 집에 와서 생각해 보니 내가 왜 그런 짓을 했을까 후회가 되어서 훔친 스티커를 휴지통에 버렸어. 나는 선생님께 혼날까봐 두려워서 사실대로 말씀드리지 못했는데 용기 있는 너의 모습을 보고 부끄러운 마음이 들었어.

사실을 말하고 용서를 구했는데도 에밀이 용서를 받아주지 않아서 모욕감이 들고 견디기 힘들었을 거야. 집에 와서 나비들을 망가뜨리면서 무척이나 속상했을 텐데, 이제는 다 잊고 좋은 교훈 하나 얻었다라고 생각하고 다음부터는 똑같은 실수를 범하지 말자.

5. '나(하인리히 모어)'의 뇌 구조
㉠ 아름답고 찬란한 공작나방을 망가뜨렸다는
㉡ 공작나방의 아름다움에 절대적인 가치

6. 작품 깊이 이해하기
② 작품 살펴보기 (서·논술형)
① <보기>에서 하인리히 모어인 '나'는 도둑질을 해서는 안 된다는 양심과 공작나방을 갖고 싶다는 욕망 사이에서 내적 갈등을 겪고 있다. 주인 없는 방에서 날개 판에 걸려 있는 아름다운 공작나방을 본 나는 욕심에 이끌려 에밀의 나방을 훔치고 말았다. 하지만 도둑질은 나쁜 짓이라는 사실을 알기 때문에 이 나방을 다시 에밀의 책상 위에 돌려놓아야한다는 생각 때문에 괴로워하고 있다.
② 1) 에밀의 경멸 어린 시선에 공작나방을 갖고 싶은 욕심을 참지 못했던 스스로가 한심하게 느껴지고, 나비수집에 대한 기쁨이 모두 사라져

버려 나비 수집이 더 이상 중요하지 않게 되었음을 의미한다.

2) 갖고 싶은 나비를 수집하는 것보다는 양심을 지키는 일이 더 중요하다는 것을 깨닫고 양심을 지키지 못한 자신은 그동안 수집한 나비들을 가질 자격이 없다고 여겼음을 의미한다.

3) 욕망의 세계에 머물러 있던 하인리히가 규범과 도덕의 세계에 대해 인식하며 정신적으로 성장했음을 의미한다.

③ 에밀은 매우 모범적인 소년으로 '나'의 행동을 이해한다거나 '나'의 사과를 받아주지 않을 것이라 생각했기 때문이다.

④ 놀라움과 슬픔에 잠겼지만 '나'의 마음을 이해해주었다. 그러나 에밀에게 사실을 고백하고 용서를 빌 것을 권했다. 그리고 밤이 되도록 주저하는 '나'에게 어머니는 단호한 태도를 보여주며 사과를 하러 가게 했다.

7. 토론하기

다음 논제를 파악한 후 주장과 근거를 서술하시오.

논제 용서해야 한다

주장 하인리히는 에밀에게 진심으로 용서를 구했기 때문에 용서를 해야 한다.

근거 • 하인리히가 진심으로 자신의 잘못을 뉘우치고 반성하고 있기 때문에 사과를 받아줘야 한다.

• 에밀이 하인리히의 사과를 진정으로 받아들이지 않고 비꼬면서 경멸하는 태도를 보이는 것은 옳지 않다.

• 하인리히가 에밀의 나방을 훔치고 완전범죄를 저지른 것도 아니고 한 순간의 실수이기 때문에 용서해줘야 한다.

논제 용서하지 않아도 된다

주장 하인리히를 용서하고 말고는 에밀의 자유이다.

근거 • 상대방의 사과를 반드시 받아줄 필요는 없다. 용서를 하고 말고는 본인의 자유이다.

• 하인리히가 직접 사과를 하겠다고 마음을 먹은 것이 아니라 어머니의 강요로 에밀을 찾아와 용서를 구한 것이므로 진심에서 나온 사과가 아니다.

<간단히 내용 파악하기>

*다음 문제를 읽고 올바른 내용에는 O, 틀린 내용에는 X 표시를 하시오.

1. O

2. O

3. X / 하인의 발소리 때문에 비겁함과 부끄러움을 느꼈지만 그렇다고 그 발소리로 인해 되돌아가지 못한 것은 아니다. 오히려 아름답고 찬란한 나방을 망가뜨렸다는 사실에 괴로움을 느낀 것이고, 이미 저지른 일에 대한 후회와 자책으로 더욱 괴로워 했다.

4. O

5. X / 태운 것이 아니라 손끝으로 비벼서 못쓰게 가루로 만들었다.

*다음 문제를 읽고 올바른 답을 간단히 서술하세요.

1. 나비 수집 판

2. 보물

3. 공작나방이 매우 희귀한 것이고, 가장 갖고 싶었던 것이기 때문이다.

4. 공작나방

5. 자격

<실전 문제로 작품 정리하기>

1. ④ 친구들의 사육 상자와 '나'의 헌 종이 상자는 대조되며, '나'는 이에 열등감과 부끄러움을 느끼고 있다.

2. ③ 상대를 자극하기 위해 냉소적인 말투로 일관하는 모습을 파악할 수 있다.

3. ③ '나'가 수집한 나비를 모두 주겠다고 했지만 에밀은 거절하며 '나'를 용서하지 않았다.

4. ② '나'는 한번 저지른 일은 어떻게 해도 바로 잡을 도리가 없다는 것과 갖고 싶은 나비를 수집하는 것보다 양심을 지키는 일이 더 중요하다는 것을 깨달았다.

<글쓰기>

여러분들은 '하인리히'와 유사한 경험을 해본 적 없나요? 어떤 친구에게 열등감을 느껴 미워했던 경험도 좋습니다. 또는 실수였지만 친구의 불행이 한편으로는 시원했던 경험 등 여러분의 경험과 깨달은 점을 작성해보세요.

⑩ 중학교 2학년 1학기 중간고사 때 일입니다. 시험 준비를 막 하고 있을 때, 짝꿍이 사회 노트가 없어졌다고 했습니다. 그 노트에는 중요한 내용은 물론, 수행평가 활동지도 있어 잃어버리면 수행점수가 깎였습니다. 저도 함께 찾아봤지만 결국 찾지 못했습니다. 집에 돌아와 숙제하려고 책가방을 열었을 때 저는 기겁했습니다. 제 책가방 안에 짝꿍의 사회노트가 들어 있었습니다. 하지만 저는 그 사회노트를 결국 돌려주지 않았습니다. 시험에서 짝꿍을 이기고 싶었고, 수행점수도 더 잘 받고 싶었기 때문입니다. 결국 중간고사에서 저는 짝꿍보다 시험을 잘 봤지만 마음 속에 남은 찝찝한 감정은 결코 사라지지 않았습니다. 그 노트를 누가 볼까봐 불안해 결국 갈기갈기 찢어 먼 곳에 가져다 버렸습니다. 친구를 성적으로 이겼다는 만족감은 정말 한 순간일 뿐 친구에 대한 미안함과 죄책감은 커져만 갔습니다. 나에게 씻을 수 없는 죄를 진 것 같아 다시는 그런 짓을 하지 않겠다고 다짐했습니다.

⑩ 가위로 장난을 치다가 그만 친구의 새 옷에 구멍을 냈습니다. 친구는 일부러 그런 것 아니냐며 싸운적이 있습니다. 억울했지만 한편으로는 좀 고소했습니다.

⑪ 초등학교 6학년 때, 인기도 많고 운동을 잘하는 친구가 있었습니다. 그런데 체육대회 때 계주할 선수를 선발하기로 했는데, 그날 저는 운동 잘하는 친구가 미워 운동화에 몰래 물을 부었습니다. 하지만 바로 후회하였습니다. 정당하지 못한 방법으로 이기려고만

했던 제 자신이 부끄러웠습니다.

7. 「달걀은 달걀로 갚으렴」 정답 및 해설
<내신 수능 만점 키우기>

2. 핵심 정리
㉠가치 ㉡고유한 가치 ㉢대화 ㉣의견 ㉤의미

3. 이 글의 짜임
㉠죽이려 ㉡천대 ㉢초청 ㉣가치 ㉤변화

4. 소설 속 인물의 말하기 방식과 태도
① 한뫼와 문 선생님의 말하기 방식과 듣기 태도
㉮-㉣, ㉯-㉡, ㉰-㉢, ㉱-㉠

② 사건 전개에 따른 '한뫼'의 심리변화 살펴보기
㉠여행경비 ㉡달걀을 한 번에 백 서른 개나 먹는 ㉢업신여김
㉣도시의 아이들을 두메로 초대해 달걀이 얼마나 가치 있는 것인지를 알게 해주자고 했어.
㉤공원, 분수, 천체과학관 ㉥자연 ㉦자연 그대로를 만나 가슴이 울렁거릴

③ 인물과 공감하기
문 선생님과 한뫼의 대화에서는 말하기 방식과 듣기의 태도에 대해 배울 수 있었어요. 또······ 서로에 대한 생각과 마음을 나눌 수 있으면서 어떤 문제를 해결하는데도 큰 도움이 된다고 생각했어요. 서로 달랐던 생각이 하나로 맞춰가는 것을 보니 나도 다른 사람들과 충돌이 일어나면 내 주장만 고집할 게 아니라 대화로 풀어나가봐야겠다는 생각을 했습니다.

5. 한뫼의 뇌 구조
㉠도시 여행 ㉡우러르고 벌벌 떨게 ㉢가치 ㉣자연

6. 작품 깊이 이해하기

①문학 이론 살펴보기

㉠생각 ㉡차이 ㉢해결 ㉣생각 ㉤감정 ㉥의도
㉦반응 ㉧상황 ㉨처지

②작품 살펴보기 (서·논술형)

①도시로 여행 가기 전에는 열심히 달걀을 모았
지만 도시에 다녀온 후 봄뫼가 달걀을 팔아 여
행을 가는 것을 반대했다.

②문 선생님은 도시 아이들을 두메로 초청하자
고 함. 도시 아이들이 웃음거리로 여겼던 달걀이
얼마나 가치 있고 소중한지를 이곳 두메에서 알
려주자고 함.

한뫼는 달걀을 천대했던 아이들을 두메로 초청
하는 일은 좋은 생각은 아니라고 함. 도시 여행
후 다양한 것들이 있는 도시에 비해 두메는 초
라하고 가치가 없다고 생각함.

③도시는 두메에 비해 모든 것이 낫다고 생각
했지만 선생님과 이야기 한 후 도시는 도시대
로, 두메는 두메대로의 각각의 가치가 있다고
생각함.

④1.자연의 소중함을 업신여긴다고 생각해 도
시에 앙갚음을 하고 싶다고 생각했어.

2. 도시는 도시대로, 두메는 두메대로 각각의 가
치가 있다고 생각한 거야.

3. 도시 아이들에게 있는 그대로의 자연과 만나
가슴이 울렁거릴 소중한 기회를 베풀려고 한
거야.

7. 토론하기

다음 논제를 파악한 후 주장과 근거를 서술하시오.

논제 도시

주장 모든 것이 편리한 도시가 더 좋다.

근거 • 도시에는 언제 어디서든 원하는 것들을
모두 얻을 수 있어 편리하다.

• 교육과 행정 등 모든 커뮤니티가 뛰어나다.

• 문화를 즐길 수 있는 영화관, 전시관, 박물관,
공연장 등이 다양하다.

• 역사, 문화, 과학 등의 체험을 도시에서는 최
첨단으로 이용할 수 있다.

• 지하철, 버스 등 대중교통이 매우 잘 되어
있다.

• 지역별 공원, 한강둔치, 북한산 등 다양한 자
연이 함께 어우러져 있어 살기가 편하다.

논제 두메

주장 인간은 자연과 떼려야 뗄 수 없는 존재이므
로 자연이 있는 두메가 더 좋다.

근거 • 도시는 차들이 많아 공기가 좋지 않은데
두메는 공기가 매우 좋아 알레르기나 질병이 나
아진다.

• 자연과 함께하는 삶은 여유롭고 정서적으로
안정된다.

• 교육과 행정 등 다양한 커뮤니티도 인터넷으
로 가능하며 조금만 가면 동네 커뮤니티가 잘
형성되어 있는 곳도 많다.

• 문화, 박물관, 전시관, 영화관 등 비록 가기에
는 어렵지만 온라인 상으로 충분히 감상이 가능
하다.

<간단히 내용 파악하기>

---

*다음 문제를 읽고 올바른 내용에는 O, 틀린 내용에
는 X 표시를 하시오.

1. X / 한뫼만 다녀오고 봄뫼는 다녀오지 않
았다.

2. X / 도시 사람들에게 천대받고 웃음거리가
되는 달걀을 보고 매우 언짢았다.

3. O / 부자가 되든지 권세를 잡든지 유명해지
든지 해서 도시 사람들을 업신여기고 도시 사람
들이 벌벌 떨게 하고 싶었다.

4. X / 꾸짖지 않고 그렇게 마음 먹은 까닭을 들
어 주려고 했다. 즉, 한뫼의 말에 경청하며 궁금
한 내용을 묻고 이어질 말을 기다린다.

5. X / 서로 동감하고 협력적으로 이끌어가고
있다.

*다음 문제를 읽고 올바른 답을 간단히 서술하세요.

1. 봄뫼가 도시로 여행 가는 것을 막으려고 하기 때문이다.

2. 도시의 아이, 어른, 모든 사람에 대한 앙갚음을 하기 위해서 부모님이 힘겨워하시는 것을 못 본척하고 중학교에 갔다.

3. 한자리에서 달걀을 백서른 개나 먹는 아저씨의 모습을 본 것 때문이다.

4. 도시 사람들이 달걀을 웃음거리로 여기는 것을 보고 자신이 업신여김을 당하는 것 같았기 때문이다.

5. 도시에는 문명이 있고, 두메에는 자연이 있다.

<실전 문제로 작품 정리하기>

※ 다음 문제를 읽고 알맞은 답을 고르시오.

1. ② 문 선생님은 한뫼가 좋아하는 통닭을 먹으러 가자며 이야기를 꺼내고 있다. 따라서 듣는 이의 취향을 고려한 말하기 방식을 활용한 것이다.

2. 정답 / ④ 도시에 다녀온 한뫼는 달걀을 한번에 백서른 개나 먹는 사람을 TV쇼에서 보고 실망한다.
① 점순네 수탉을 죽이려한 사건은 <동백꽃>의 이야기다.
② 문 선생님은 한뫼의 말에 메모하지는 않았다.
③ 한뫼는 달걀을 팔아 수학여행을 갔다.
⑤ 봄뫼가 아니라 한뫼다.

3. ③

4. ④ / 스스로 깨달았다기보다는 문 선생님과 대화하며 깨달았다.

<글쓰기>

1. 위 <보기>를 참고하여 '나-전달법'에 대한 자신만의 예시를 작성해보세요.
내가 초등학교 6학년 때 수학여행가서 춤 못춰가지고

창피당한 걸 왜 친구들한테 말하고 다니는 거야? 나는 그때 너무 창피해서 얼굴을 못 들고 다녔고 전학갈까 깊이 고민할 만큼 힘들었어. 그러니까 앞으로 그 일에 대해 다시는 친구들에게 말하고 다니지 말았으면 좋겠어!

2. 위에서 여러분이 작성한 1)번 문제의 이야기를 토대로 서로 거리감을 좁혀가는 대화형식의 짧은 이야기를 만들어 보세요.

미진 : 상희야! 내가 초등학교 6학년 때 수학여행가서 창피당한 걸 친구들한테 말하고 다니면 어떻게 해?

상희 : 미진아, 그게…… 사실은 수학여행 때 장기자랑 이야기가 나왔는데 가장 웃기고 재미있었던 일을 생각해보니 네 생각이 나서 나도 모르게 말을 하고 말았어. 그런데 그때 같은 초등학교 친구들이 있어서 다들 너무 재미있었다고 놀리는 게 아니라 즐거웠던 기억이라며 화기애애한 분위기였어. 절대로 놀리려고 한 것은 아니야.

미진 : 나는 정말 그때 너무 창피해서 전학가고 싶었단 말이야. 수학여행 다녀와서 얼마나 힘들었는지 아니? 앞으로 그 일에 대해 다시는 친구들에게 말하고 다니지 말았으면 좋겠어.

상희 : 다른 친구들 모두 즐겁고 재미있었던 기억이라 다들 널 보고 싶어 하더라.

미진 : 친구들이 너 보면 꼭 안부 전해달랬어. 그리고 너의 춤춘 모습은 다들 즐겁고 재미있는 추억으로 간직하고 있어서 창피하지 않아도 좋을 것 같아. 다들 네게 고마워하고 있어.

8. 「내가 그린 히말라야 시다 그림」 정답 및 해설

<내신 수능 만점 키우기>

2. 핵심 정리
㉠태도 ㉡심리 ㉢입체적 ㉣사생 대회 ㉤교차 ㉥대조 ㉦역순행적 ㉧영향 ㉨비교

3. 이 글의 짜임

㉠사생 대회 ㉡4 ㉢1의 '나' ㉣밝히지 않았다.
㉤각자의 삶

4. 소설 속 인물의 말하기 방식과 태도

1 두 서술자의 특징 비교

㉠가난한 농부의 아들

㉡부유한 제재소 집 고명딸

㉢아들이 꿈을 펼칠 수 있는 기회를 제공하고
화가가 되기를 바람.

㉣여자는 시집만 잘 가 애 낳고 잘살면 된다는
구시대적 생각을 가지고 있으며, 딸이 화가가 되
기를 바라지 않음.

㉤축구, 그림 그리기

㉥피아노치기, 그림 그리기, 글짓기 등

㉦자기 성찰적이고 끊임없이 노력하는 성향

◎경쟁과 귀찮은 일을 싫어하고 현재의 삶에 만
족하는 성향

㉧초4 때, '그 일'이 있은 후 자신보다 뛰어난 사
람이 있다는 것을 크게 깨닫고 최선을 다해 그림
을 그림.

㉨여대에서 가정학을 전공하고 판사 남편을 만
나 아이를 낳고 부족함 없는 삶에 만족함.

㉩한국을 대표하는 화가가 됨.

㉪여유롭게 취미로 미술 감상을 하는 부유한 삶
을 누림.

2 사건 전개에 따른 내용 살펴보기

㉠기회 ㉡축구 ㉢학예 대회 ㉣욕심 ㉤미술용품
㉥충격이었고, 당혹감을 감출 수 없었어. 그리고
좌절감이 느껴졌지.

3 인물과 공감하기

안녕!

난 백선규야.

초등학교 4학년 때 학예 대회에 나가서 히말라
야시다 그림 그린 것 기억나?

그 때 난 장원으로 뽑혔고, 단상에서 교장 선생

님의 칭찬을 받으며 시상을 했지. 하지만 며칠
후 그 그림이 내가 그린 그림이 아니란 사실에
너무 충격을 받았어. 내가 일부러 그런 것은 아
니었지만 난 너무 부끄럽고, 창피했어. 하지만
그 누구에게도 말할 수는 없었어. 자존심도 상
했고, 충격도 심했지. 그래서 사실대로 밝히지
못했어. 미안해. 하지만 그 일이 나에게는 엄청
큰 영향을 미쳤지. 그리고는 최선을 다하는 삶
을 살겠다고 다짐했어. 그래서 네게 너무 고맙고
또 고의는 아니었지만 그 그림이 내 것이 된 것
에 대해 정중히 사과할게. 나도 몇 날 며칠을 고
민했지만 결코 나서서 그 사실을 뒤집을 자신이
없었어. 그리고 나는 피나는 노력을 했지. 그렇
게 해서 이름을 조금 알리긴 했지만 늘 네게 고
마음을 잊지 못하고 있다.

그럼 잘 지내고 건강하길…….

5. 선규의 뇌 구조

㉠재능 ㉡내가 그린 히말라야시다 그림 ㉢부끄
러움 ㉣자책감 ㉤의심 ㉥선택

6. 작품 깊이 이해하기

1 문학 이론 살펴보기

1. ㉠주제의식 ㉡판단 ㉢상상력 ㉣주제 ㉤의도
㉥주제

2. ㉠체계 ㉡관습 ㉢인물, 사건, 배경 ㉣주제, 구
성, 문체

3. ㉠생각 ㉡감정 ㉢문학작품 ㉣내용 ㉤형식 ㉥
유기적 ㉦주제 ◎언어적 표현

2 작품 살펴보기 (서·논술형)

① 아버님의 유언 때문에 그림을 포기한 대신
장가를 일찍 갔다.

② •악마가 그려 준 것처럼

•영혼을 팔아서 그 대가로 도깨비가 가져다준
물감을 쓰는 것일까?

•여우 귀신이 그에게 검은색 물감을 가져다주
는 것일까?

③ 내가 가지고 있는 재능, 아버지에게 물려 받은 천부적인, 천재적인 재능을 명백히 확인받고 싶다는 충동 때문에 그림이 더 중요해진 것이다.
④ 초등학교 4학년 때, 여자아이가 그린 그림이 나의 이름으로 장원에 뽑히며 '나'의 재능에 의심을 품고 살아간 일이다.

7. 토론하기
다음 논제를 파악한 후 주장과 근거를 서술하시오.

<u>논제</u> 밝힌다.

<u>주장</u> 명백히 부정한 일이므로 밝힌다.

<u>근거</u> • 잘못된 일은 정정하는 것이 양심을 지키는 일이다.

• 장원이라는 타이틀, 부상이 탐나더라도 자신의 것이 아니라면 바로 놓아야 할 줄 알아야 한다. 분명 잘못된 일은 언젠가 드러나게 되어 있다.

• 사필귀정이라 했다. 올바른 것은 반드시 올바르게 찾아가게 되어있다. 나중에 유명한 화가가 되었을 때 이 일이 오점으로 남을 수 있기 때문에 바로 잡는 것이 중요하다.

<u>논제</u> 밝히지 않는다.

<u>주장</u> 이미 지나간 일이고, O에서 '나'의 잘못이 아니므로 그냥 넘긴다.

<u>근거</u> • 이미 지나간 일이고 상대가 잘못 적은 번호에서부터 시작된 일이다. 학생이 아무리 번호를 잘못 적었다고 할지라도 결국 124번은 백선규이다. 백선규가 적은 124번이 여자아이의 것이라고 우긴다면 그것을 증명해낼 방법이 없다.

• 굳이 O의 '나'가 잘못한 일이 아닌데도 불구하고 내가 긁어 부스럼을 만들 필요는 없다. 잘못한 사람이 잘못을 정정하고, 주최측에서 그것을 해결하도록 그냥 둬야 한다. 만약 아무런 말도 없다면 그 일은 그냥 묻히고 마는 것이다.

<간단히 내용 파악하기>

정답 및 해설 · 263

*다음 문제를 읽고 올바른 내용에는 O, 틀린 내용에는 X 표시를 하시오.

1. O
2. X / 이 소설의 주제는 '한 소년의 잘못된 선택의 갈등과 성장'이다. 부유함과 가난은 내용상 조금의 영향은 미칠 수 있겠지만 주제 의식에 큰 영향을 미치지는 않는다.
3. X / 초등학교 4학년의 이름으로 하여 대회에 나갔다.
4. O

*다음 문제를 읽고 올바른 답을 간단히 서술하세요.

1. 아버님의 유언 때문이다.
2. 4학년이라고 속이고 나간 사생 대회에 장원을 했기 때문이다.
3. 우쭐함과 자만심에서 부끄러움과 당혹감, 좌절감으로 변화하였다.
4. 인생의 길 / 서로 다른 삶 / 서로 가야 할 방향 / 서로 살아가는 방식 등
5. • O의 '나': 장원이라는 소식을 듣고 주 선생님 품에서 울었던 것을 생각하면 부끄럽고 창피하여 말하는 것도, 말하지 않는 것도 난감한 갈등을 겪음.

• 1의 '나': 상을 찾아오고 싶은 마음과 자기 실수로 잘못 적은 번호, 되찾아오기도 귀찮고, 가난에 찌든 아이의 상을 뺏자니 그 아이가 좌절할 것 같아 그만둬야 하는 마음이 서로 부딪혀 갈등을 겪음.

<실전 문제로 작품 정리하기>

※ 다음 문제를 읽고 알맞은 답을 고르시오.

1. ③ / O의 '나'는 초3때 축구에 푹 빠졌지만, 4학년 때에는 그림에 빠져 꼭 장원이 되어야겠다는 마음이 컸다.
2. 정답 / ③
오답 설명 ① 제재소집의 고명딸이다.
② 국립미술대학교에 합격했지만 아버지가 쓰

러지고 반대하여 입학을 하지 못했다.

④ 염소를 팔고 난 돈으로 미술재료를 샀다.

⑤ 천수기 선생님은 백선규의 아버지와 초등학교 동창이고, 백선규의 아버지가 미술에 재능이 있었다는 것은 초등학교때부터 유명했다. 그래서 백선규도 그 재능을 물려 받았을 것이라 생각한 것이다.

3. ⑤ / 1에서 제재소를 운영하는 '나'의 아버지는 여자라면 시집 잘 가서 애 키우며 사는 것이 중요하지 무엇을 하든 크게 상관없다는 구시대적 가치관을 가진 사람으로 묘사된다. 반면 0에서 '나'의 아버지는 이러한 가치관에 대한 언급이 없으므로 오답이다.

<글쓰기>

＊ 0과 1의 이야기를 따로 정리하고 핵심 내용만 간추려 재구성해보자.

- 0의 이야기

나는 우리나라 최고의 화가로 평가 받는다.

3학년 때의 일이다. 나의 담임선생님은 아버지와 초등학교 동창이다. 아버지의 미술적 재능을 알고 있었던 선생님은 나를 초4부터 나갈 수 있는 학예 대회에 내보내 사생 대회에서 장원을 거머쥐게 한다. 4학년이 되어 정식으로 학예 대회에 참가하였고 그때에도 나는 장원을 했다. 그러나 강당에 걸린 장원작을 본 순간 나는 그 그림이 내가 그린 히말라야시다 그림이 아니란 것을 깨달았다. 창피함과 당혹감에 나는 사실을 밝히지 못했다. 지금까지도 그 일은 잊을 수 없으며 화가로서의 나의 삶에도 큰 영향을 미쳤다.

- 1의 이야기

나는 그림 애호가다. 유명 화가인 백선규와 같은 초등학교를 나왔다. 제재소를 운영하는 아버지 덕분에, 부유한 가정환경으로 미술과외를 받기도 했다. 그러다 4학년 학예 대회에 참가했고, 도화지 뒤쪽에 번호를 잘못 기재하는 일이 발생했다. 그런데 그 번호가 장원이 된 것이다. 그 장원 상을 받은 아이는 내 뒤에서 그림을 그리던 백선규였다. 하지만 나는 그것을 정정하는데 귀찮기도 했고, 상이 큰 의미가 없어 아무 말도 하지 않았다. 어차피 내 삶 자체가 상과 같다고 생각했다. 지금도 남부럽지 않은 삶에 만족하며 살고 있다.

길을 가다 우연히 백선규를 마주쳤지만 나는 아는 척을 할까 하다가 어차피 서로의 갈 길은 다르기 때문에 아는 척을 하지 않고 다시 길을 재촉했다.